JN040366

花の子ども

Afleggjarinn

Auður Ava Ólafsdóttir

オイズル・アーヴァ・
オウラヴスドッティル

神崎朗子 訳

早川書房

花の子ども

日本語版翻訳権独占
早　川　書　房

© 2021 Hayakawa Publishing, Inc.

AFLEGGJARINN
by
Auður Ava Ólafsdóttir
Copyright © 2009 by
Auður Ava Ólafsdóttir
Translated by
Akiko Kanzaki
First published 2021 in Japan by
Hayakawa Publishing, Inc.
This book is published in Japan by
arrangement with
Éditions Zulma, Paris.
through Japan Uni Agency, Inc., Tokyo.

装幀／早川書房デザイン室
装画／西淑

母に捧ぐ

神は言われた。

「見よ、全地に生える、種を持つ草と種を持つ実をつける木を、すべてあなたたちに与えよう」

「創世記」一章二十九節

1

もうすぐ旅立つ僕がいつ帰国できるかわからないから、出発前夜は思い出に残る夕食にしようと、七十七歳の父さんは張り切っている。母さんの手書きのレシピを見て、なにか作ってくれるらしい――こんなとき、母さんがいかにも作りそうな料理を。

「コダラのフライにしようと思ってね。それから、ホイップクリームを浮かべたココアスープも」

父さんがココアスープのレシピを探しているあいだに、僕は十七年落ちのサーブに乗って、施設で暮らしている双子の弟、ヨセフを迎えにいった。待ちきれずに歩道に出ていたヨセフは、僕を見てすごくうれしそうな顔をした。弟がよそゆきの恰好をしているのは、僕の旅立ちを見送るためだ。母さんが最後に買ってやった、蝶模様のすみれ色のシャツを着ている。

スライスした玉ねぎを揚げている父さんのわきには、パン粉をまぶしたコダラの切り身が並んでいる。僕は旅に持っていく挿《さ》し木用のバラの枝を取りに、家の外に出て温室へ向かった。すると、父さんはコダラのフライのためのチャイブが欲しいのか、ハサミを手にあとからやってきた。ヨセフもおとなしくついてきたが、ガラスの破片を見てぴたりと足を止めた。二月の暴風雨で、温室のガラスが何枚も割れたのだ。ヨセフは温室に入らず、こんもりとした雪だまりのそばに立って、なかの様子を窺っている。ヨセフと父さんのベストはおそろいで、へーゼルブラウンの編地にゴールドのダイヤ柄だ。

「母さんはいつも、コダラにはチャイブを散らしていたからな」父さんが言った。僕はハサミを受け取り、温室の隅で青々と茂っているチャイブの細長い葉先をカットして、父さんに渡した。父さんがたまに念を押すとおり、母さんの温室を受け継いだのはこの僕だ。とはいえ、べつに大規模な菜園じゃない――トマトが三百五十株にキュウリが五十株とか、そんな大量の株が母から息子へ託されたわけじゃない。ほとんど自生に近いバラの茂みと、トマトがせいぜい十株くらいだろうか。僕の留守中は、父さんが水やりをすることになっている。

「私は昔から野菜はあまり好きじゃないんだが、母さんは好きだったな。トマトなんて、一週間に一個しか食べられないよ。いったい、どれだけたくさん実がなることやら」

「じゃあ、ひとにあげたらいいじゃないか」

「近所にしょっちゅう、トマトを配り歩くわけにもいかないだろ」

「じゃあ、ボッガは？」

母さんの昔からのその友人は、たしか父さんと同じで好き嫌いが多いはずだけど、あえて言ってみる。

「トマトの袋を三つもぶら下げて、毎週ボッガに会いにいけって言うのかい？　そしたら夕食を一緒にいかが、って話になるじゃないか」

そうやって、矛先をこちらに向けてくる。

「あの娘《こ》と子どもを今晩、うちに招いてやりたかったんだがね。おまえがいやがるだろうと思って」父さんが言う。

「ああ、いやだね。あの娘、あの娘って父さんは言うけど、僕と彼女は付き合ってるとか、そういう関係じゃないんだから。まあ、子どもはできちゃったけど。あれはアクシデントだったんだ」

このことについてはもう、ちゃんと説明してあるのだから、父さんにもいいかげんわかってほしかった。子どもができてしまったのは、ついうっかりしたせいだ。子どもの母親と僕との関係は、ひと晩どころかその四分の一、いや五分の一くらいであっさり終わった。

「母さんなら、おまえの出発前の夕食にあの娘たちを招いたって、反対なんかしなかったはずだ」

父さんは自分の言葉に重みを持たせたいとき、すぐに亡くなった母さんのことを引き合いに出して、あたかも母さんの意見のように語るのだ。

いまこうして妊娠の現場(とでも言おうか)に立っているのは、何だか妙な感じだった。すぐ隣には年老いた父親、ガラスの向こうには発達障害のある弟が、この場に居合わせるなんて。
父さんは偶然を信じない――少なくとも、誕生や死といった人生の重要なできごとについては。「人生の始まりや終わりは、たんなる偶然なんかじゃない」と父さんは言う。ふとしたはずみで寝た相手が妊娠したとか、気がついたら女性とベッドインしてたとか、そんな話は理解できないのだ。濡れた砂利道の急カーブのせいで人が死ぬなんてことも、当然、理解できない。父さんは数字やら、数値計算やら、さまざまな要素を考え合わせずには納得できないからだ。そういった物事について、父さんはまったくちがう見方をする。すなわち、世界はつながりを持った数字の集合体であり、それが創造の中核をなしている。そして日付の解釈は、深遠な真実と美をもたらす可能性を秘めている。僕にとっては、偶然とかその場のなりゆきとしか思えないことでも、父さんにとっては、すべて複雑なシステムの一部なのだ。「度重なる偶然は、たんなるなりゆきなどと片付けるわけにいかないよ。一度ならず三度、しかも三つが重なっているのだから」母さんの誕生日、孫娘の誕生日、そして母さんの亡くなった日が、三つとも同じ日付――八月七日なのだ。僕としては、父さんのそういうこじつけには納得がいかない。僕の経験では、ようやくなにかを理解できた気がしても、すぐにそれを覆すようなできごとが起こるから。ともかく、僕が避妊を怠っただけのことに、よけいな意味づけなんかしないで放っておいてくれたら、僕だって、リタイアした電気技師の娯楽にけちをつける気など、さらさらなかった。

「じゃあ、べつに逃げているわけじゃないんだね？」

「ちがうよ。あのふたりにはきのう、挨拶してきた」

これ以上話してもらちが明かないと思った父さんは、話題を変える。

「母さんときたら、ココアスープのレシピをいったいどこにしまい込んじゃったんだろうな？せっかくホイップクリームを買ってきたのに」

「さあ。でも一緒にやってみたら、たぶん作れるんじゃないかな」

2

僕が温室から戻ってくると、ヨセフは両手をひざに置き、背筋をすっと伸ばしてテーブルについていた。すみれ色のシャツに赤いネクタイを締めている。弟は服装や色合わせにこだわる性質《たち》で、父さんと同じように必ずネクタイを締める。父さんは電気コンロを同時に二口《ふたくち》使って、一方では鍋でじゃがいもを茹で、もう一方で魚のフライを揚げるつもりらしい。何だか手際がよくないのは、僕の出発がいよいよ明日に迫って、気もそぞろなせいだろうか。僕はそんな父さんのまわりをうろちょろして、フライパンに油を入れる。

「母さんはいつもマーガリンを使ってたぞ」父さんが言う。

父さんも僕も、料理はあまり得意じゃない。キッチンでの僕の役割といえば、赤キャベツの瓶詰の蓋をこじ開けたり、缶切りで豆の缶詰を開けたりするくらいだった。あとは母さんの言いつけで、僕が食器を洗って、ヨセフが拭く。でも、弟の拭き方は一枚一枚やたらと時間がかかるから、しまいには僕が布巾を引ったくって拭き終えるのがつねだった。

「しばらくは、コダラはおあずけだろうね、ロッビ」と、父さんが言う。気を悪くさせたくないから黙っているが、僕は四か月も海に出て漁に明け暮れたあとでは、魚なんかもう一生、一口も食べられなくたって平気だった。

ごちそうを振る舞おうと張り切った父さんは、カレーソースで僕たちを驚かせた。

「ボッガにもらったレシピどおりにやってみたんだ」

ソースの色は風変わりだがきれいなグリーンで、春の通り雨のあとで煌《きら》めく緑のようだ。この色はどうやって？　と僕はたずねた。

「カレー粉に着色料を混ぜたんだよ」ふと見ると、父さんはルバーブジャムの瓶を取り出して、僕の皿のわきに置いた。

「母さんの手作りジャムは、それで最後だ」父さんが言った。茶色っぽいダイヤ模様のベストを着て、ソースをかき混ぜている父さんの肩のあたりを僕は見つめる。

「でも、この魚料理にルバーブジャムは合わないよね？」

「いや、おまえが旅先に持っていったらいいと思ってさ」

弟は口を利かないし、父さんも食事中は口数が少ないから、三人そろっても話が弾むわけでもない。僕は弟の皿にじゃがいもをふたつ取り分け、半分に切ってやる。彼はグリーンソースの見た目が気に入らないらしく、魚の身からソースを徹底的にこそげ落として、皿の隅によけている。茶色の瞳のヨセフを見ていると、あらためて、ある映画スターに不気味なほどそっくりだなと思う。でもヨセフが頭のなかでどんなことを考えているかは、まったくわからない。彼の無作法の埋め合わせに、僕は父さんが作ったソースをたっぷりかけた。最初にお腹が痛くなったのは、ちょうどそのころだ。

夕食後、僕が食器を洗っているあいだに、ヨセフはポップコーンを作る。週末に帰宅するたびに、必ず作るのだ。戸棚からいつもの大鍋を取り出し、きっちり大さじ三杯の油を引いて、袋入りのコーンの黄色い粒々で鍋底が隠れるまで、丁寧に並べていく。つぎに、鍋に蓋をして、強火で四分加熱。油がパチパチ音を立て始めたら、火力を「2」に弱める。ヨセフはガラスのボウルと塩を両手に持ち、できあがるまで、一瞬たりとも鍋から目を離さない。それから、三人でテレビのニュース番組を観る。弟はソファーでくつろいで、僕の手を握っている――ガラスのボウルを目の前のテーブルに置いて。やがて、帰宅して一時間半が過ぎたころ、弟は僕に歌のＣＤを手渡す。おつぎはダンスの時間だ。

3

僕は身軽に旅立つつもりで、荷物のあまりの少なさに父さんが驚いている。僕は湿らせた新聞紙でバラの切り枝を包《くる》み、バックパックの前面のコンパートメントに入れた。みんなでサーブに乗り込む——僕が物心ついたころからずっと、父さんが乗っている車だ。ヨセフは後部座席でおとなしく座っている。父さんは、遠出にはお決まりのベレー帽をかぶっている。父さんの運転は法定速度をはるかに下回り、あの事故以来、時速四十キロを超えたためしがない。起伏の多い溶岩原《ようがんげん》ではさらにスピードを落とすから、夜明けのすみれ色に染まった岩峰のごつごつした稜線に沿って、等間隔に止まっている鳥たちを眺めることができた。クレッシェンドで盛り上がっていく哀愁のメロディーのように、音符のような鳥たちが、見渡す限り果てしなく並んでいる。そもそも、父さんは車の運転には不慣れだった。おもに運転していたのは、母さんだったから。僕たちの後ろには後続車が列をなし、隙あらば追い越そうとしている。だが父さんは、そんなことは気にもとめない。まあ、父さんはどこへ行くにもたっぷりと時間の余裕を持つ人だから、僕も飛行機に乗り遅れる心配はしていなかった。

「運転しようか、父さん」

「ありがとう、でもいいんだ。おまえはゆったりと外の景色を眺めておくといいよ。しばらくはもう、溶岩原を走ることもないだろうから」

見納めに外の景色を眺めているあいだ、僕も父さんも黙っていた。やがて、灯台へと続く脇道を通り過ぎたころ、父さんが話しかけてきた。僕が将来についてどう考え、なにをしたいのか、少し話をしようという。僕が園芸に興味を持っていることが、父さんには物足りないのだ。

「将来のことで、少し訊いてもかまわないかね、ロッビ。おまえもよくわかっているだろうが、うるさいことを言うつもりはないんだよ」

「いいよ」

「大学でなにを勉強するか、決めたかい？」

「僕には園芸の仕事がある」

「おまえほど学力に恵まれた者が……」

「やめてよ、父さん」

「せっかくの才能を無駄にしていると思うんだよ」

このことを父さんに説明するのは難しかった——庭と温室のバラに情熱を傾けていたのは、

母さんと僕だけだから。

「母さんなら、わかってくれたのに」

「まあそうだな、母さんはおまえが本気でやりたいと思ったことは、何だってやらせてやったからね。だけど母さんだって、大学には行っておいたほうがいいと思ったはずだよ」

昔、家族で新しい造成地に引っ越してきたとき、あのあたりには平坦な荒れ地が広がっているだけだった。しかも大きな岩だらけで、岩のまわりには、風に飛ばされた小石が吹き溜まっている。新しい建物や宅地がそこらじゅうにできていたが、宅地の半分くらいは黄色い水に浸かっていた。低木の茂みができたのは、ずっとあとのことだ。海に面したこの土地では、海風がしょっちゅう吹き荒《すさ》び、庭に風よけを作ることもできない。だから、ここの人たちは花を植えるのをあきらめていた。そんななか、最初に木を植えようとしたのが、うちの母さんだ。はじめのうちは、どうせ無理に決まっているのに、変わった人だと思われていた。近所の人たちは、庭に芝生を張れば満足だった。あるいはちょっとがんばって庭まわりに生垣を作り、夏の三日間、そよ風を楽しめれば最高だと思っていた。ところが母さんは、家の周囲の風がやや当たりにくい場所に、キングサリやカエデ、セイヨウトネリコ、シモツケなどを植えていった。母さんは絶対にあきらめなかった。岩だらけの地面に挿し木をしてでも、根付かせようとした。

二年目の夏、父さんは家の南側に温室を建てた。僕たちはまず温室のなかで植物を育て、六月の第一週か第二週のころ、夜中に霜が降りなくなったら、植物を温室の外に出した。最初のうちは、植物を屋外に出しておくのは夏のあいだだけだったが、秋の気候が穏やかなときは、もうひと月くらい出しておいた。そしてある年、思い切って屋外で冬を越させた――植物たちは二メートルも降り積もった雪の下で休んでいた。やがて、母さんの庭で育たないものはなくなった――母さんの手にかかると、どんな植物も花を咲かせるようだった。小さな茂みが少しずつ育っていき、やがて夢のような庭になった。近所の人たちの注目を集め、感嘆されるようにもなった。母さんが亡くなってから何度か、僕は近所の女のひとたちにアドバイスを求められたことがある。必要なのはほんの少しの世話、あとはなにより時間ですよ、と母さんなら言っただろう。母さんの園芸《ガーデニング》の哲学をひとことで言ったら、そんな感じだ。

「たしかにおまえと母さんには、ヨセフと私には入り込めない、ふたりだけの世界があったな――たぶん、私らにはわからない世界が」

そういえば最近、父さんは自分とヨセフのことを、ユニットみたいに「ヨセフと私」と言うようになった気がする。

母さんはよく真夏の夜中に外に出て、庭や温室で土いじりをしていた。まるで母さんは、普通の人たちと同じように眠る必要なんかないみたいだった。とくに夏のあいだは。僕が友だちと夜遊びに行って、早めの時間に帰ってくると、たいてい母さんが外で花壇の手入れをしていて、いつものプラスチックの赤いバケツと、ピンクの花柄の園芸手袋が目に入ったものだ。父さんは家のなかでぐっすりと眠っている。あたりにはもちろん人影ひとつなく、ひっそりと静まり返っている。母さんは「おかえり」と言い、なにかを知っているような眼差しで、僕を見つめる——僕のことで、僕自身すら知らないなにかを。やがて、僕は母さんと並んで草の上に腰を下ろし、三、四十分ほどぼうっと過ごす。まだ一緒にいたいから、僕も形ばかり草むしりをする。ときには瓶ビールを片手に庭に出て、飲みかけの瓶を花壇の土にそっと挿して、寝転がったりもした。草の上に腹ばいになって、両手のひらであごを支え、ちぎれ雲が流れていくのをぼんやりと眺める。母さんとふたりになりたいときは、いつも温室か庭に行けばよかった。そうすれば、ふたりきりで話せるから。ときどき、母さんがうわの空に見えることがあって、なにを考えてるの、と僕は訊いた。母さんはただこう言った。「ううん、べつに。さっきの話、いいんじゃない」そして満足そうな、励ますような笑顔を僕に向けた。

「おまえみたいな優等生が園芸の道に進んだって、素晴らしい将来など待っていないよ」父さんは言った。

「僕がいつから優等生になったんだよ?」

「おい、私は年寄りだが、ぼけちゃいないぞ。おまえの成績表は全部取ってあるんだ。十二歳のときクラスで一番。十六歳で学年一位になって、優秀な成績で高校を卒業したじゃないか」

「全部取っておいたなんて、信じられない。たしか、地下室のどこかの箱の上に置いてあったやつでしょ。そんなものさっさと捨ててくれよ、父さん」

「もう遅いよ、ロッピ。スルストゥルに額装を頼んだから」

「まじか？」

「それで、大学への進学はどうするんだい？」

「いまは考えてないよ」

「植物学は？」

「いや」

「生物学は？」

「いやだね」

「じゃあ、植物バイオテクノロジーに重点を置いた、植物生理学とか植物遺伝学は？」

どうやら、いろいろと調べていたらしい。父さんは両手でハンドルをしっかりと握ったまま、道路から一瞬も目をそらさない。

「いや。僕は科学者になる気はないし、大学で教えるのも興味ないから」

僕は土いじりをしているほうが、ずっと自分らしくいられる。生きた植物とふれ合えるのは、やっぱり特別だ――実験用の花じゃ、通り雨のあとの匂い立つような香りもしないだろう。母さんと僕の世界を、父さんにわかるように説明するのは難しい。僕が興味を持っているのは、豊かな土壌で育つものなのだ。

「それでも知っておいてほしいんだが、もしおまえが大学に進学したくなったら、いつでも使えるように、いくらかお金を貯めてあるからね。それは母さんの遺産とは別だよ。ヨセフも、施設での暮らしを気に入っていることだし」父さんは付け加えた。「もちろん、この先もあの子が困らないようにするつもりだ」

「ありがとう」

園芸のことも、これ以上父さんと話すつもりはなかった。生真面目な電気技師に向かって、自分が本当はなにをしたいのかもわからないなんて、言えるわけがない。ある程度の年齢になったからといって、一生を左右するような決定を下すなんて、とてもじゃないが難しい。

「夢を追いかけたって物にはならんよ、ロッビ」と父さんは言うだろう。

「自分の夢を追いかけて」母さんなら、きっとそう言ったはずだ。そして、キッチンの窓の外に目をやる――果てしなく広がる大地を見渡すような眼差しで。ほんの数メートル先の温室でもなく、その向こうのフェンスでもない、はるか遠くへ。庭じゅう緑であふれ、草花や木々や低木が生い茂っているから、フェンスの向こうは見渡せないのに、まるで遠方からの来客でも待っているかのように。やがて母さんは、プラムを袋から出してボウルに入れ、シンクの蛇口の下に置く。水がさっと流れ、ボウルからあふれ出す。

「小さな漁船に乗り込んで、何か月も船酔いに苦しんだのは、やっぱり相当きつかったんだな」父さんがぽつりと言った。

4

僕たちは黙ったまま、溶岩原を進んでいった。僕は昨夜のごちそうがまだ胃にもたれ、あのグリーンソースのせいか、ずっと胃がむかむかしていたのだけど、こんどはしつこい痛みが襲ってきた——よりによって溶岩原の真ん中で、母さんの車が転覆した現場のすぐ近くで。車がどのカーブでコントロールを失ったのか、僕は知っている——草やぶに隠れた窪地があるところだ。車の残骸を切断して、母さんが運び出されたあの場所が、まざまざと目に浮かんでくる。

「母さんは私より先に逝《い》くべきじゃなかった。十六歳も年下なのに」現場を通りかかったとき、父さんが言った。

「そうだね、そう思うよ」

母さんのことだから、きっと自分の誕生日の夜明けとともに起き出して、ブルーベリーでも摘みに行ったんだろう——ひっそりとした、お気に入りの場所へ。だからこそ、溶岩原を走っていたにちがいない。わが家の男たちに——父さんとヨセフと僕のことを、母さんはそう呼ぶのが好きだった——摘みたてのブルーベリーとホイップクリームを添えた、ワッフルを食べさせたくて。いまさらながら、うちは男ばかりで大変だったんじゃないかと思う。つまり、娘がいなかったから。

僕はゆっくりと近づいていく——溶岩原の窪地に落ちて転覆した、車のなかの母さんに。じっくりと時間をかけ、自然の風景に目を凝らしながら、僕は現場の周辺を歩き回る。まるで映画のカメラマンが、クレーンを使って空撮しているみたいに。主演女優の母さんにズームインしようとしたとたん、画面全体がぐるぐると回転しだす。八月七日、早くも秋の訪れを感じるころ。赤や輝かしい黄金《こがね》色が、まわりの自然にあふれている。事故現場で目に映るありとあらゆるものが、赤っぽい色をしている。深紅のヒース、血の赤に染まった空、近くの小さな木立の赤紫色の葉っぱ、金色の苔《こけ》。母さんも、赤ワイン色のカーディガンを着ていた。父さんが家の浴槽であのカーディガンを水洗いするまで、固まった血がこびりついていたのに気づかなかったけど。こんなふうにこまごまとしたことをつぶさに思い出すことで——まずは絵画の背景に目をやって、しだいに主題へと視線を移していくように——僕は母さんの死をいっとき保留し、逃れられない別れの瞬間を遅らせようとする。最後のシーンで、母さんは車の残骸のなかに取り残されたままのこともあれば、切断した車体から運び出され、地面に横たわっていることもある。そこは溶岩原の窪地の底面の平らな部分だ。二株のタソック（こんもりと茂るイネ科の植物）の上のほうの葉っぱが、事故の衝撃であちこちに飛び散って、傷だらけの身体にもたくさん付いている。その場所に、母さんはそっと寝かされる。まだ生きているようにも、死んでいるようにも見える。

父さんののろのろ運転のおかげで、あの木を確かめることもできた。こぶりな松の木が、僕が植えた場所にちゃんと生えている。ごつごつした溶岩原の真ん中に、僕は木を植えたのだ。岩だらけの荒涼とした風景にぽつんと佇《たたず》む木――母さんが最期を迎えた場所を、神聖な場所にするために。

「寒いかな?」父さんはそう言って、ヒーターの風量を最大にした。車内は暑いくらいなのに。

「ううん、寒くないよ」

お腹が痛いけど、父さんには言えない。やたらと心配して大騒ぎするに決まってるから。母さんも心配したけど、そんなふうじゃなかった。母さんは、僕のことをわかってくれていたから。

「さあ、着いたぞ、ロッビ。飛行機は見えるかい?」

僕たちが空港に着いたとたん、山並みに降りていた夜の帳《とばり》が明け始め、水色にたなびく煙のような曙光《しょこう》が見えてきた。水平線から現れた二月の太陽は、汚れたフロントガラスの埃をくっきりと浮かび上がらせた。

弟と父さんも、僕のあとをついてターミナルまでやってきた。

別れ際に、父さんから小包を渡された。

「向こうに着いたら開けなさい」父さんは言った。「なに、ちょっとしたものだよ。寝るときに、親父さんのことを思い出してくれるようにね」

じゃあ、行ってくる、と言いながら、僕は父さんをしっかりとハグした。長く抱きしめるのではなく、ぎゅっとハグして、男らしくぽんと背中をたたいた。弟のヨセフにも同じようにしたが、弟はさっとあとずさりし、父さんの手を握った。おもむろに、父さんがズボンの後ろのポケットから分厚い封筒を取り出して、僕に渡した。

「銀行でいくらか現金を下ろしておいたよ。外国じゃ、なにが起こるかわからんからね」

肩越しに振り向くと、弟を連れてターミナルを出ていく父さんの姿が見えた。後ろのポケットから、長財布が半分はみ出している。ふたりとも買ったばかりのグレーのベストを着ていて、どちらも負けず劣らずおしゃれだ。ヨセフの外見は僕とはまるで正反対で、背は低く、茶色の瞳で、海辺からふらりと現れたような小麦色の肌をしている。色のコーディネートはともかく、あの隙のない着こなしときたら、僕の自閉症の弟はパイロットと間違えられても不思議じゃないくらいだ。僕は蝶模様のすみれ色のシャツを着た弟の姿を、心の目に焼きつけた。真昼ごろにはもう、この茶色くぬかるんだ大地から遠く飛び立っているはずだ。地の塩（「マタイによる福音書」五章十三節。善良な人びとを指す。ここでは父と弟のこと）を思い出させるのは、僕の靴の縁《ふち》に残った、白い輪っかの雪染みくらいだろう。

5

飛行機が滑走路を離れ、霜の煌めくピンクの雪景色から勢いよく飛び立った瞬間、激しい腹痛に襲われた。それでも最後にひと目、窓の外の景色が見たくて、僕は隣の席に身を寄せた。眼下の山は、白い脂肪の筋が入った赤紫色の肉の塊みたいだ。黄色のポロシャツを着た隣の女性は、僕に窓がよく見えるよう、背もたれに身体を押し付けている。でも僕は、谷間のくっきりとした、彼女の大きな胸に目を奪われてしまい、景色なんかどうでもよくなってしまった。もっと晴れやかな気分を味わって当然なのに、胃が痛いせいで、解放感に浸ることもできない。すべてを置き去って、はるか彼方の上空へやってきたというのに。実際には見えなくても、僕は心のなかで思い浮かべる——真っ黒な溶岩原、黄色い枯草、乳白色の川、タソックの波打つ草原、湿地、萎《しお》れかけたルピナスの群生地、その向こうに果てしなく広がる岩山。まったく、岩ほど手ごわいものがあるだろうか？　こんなごつごつした岩だらけの土地で、バラが普通に育つわけがない。たしかにこの国はものすごく美しいし、場所も人びとも含めて、大好きなところはたくさんあるけど、記念切手のデザインにでもするのがいちばんだ。

離陸後まもなく、僕はバックパックに手を伸ばし、高度一万メートルでバラの切り枝が無事かどうかを確かめた。湿った新聞紙で包《くる》み直す前に、緑色の新芽の部分を少し直してやる。訃《ふ》報《ほう》欄のページを選んでしまったのはただの偶然だけど、いまの僕の体調を考えたらおあつらえ向きと言えそうだ。それに偶然というのは、いかにさりげなく起こるものかを示してもいる。はるか下の大地から身を引きはがしたいま、僕が死について考えるのは不自然なことじゃない。僕は二十二歳の男で、気がつけば一日に何度となく死について考えている。二つめは身体のことで、自分の身体もひとの身体も気になってしかたがない。三つめは、バラや植物たちのことだ。三つのことを考える順番は、日によってちがうけど。僕はバラの切り枝を元の場所に戻し、女性の隣に座った。

絶え間なく疼《うず》き始めた痛みもさることながら、こんどは吐き気も襲ってきて、僕は思わず前かがみになってぎゅっと腹をつかんだ。飛行機のエンジン音は漁船を彷彿《ほうふつ》させ、僕は四か月間、毎日、船酔いがどれだけつらかったかを思い出した。海が荒れていなくても、船に乗り込んだ瞬間、胃のなかのものがせり上がってきて、立ちくらみがした。漁船が波のうねりを増幅させ、波止場に打ちつける波に揺られだすと、僕はとたんに冷や汗をかき始め、まだ船が錨を上げもしないうちに、一度は吐いてしまうのだった。船酔いがひどくて眠れないときは、デッキに出た。波の動きでぐらつかないように足を踏ん張りながら、霧のなかに目を凝らし、ぼんやりとした水平線が上下に弾むのを眺めていた。九回目の漁を終えたころには、僕は地球でいちばん青ざめた男になっていた――目の色まで、揺らめく波の色になった。

「赤毛には付き物だな」古参の漁師が言った。「船酔いがいちばんひどいと決まってるんだ」

「まあ、たいていのやつは二度と戻ってこない」べつの漁師が言った。

6

客室乗務員《キャビンアテンダント》たちが、座席のあいだの通路を急ぎ足でやってくる。茶色のストッキングにハイヒールのミュールを履いた脚が、不時着時の姿勢のように前かがみになった僕の視界に、ぬっと現れる。みんなで僕に気を配り、通路をあわただしく行き来しては様子を見にやってきて、あれこれ世話を焼く。

「枕を使いますか？　ブランケットはいかがですか？」彼女たちは心配そうに声をかけ、座席の背もたれの埃を払って、僕の頭の下に枕をすべりこませたり、ブランケットをかけたりする。それからまた向こうで集まって、どうしたものかと話し合っている。

「気分が悪いの？」隣の黄色のポロシャツの女性が声をかけてきた。

「あ、ちょっと調子が悪くて」僕は答えた。

「大丈夫、心配しないで」女性はそう言って、僕のブランケットを直してくれた。よく見ると、たぶん母さんと同じくらいの年齢だ。三人の女性が機内で僕の面倒を見ている——いまにも泣き出しそうな子どもみたいに。僕は座ったまま身体を起こし、トレーに載った機内食のアルミの蓋の下を覗こうとした。ちょうどそのとき、キャビンアテンダントが通りかかったので、機内食になにか入ってたんでしょうか、と訊いてみた。

「確認いたしますので」彼女はそう言って、通路の向こうに姿を消した。

けれども、なかなか戻ってこない。僕はしかたなく、自分が育ちのいい若者であることを隣の女性にわかってもらうため（母さんはもちろん太鼓判を押してくれたはずだ）、自分から手を差し出して名乗った。

「アルンリョウトゥル・ソウリルです」

おまけに、僕は革ジャケットのポケットに手を突っ込み、グリーンのベビー服を着た、頭のつるんとした赤ちゃんの写真を取り出した。たぶんこのひとは、僕のことをあんまり男らしくないと思ったんじゃないだろうか——濡れ新聞の訃報欄で包《くる》んだ切り枝なんか持っているし、機内食は吐いてしまうし。個人的なことを訊かれるのも面倒だが、はい、チョコレート、なんて子ども扱いされるのはまっぴらだ。さっさと先手を打っておかないと。

「僕の娘です」そう言って、僕は写真を渡した。

隣の女性は一瞬、驚いたように見えたが、すぐににっこりと笑顔を浮かべ、ハンドバッグから眼鏡を取り出して、写真を明るいほうへ向けた。

「かわいいお子さんね。いくつ？」

「その写真を撮ったときは五か月です。いまは六か月半」六か月と十九日と言いたいところだが、お腹が痛くて、細かいことまで頭が回らない。

「とってもかわいくて、かしこそうな赤ちゃんだこと。おめめもぱっちりして」女性は言った。

「だけど、女の子にしてはちょっと髪の毛が少ないわね。てっきり男の子かと思ったわ」

女性は温かい眼差しを僕に向けた。

「えっと、たしかあのとき目を覚まして、ボンネットを取ってやったんじゃないかな。だから、髪がぺたんこなんですよ」僕は言った。「そうそう、ベビーカーからおろしたばかりで」僕は写真を受け取って、ポケットに戻した。これ以上、娘の薄毛のことで言うべきことはなにもないから、この話題はおしまいだ。しかもきゅうに、僕はもうお腹が痛いことしか考えられなくなってきた。また吐きそうだ。目を閉じると、ゆうべの魚のフライにかかったグリーンのソースが目に浮かんでくる。隣の女性が心配そうに僕を見ている。もう言葉を交わす気力もなくて、考えごとをしているふりをしながら、僕はバックパックに手を突っ込んでごそごそと探った。押し花をいくつもはさんだ本を取り出すと、まるで運命のいたずらのように、いちばん古い押し花のページが開いた——六つ葉のクローバーで、三本とも、僕がわが家の小さな裏庭で、同じ朝に採ったものだ。六歳の誕生日に六つ葉のクローバーを三本も見つけるなんて、すごいことだと父さんは言った。これは幸先がいい。きょうの誕生日パーティーで、きっといいことがあるぞ。それともおまえの夢がかなって、庭の木がぐんぐん大きくなって、木登りできるようになるかな？

「それ、あなたの押し花帳？」隣の女性がとたんに興味を示した。僕は返事をせず、クローバーを一本取り出して読書灯にかざした——これは最近採ったもので、まだ完全無欠だ。はかなげで繊細でありながら、永遠を宿しているようにも見える。たぶん僕の症状はただの急性食中毒なのだろうけど、クローバーの葉っぱが、か細い茎の先でうなだれている様子は、いかにもいまの僕を象徴しているような気がする。

7

「おひとりで本当に大丈夫ですか？」出口へ向かって通路を歩いていく僕に、キャビンアテンダントが声をかける。「お顔が真っ青ですよ」

飛行機から降りた瞬間、こんどはチーフアテンダントが僕の肩をそっとたたいて言った。

「どの食材が原因だったのかを確かめるために、乗務員二名で試食をしたのですが、わかりませんでした。申し訳ありません。クリームチーズ詰めの魚のフライか、クリームチーズ詰めのフライドチキンのどちらかのはずなのですが」

空港の職員が行き先の住所を書いてくれたメモを、僕は汗ばんだ手のひらでぎゅっと握りしめる。

見知らぬ街、初めての海外旅行で降り立った街で、僕はタクシーの後部座席でうずくまっている。バックパックがすぐわきに置かれ、前面のコンパートメントに入れたバラの切り枝は、包《くる》んだ新聞紙の隙間から緑色の新芽を覗かせている。僕はふと、このタクシーの乗客は自分だけじゃないような気がしてきた。ひょっとしたら、あの黄色のポロシャツの女性が僕を送ってやろうと思って、同乗しているんだろうか？

タクシーが赤信号で止まるたびに、後部座席に寝転がった僕からは、通行人たちが窓に映った自分自身の姿をちらりと眺めていくのが見える。

運転手はときどきバックミラーをちらっと見て、僕の様子を窺っている。ふと助手席を見ると、大きなシェパード犬が座っていて、だらんと下がった長い舌から、よだれが垂れている。リードを着けているかどうかわからないけど、犬は食い入るように僕のことを見つめている。僕は目をつぶった。やがて目を開けると、タクシーはすでに病院の前に停まっていて、運転手が向き直って僕を見ていた。タクシーのなかでも吐いてしまったせいで、運賃の倍額を請求されたが、運転手はべつに怒っているようには見えなかった。むしろ、僕の子どもじみた振る舞いに、呆れているみたいだった。

8

とりあえず、僕はバックパックをそっと床に置き、バラの切り枝の包みから水気が出ないように注意した。そして、ビニールカバーのかかった診察台に横になった。二十二歳で、もうおしまいか。まだ始まってもいないうちに、旅は終わってしまった。用紙に名前を記入するだけなのに、ひと文字ずつ、えらく時間がかかる。蛍光灯に照らされた診察室で、僕が横になるとき手を貸してくれた女性は、艶やかな茶色の髪と茶色の瞳をしていて、細やかに気遣ってくれる。僕は上半身裸で、こんどはズボンも脱いでいく。母さんもこんな気持ちだったんだろうか——溶岩原で、見知らぬ人たちの腕のなかで死んでいったとき。ともかく、僕が死ぬ日だって、この地球上の多くの人たちにとっては、幸せな日になるのは間違いない。陽が沈むまでには、僕のかわりに大勢の赤ちゃんがこの世に生まれ、結婚式も数えきれないほど挙げられるんだろう。

死ぬなんて、べつにたいしたことじゃない。これまでだって世界じゅうで、善良な息子や娘たちが大勢死んでいったのだから。もちろん高齢の父さんにとっては、ショックにちがいない。自閉症の双子の弟は、きっと僕のいない新しいシステムを作り上げていくはずだ。だけど、生まれてまもないあの子は――まだ言葉も話せず、数時間おきに目を覚ますような赤ちゃんだから――父親がどんな人間だったか、知ることもないだろう。やっぱり、後悔はいくつかある。もっとたくさん女の子と寝ておけばよかった。あのバラの切り枝、ちゃんと土に挿してやりたかった。

艶髪の女性が僕のお腹にそっと手を置いたとき、蝶の形の緑色のヘアクリップをしているのに気づいた。僕の存在がこの世から消える最期のひとときに、面倒を見てくれる女性の髪に、生と死と復活のシンボルが留まっているとは。

水分が不足したら、バラの切り枝が枯れてしまう。そう思った僕は、ひじをついて身体を起こし、バックパックを指差して言った。

「植物が」

彼女は腰をかがめてバックパックを取り、診察台のそばに持ってきてくれた。言葉がわからないから言いたいことが言えなくても、ただ指を差すだけで、このひとは僕の言いたいことをわかってくれる。もしこんなふうに僕がこの世を去る運命じゃなかったら、ひょっとしてこのひとと結婚してたりして――そんな考えがふと、僕の頭に浮かんだ。たぶん僕より十歳ほど年上の三十二歳くらいだろうけど、べつにたいした年齢差とも思えない。だけど、わけのわからないこの腹痛のせいで、こんなにもしっくりと感じるふたりの関係を深めることもできない。僕は胃に残っていた機内食のフライとチーズソースを吐き終えると、彼女に手伝ってもらいながら、バラの切り枝を包《くる》んだ湿った新聞紙を、そうっと開いていった。彼女の手つきはまるで、うまくいった手術のあと、患者の脚の包帯を外しているみたいだ。

「植物を持ってきたの?」彼女は言った。すぐそばにいる彼女のヘアクリップの蝶の翅《はね》に、黄色の斑点が見える。

「そうなんだ」僕はこの国の言葉で、ネイティブのような発音で答えた。

彼女は、ちゃんと言ってることがわかってるのね、というようにうなずいた。

おまけにもうひとこと、僕はラテン語で言った。

「ロサ・カンディダ」

こと植物と栽培法に関しては、僕の腕前と語彙《ごい》はなかなかのものなのだ。

「棘がないんだ」僕は付け足した。

「棘がないの? ほんとに?」彼女は僕のジーンズをたたんで、椅子に置かれたケーブル編みのブルーのセーターの上に、きちんと重ねた。母さんの手編みのセーターは、これが最後だった。もうすぐこの蝶のヘアクリップをつけた女性も、裸の僕を見た七人の女たちの最後のひとりになる。

「あとのふたつの植物も――ロサ・カンディダなの？」彼女が訊いた。

「そう、念のために」僕は答えた。「挿し木をするのに万が一、枯れたらいけないから」そう言って、僕はまたビニールカバーのかかった診察台に横になった。

苦しんでいる僕をずっと見守り、吐いたときは介抱し、バラの切り枝に水をやってくれた彼女に、僕はもっと個人的なことを打ち明けたくなった。それで、子どもの写真を取り出して、彼女に見せた。

「僕の娘」

彼女は写真を手に取って、じっと見た。

「かわいい」そう言って、彼女は微笑んだ。「いまいくつ？」

これくらいの簡単な質問なら、この国の言葉をあまりしゃべれない僕でも、ちゃんと答えられる。

「約七か月」

「ほんとにかわいい」彼女はもう一度言った。「でも七か月の女の子にしては、髪が少ないかも」

これは、予想外だった。相手を信頼して大切なものを分かちあったとたん、がっかりさせられるとは。だけど、僕がこの世で誰かと言葉を交わすのはこれで最後なんだから、なにが何でも娘の髪の毛のことはちゃんと理解してもらわないと。写真なんて、実物どおりとは限らないし、ブロンドの子は普通一歳までは髪の毛が目立たないものだし、生まれたときからふさふさ頭の、黒っぽい髪の子たちとくらべられたって困るんだ。言いたいことは山ほどあるのに、お腹が痛いのと、この国の言葉をろくにしゃべれないせいで、娘をかばってやれない。

「約七か月だよ」僕は繰り返した——髪が少なくたって当然じゃないか、というニュアンスをこめて。やっぱり、いきなり写真なんか見せるんじゃなかった、と僕は思った。これ以上、いじられるのはごめんだ。

「返して」僕はそう言って手を伸ばし、写真を取り戻した。娘のフロウラ・ソウルが、下の歯ぐきに生えた二本の歯を見せて、にっこりと笑っている。そういえば、お風呂上がりのあの子のおでこに巻き毛がひとすじ、くるんと垂れていたのを思い出した。出発前の挨拶に、子どもと母親が住む家を、電話もかけずに訪ねていったときのことだ。


車椅子に乗せられて手術室へ向かいながら、僕は目を閉じた。シーツをかぶっていても寒気がする。いまの僕にとって、たしかな現実は痛みだけだ。もちろん、僕の苦しみなんて、この世界の惨禍や恐怖、干魃《かんばつ》やハリケーンや戦争なんかにくらべたら、足元にも及ばないけど。

僕の生存率はどの程度なのか、グリーンの手術着に身を包んだ医療スタッフの表情や仕草から探ろうとしてみる。誰かがなにか言って、それを聞いた相手が、グリーンのマスクをしたまま愉快な笑い声をあげた。まるで深刻な事態などなにもなく、誰も死にかけていないかのように。最期のときに、僕にとってこれ以上残酷なことはなかった――こんな寄せ集めの連中に、いいかげんに扱われるなんて。僕が死んでも、きっと平然としてへらへらしているんだろう。こいつらは、僕の話すらしていない――聞きかじりだけど、たぶん――このうちの誰かが観にいった映画の話題で、べつの誰かが今夜観にいくらしい。『ひなげしの畑』か――その映画なら、僕も聞いたことがある。ある男が女にこっぴどく足蹴にされて、その女を誘拐して、ふたりで銀行強盗をするって話。最近、映画祭で特別賞かなにかを受賞した映画だ。

いきなり、誰かが僕の髪をなでる。赤毛のモップちゃん――母さんの声が聞こえる気がする。

「心配しなくていいよ。急性虫垂炎だから」誰かがマスクの向こうから言った。

なでる、というのはちょっとちがうか。誰かが僕の髪をかき上げているような感じ。僕は小鳥で、重たい翼をばたつかせながら飛び立っていく。宙《そら》に浮かんだ僕は、下界のできごとをただ見守っているだけで、なにもしない。だって僕はもう、すべてから自由になったのだから。

なにもかもが消え去る瞬間、すぐそばで父さんの声がした。

「バラに将来はないぞ、ロッピ」

9

目を覚ましても、しばらくはどこにいるのかわからなかった。一瞬、湿った土と植物の匂いをかすかに感じた気がする。まるで雨の朝、テントのなかで目覚めたように。でも、あたりは真っ白だ。誰もいない部屋にひとりぼっちかと思っていたら、ふとベッドサイドのテーブルに目がとまった。緑の茎が三本、プラスチックの三つのコップに一本ずつ生けてある——そうか、僕の挿し木用のバラの枝だ。コップのあいだに、手書きのメモが挿しこまれている。僕はふとんの下で手を伸ばし、切り開かれて縫い合わされた身体を触ってみた。これは現実なのか、僕はまだ生きてるのか、確かめるために。どうやら脈もあるし、鼓動も感じる。さらに手を下へずらし、お腹を時計まわりに一回なで、身体のほかの部分にもふれていった。ついに、手術のあと包帯を巻かれた部分に手が届き、傷痕のあたりをそっと押さえてみた。やがて、僕はひじをついて身体を起こした。頭がくらくらして、縫合した部分が少しつれたけど、バックパックの雨蓋からどうにか辞書を取り出した。メモに書かれたメッセージを一語ずつ読み解くには、しばらく時間がかかった。

バラの切り枝の世話をしておきました。次のシフトの看護師にも伝えてあります。休暇を取って、いなかの両親に会いにいってきます。早くよくなってね。赤毛の青年へ。
追伸　切り枝の様子を見にきたときに気づいたのですが、バックパックのなかにクリスマスプレゼントが入ってました。

ベッドカバーの上に、父さんからのプレゼントが置いてあった。包装紙はトナカイと鈴の模様で、カールした青いリボンがついている。
包みを開けてみると、中身はパジャマだった――厚地のフランネルで、水色のストライプのパジャマだ。父さんのパジャマにそっくりで、父さんがヨセフに買ってやったのにも似ている。僕はパジャマをセロファン袋から出し、なかに入っていた厚紙を取り出した。値札は父さんが外してあった。パジャマの上着を手に取ると、片袖から手書きのカードが出てきた。

ロッビへ　この一年を振り返って、思い出深いこと、感謝したいことがたくさんあります。

ヨセフと私から心をこめて、この気取らないパジャマが、外国の〝危険な嵐〟のなかで役に立ってくれますように。

父さんとヨセフより

下のほうに、わざわざヨセフにもイニシャルを書かせている。それにしても「気取らない」ってどういう意味だろう？　僕は寝るときは上半身裸でパンツしか穿《は》いていないのを、父さんは知っているはずだ。僕みたいにパジャマも着ないで寝るのは、気取ってるのか？

裸足でベッドから出ようとしたが、縫合した傷痕がずきんと痛み、めまいがした。身体がひどく重い――ひざまで水に浸かって、急流に逆らって歩いているみたいだ。僕はまた横になり、眠りに落ちた。

目が覚めると、ベッドのそばに白衣の女性が立っていた。茶色の髪をポニーテールに結っていて、このあいだとはちがうひとだ。砂糖を入れたティーバッグの紅茶とチーズトーストの軽食が出された。僕が紅茶を飲んでいたら、看護師さんが話しかけてきて、植物に興味を示した。

「どんな品種なんですか？」

命拾いした僕は、それにふさわしい言葉を選んだ。

「八弁のバラ」耳慣れない、しゃがれ声だった。

「全部同じ品種？」

「そう。万が一、枯れたら困るから、予備に二本。挿し木をして増やすんです」ろれつが回らず、相変わらずのしゃがれ声で、僕は言った。身体も声も、何だかおかしな具合になってしまった。

「声はすぐに戻りますからね」彼女が言った。「麻酔のせいですから」

とにかく猛烈に眠くて、僕はまたうとうとしてきた――夢から覚めることも、起きていることもできないかのように。

つぎに目が覚めたとき、ベッドの片側に白衣のひとがふたり立っていた。ひとりが傷のある側のベッドカバーを持ち上げて、ふたりで話し合っている。ところどころ理解できる言葉も耳に飛び込んでくるけど、早口すぎて、なにを言っているのかよくわからない。それに、まだ眠気がひどくて起きていられないのだ。彼らは僕のことを話していて、僕になにかたずねているようだけど、僕は何て答えようかと考えているうちに、会話の途中で寝てしまう。

「まだ無理だね。寝かせてやろう」最後にそう言っているのが聞こえた。

そんな調子で、話をしようとしても、僕が途中で寝てしまうものだから、退院は二日延びた。バラの切り枝のことは、とくになにも言われなかった。どうやら看護師が交代するたびに、ちゃんと伝えておいてくれたらしく、安心して任せておけた。

うとうとするたびに、同じ夢を見た。夢のなかで、僕は新品のきれいなブルーの長靴を履いて、人里離れた場所にある有名なバラ園で庭仕事をしている。目が覚めたあとも、ブルーの長靴のことははっきりと覚えていた。たぶんワンサイズ上で、ちょっと大きすぎる。ほかはなにもかもモノクロの夢で、バラでさえ色が着いていない――ただ一点、ブルーの長靴だけ。やがて、きゅうに場面が変わって、僕は戸惑ってしまう。細い道の向こうの突き当たりに、陽光を背にした母さんの姿が見える。ブルーの長靴を履いた僕が、母さんのあとについて長い階段を上っていくと、そこにはドアがあって、母さんはなかに入ってしまう。僕がドアをノックすると、戸口に母さんが現れる。そして僕に、砂糖の入ったティーバッグの紅茶を出してくれる。

ようやくまともに目が覚めたとき、カレンダーではすでに三日が過ぎていた。生き返った僕の目の前には、無限の選択肢が広がっている。夢から覚めて、汗をびっしょりかいていた僕は、その朝のシフトの看護師さんに、退院前にシャワーを浴びるように言われた。彼女のあとをついてバスルームへ向かう――傷痕が痛むので、一歩ずつ、小さな歩幅で。この看護師さんも茶色の瞳で、髪も茶色だけれど、このひとはショートヘアだ。僕はひとりにしてほしかったが、彼女は向こうに立って、こちらを見ている。たぶん、万が一のときのためだろう。看護師さんたちには、本当に世話になったのは間違いない。僕は院内着を脱ぎ、バスルームの鏡の前の椅子に置いた。シャワーを浴びて出てくると、看護師さんはもう、蒸気で曇った鏡をきれいに拭き上げていた。僕はお腹の右側にある傷の包帯を替えてもらっているあいだ、この肉体もいつかは滅びるのか、と考えていた。黒っぽい剛毛が皮膚から生えている。シャワーから出て、看護師さんが僕の左側に立った瞬間、僕はこの、傷痕のある肉体が僕なのだと感じた。僕という存在を形作っているのは、感情や、思い出や、夢なんかじゃなかった。なによりこの生身の男の身体こそ、僕なのだ。死と復活を経験し、三日間で三人の茶色の瞳の看護師さんに出会った僕は、ピンクの鎮痛剤が四錠入った箱を渡され、退院することになった。

バックパックに手を突っ込んで、着替え用のきれいなTシャツを探していたら、母さんが作った最後のルバーブジャムの瓶が出てきた。いつのまにか、父さんが入れておいたのだ。看護師さんが、切り枝を包《くる》むための新聞紙を何枚か僕にくれた。劇評のページだな、とすぐに気づいた。僕は着替えを済ませ、切り枝を新聞紙で包んで、押し花帳やパジャマと一緒にバックパックにしまった。

「それで、行くあてはあるのかな?」退院前の診察をした医師がたずねた。

大丈夫です、と僕は答えた。

僕の人生でいま、のっぴきならない唯一の問題は、ジーンズのファスナーを上げることだ。両脚を突っ込むところまでは、どうにか自分ひとりでできたのだけど、腰まで引っぱり上げようとすると、傷のあたりがまだ痛む。そんな僕の様子を見かねて、茶色の瞳の看護師さんが助けに来てくれた。

10

病院を出た僕は、道端の電話ボックスから父さんに電話した。呼出音が鳴っているうちに何度も咳払いをし、できるだけさりげない風《ふう》を装って、じつは盲腸の手術をしたんだ、と伝えた。つとめて軽い調子で言ったつもりが、相変わらず変なしゃがれ声しか出ない。僕の人生の短い映画が、のっけから赤の他人に吹き替えられてしまったみたいで、僕はきゅうに泣き出しそうになった。

父さんは、つぎの飛行機で帰ってこいと言う。そんなの無理に決まってる、と僕が言うと、それなら自分がこっちに来て、僕が元気になるまで面倒を見るという。心配が声ににじみ出ている。

「母さんだって、そうしたいと思ったはずだ」父さんは言った。「それに、ヨセフもそのうち海外に連れていってやろうと思ってたんだよ。あの子は飛行機が好きだから」

でもアパートを借りてあるんだ、と僕は事情を説明した。

「学生向けのこぢんまりした部屋だし、六階なのにエレベーターもないんだよ」

「それなら、ヨセフと私は宿に泊まればいいさ」

まるで昔の物語に出てくる人物みたいな言いぐさだ。町にはたった一軒の宿屋しかなくて、もし空き部屋がなかったら、納屋にでも泊めてもらえばいいか——なんてのんきに構えているような。

あと三年で八十になろうという父親が、障害のある息子を連れて飛行機に飛び乗ろうとするのを思いとどまらせ、僕は面倒を見てもらわなくても大丈夫だから、と説得するのは大変だった。僕はつとめて元気な声を出し、考古学を学んでいる友だちの家に泊まるから心配しないで、と伝えた。

「ソウルグンヌルのこと、覚えてるでしょ？　小学校のときずっと同じクラスで、よくうちに遊びに来た女の子だよ。眼鏡をかけて歯列矯正器を着けてて、チェロが弾ける子」

じつは彼女とは中学校も一緒だったが、そのころにはもう、うちへ遊びに来なくなっていた。ところがあるとき、休暇で帰国していた彼女と偶然、花屋で再会したのだ。僕は肥料を買いに来ていて、彼女はヴィオラ・コルヌータ（角のあるパンジー）の鉢を持っていた。店から出たところで、彼女が言った。ねえ、よかったらうちに来る？　泊まっていかない？

「なかなか素敵なアパートみたいだよ」さっきは学生向けのボロアパートみたいな印象を与え

てしまったので、取り繕うように僕は言った。「そこで休めばすぐに回復するよ。食事も作ってもらえるし」父さんの心配を和らげたくて、そう付け加えた。双子の僕たち以外に子どもはいないから、父さんはいつだって僕たちを守ろうとしている。父さんには言えないけど、じつは考古学を学んでいるその女友だちは、一週間留守にしているのだ。ふたつの街の墓地を調査して、視野を広げるのだという。

「いつ帰ってきてもいいんだよ」父さんは言った。「おまえの部屋は出ていったときのまま、なにひとつ触ってないからね。まあ、ちょっと片付けて、シーツを取り替えて、床のモップがけをしておいたが。晩にシーツのアイロンがけをしたら、何時間もかかったよ」

「相変わらずだね、父さん。僕は抜糸が済むまで、あと何日かこの街にいるよ。それから中古車を買って、例の庭園を目指して南へ下っていくんだ。たぶん、数日はかかると思う」

僕はまだ相当疲れているらしく、長い会話をするのはしんどかった。パジャマのお礼も言ってないのに。とりとめのない会話を続けるにも、集中力と体力が要るらしい。

「パジャマありがとう。おかげさまで重宝してるよ」

それから、僕の堅信式（カトリックの秘跡）仲間の電話番号を父さんに伝えた——父さんがソウルグンヌルのことをそう呼ぶからだ。彼女がスコップでふたつの墓地を掘り起こし、貴重な経験をして、世界を見つめる視野を広げようと奮闘しているあいだ、僕は彼女の部屋に寝泊まりさせてもらうというわけだ。無事に着いたかどうか知りたいから、今夜電話するからね、と父さんが言う。

友だちの家までそう遠くはないのに、歩くと傷が痛む。僕は通りを歩きながら、まわりの建物や人びとに目をやった。なんと、ほとんどの女性は茶色の髪と茶色の瞳をしている。

鍵は一階のベーカリーで受け取るのだが、部屋は最上階の六階のロフト部屋で、エレベーターがついていない。鍵束には四つの鍵があり、ベーカリーの女のひとが説明してくれた。ひとつは一階の玄関の鍵。あとの三つはそれぞれ地下室、郵便受け、そして友人の部屋の鍵だ。階段がぎしぎしと音を立てる。まだ傷を縫ったばかりだから、一歩一歩が堪《こた》える。部屋は冷え切っていたが、どこもかしこも清潔できちんと片付いていた。ベッドメイキングもしてある。たぶん、ベッドカバーの下にふとんが掛けてあるんだろう――すっかり連絡の途絶えていた昔のクラスメイトが墓石の調査をしているあいだ、一週間、僕が拝借する予定のふとんが。いかにも女性が住んでいる部屋だ。何に使うのかもわからない、こまごまとした雑貨がやたらと置いてある。あとはキャンドルやレースのテーブルクロス、お香、クッション、本、写真など。うっかりぶつかったりしないように、気をつけなくちゃいけない。どうやらアンティークのマーケットで買い集めた品々のようだ。この手狭な部屋の机はアンティークで、アンティークのランプが置かれている。アンティークのベッドに、アンティークのキャンドルスタンド。玄関にはアンティークの鏡が置かれ、部屋に入ったとき、自分の姿が映し出された。

その姿見は明らかに女性用のサイズで、僕はかなりかがまないと全身が映らない。

僕はごわごわした髪の毛をかき上げた。いつもの癖だ。どう見ても、不気味なほど顔が青ざめている――赤毛のひとは老いも若きも、わりと精気がないように見えるものだとしても。見た目はまだ少年っぽいかもしれないが、僕はもう、よぼよぼの老人のような気分だった――すべてを見尽くしてきたのに、若者の身体に囚われている。僕のこれからの人生は、きっと墓に入るまでの暇つぶしみたいなものだろう。この先、僕が驚くようなことなんてあるんだろうか？

病院のプラスチックのコップに入ったままのバラの切り枝を窓辺に並べ、ラジエーターの温度を上げようとしたけど、何度やってもうまくいかなかった。腹が減ったが、さっきベーカリーに立ち寄ったのに、なにか買っておこうとは思いつかなかった。とてもじゃないが、あの階段をまた六階分、上り下りするだけの体力はない。僕は思わずベッドにひっくり返って、革のジャケットを頭にかぶった。だがすぐにがばっと起き上がり、ジーンズとセーターを脱いで、ふとんにもぐりこんだ。ふとんの匂いをかいでみたけど、べつになにも思い浮かんでこない。借り物の寝床のなかで、僕はもぞもぞと寝返りを打った。寒いような、汗ばんでいるような――傷が化膿して熱が出ているとしても、不思議じゃなかった。こう寒くちゃ、そのほうがいいくらいだ。でもいいかげん、みじめな自分を憐《あわ》れむのはよそう、と僕は思った。だけど、父さんに会いたくてたまらなかった。僕の心はまだあの家を離れてなくて、使い古した水色のかけぶとんの船の模様がまざまざと目に浮かんでくる。父さんはいま、なにを食べてるだろう。もしかしたら、じゃがいもをうんとやわらかく茹でている最中かもしれない。しばらくして、窓ガラスが湯気ですっかり曇ったころ、鍋に魚の切り身を加える。母さんが死んで以来、父さんががんばって作るようになった料理を、僕はそれほどおいしいと思っているわけじゃないけど、なぜか父さんのことを考えるたびに、食事の時間を思い出すのだ。まあ、塩鱈《たら》とじゃがいものバター風味はなかなかいける。子どものころ、僕が食べやすいように魚の骨を外し、白身にバターをまぶし、つぶしたじゃがいもと混ぜてくれたのは、父さんだった。そうやって、父さんがお皿の上でクリーム色のこんもりとした山を作っていくのを、僕はじっと見ていた。料理を細かくつぶしても皿に広げないのは、冷めてしまうからだ。父さんの刃先の鋭いナイフで、火山のあらゆる斜面のでこぼこをならし、表面をなめらかにするには、けっこう時間がかかった。ところが僕ときたら、たったふた口でお腹いっぱいになってしまい、席を離れて遊びにいこうとする。父さんは辛抱強く、僕を連れ戻して子ども椅子に座らせ、スプーンで魚を食べさせる。あれ、ヨセフは？　どうして一緒に席に着いていていないんだろう？　いやいや、弟はテーブルの反対側の席に着いている。出されたものは何でもおとなしく食べるのだ。言葉を話さない弟は、僕のようにあれこれ質問したり、好奇心を持ったりしない。僕みたいにテーブルの下にもぐりこんで、世界の真下はどうなっているのか確かめようとなんかしない。

「さあ、父さんもひと口食べちゃうぞ……」

11

部屋は最上階の六階で、窓も閉まっているのに、街の喧騒がベッドまで聞こえてくる――車のクラクションや怒鳴り声や呼び声が、すぐ近くから聞こえる気がする。あっというまに夕闇が迫り、六時くらいに蒼い空が覗いたかと思うと、街はきゅうに暗闇に包まれる。

窓の下には、狭い中庭がある。ベッドから見えるのは中庭の向こうのアパートメントで、部屋には灯りがともっている。キッチンにはカーテンもなくて、たぶんダイニングルームはこのベッドから四メートルも離れていないだろう。まるで前面の壁が取り除かれたドールハウスみたいで、家庭生活のひとこまを垣間見ることができる。その部屋の女性が下着姿でキッチンに現れたのは、この一時間で三回目だ。じっと見ていると、女性はトースト二枚にバターを塗り、ハムを載せた。カーテンがないことなんか気にも留めない様子で、さっきから一度か二度、僕のことをまっすぐに見つめた気がするのだけど。彼女のショーツは赤紫色で、片手にトーストを持っている。やがて、ちょっと姿を消したかと思ったら、つぎにキッチンに現れたとき、彼女はワンピースを着ていた。彼女の隣に男の姿が見え、買い物袋から品物を取り出している。あの女性は僕と同い年くらいだろうか。僕はたちまち、自分が彼女のボーイフレンドになったところを妄想した。僕が奇跡的な速さで回復して、もしうまいことチャンスが訪れたら、彼女と知り合えるかもしれない。まあ、そんなにうまいこと行くとは思えないけど。それでも僕は、彼女との偶然の出会いを思い描いてわくわくした。そうだな、卵が必要だ――目玉焼きなら作れるから――それで、彼女の部屋のドアをノックする。だけどもちろん、そのためには六階から階段を下りて、通りに出て、卵を売ってる店に立ち寄って、向こうのアパートメントの建物に入らなくちゃいけない。当然、正面玄関の鍵は持っていないから、無頓着な住人のあとをついてこっそりなかへ入り、六階まで階段を上ってようやく、彼女の部屋のドアをノックできるわけだ。ほかに彼女と近づける方法はないかな、と僕は頭をひねる。いちばん簡単なのは、もちろんベーカリーでばったり出会うことなんだけど。

「さあ」彼女は僕の手を引っぱって、石畳の中庭を突っ切っていく。「私の部屋に行こう」さっき彼女があの男にしたのと同じように、彼女にそっと髪をかき上げられたりしたら、僕は何て言えばいいか、わからなくなってしまうかも。僕はこれまで六人の女性と寝た経験があるけど、僕の年齢の男で、それが多いのか少ないのかわからなかった。平均より多いのか、ちょうど平均くらいなのか、それともずっと少ないのか？

窓を開けると食べ物の匂いがして、きゅうに食欲が湧いてきた。僕はなにか食べる物を探しにキッチンへ行き、ふたつの戸棚を見てみた。ちょっと探しただけで、ライ麦のクラッカーが数枚と粉末のアスパラガスのスープが見つかった。僕はバックパックからルバーブジャムの瓶を取ってきて、スープが煮えるまでのあいだ、三枚のクラッカーにつけて食べた。友だちの調理器具の多さにはびっくりした――何でも四つずつあるのだ。それから食器類が入ったカップボードを開いて、飲み物の器を探した。陶器のカップは花柄で、金縁が施してある。大切な器を落としたりしたら困るから、僕はカップボードの下のほうにあったプラスチックのカップで水を飲むことにした。

僕の家は、どんな感じになるだろう？

「家はふたりで作るもの」母さんならそう言いそうだ。ひとつ言うなら、僕は植物のない家では暮らせない。もっとも僕は家のなかで過ごすより、庭に出ている時間のほうがずっと長そうだけど。僕は父さんとはちがって、日曜大工が得意じゃない。家のガレージに入っていくときでさえネクタイを締めている父さんの手元には、プラスのねじ回しや配管用の径違いソケットが置いてある。でも僕は、そういう日曜大工が得意な何でもできるお父さん、みたいなタイプじゃない。敷石を敷いたり、電気の配線を設置したり、キッチンの戸棚に扉を取り付けたり、踏み台をこしらえたり、排水管の詰まりを直したり、窓枠を交換したり、大きなハンマーで二重の窓ガラスを粉々に砕いたり――そういうのは、男ならできて当たり前と思われていることだけど。まあ、やる気になれば、全部は無理だとしても、少しくらいはできるだろうけど、楽しいとは思えないはずだ。棚くらいは作れそうだが、棚作りが趣味になるなんてことは、絶対にありえない。そんなことで、夜の時間や週末を無駄にするのはまっぴらだ。父さんが電気の配線を設置しているそばで、棚のねじを留めている自分なんて、僕には想像もできない。ひょっとしたら、僕の未来の義理の父親は、床の板張りが得意かもしれない。そしたら、父親同士で協力して何でも計画すればいいんだ——それぞれ愛用のコーヒータンブラーをうちの棚に置きっぱなしにして。それか最悪なのは、父さんと僕しかいなくて、僕が弟子みたいに、父さんにいろいろ教え込まれるという……。家庭を築くということを考えれば考えるほど、僕には向いていない気がする。でも、庭となったら話は別だ。庭だったら、僕は明けても暮れても、何日でも過ごしていられる。

アスパラガスのスープを飲み終えるころ、父さんから電話がかかってきた。ちゃんと食べてるかい、と父さんは言った。そして夕食になにを食べたか知りたがったので、盲腸の手術のあとは軽食にするように言われているから、アスパラガスのスープにしたよ、と答えた。父さんはボッガの家に招かれ、ラム肉のスープをごちそうになったらしい。やがて、ソウルグンヌルのことを訊かれたので、彼女はいまちょっと外出しているんだ、と答えた。そして父さんが、どうだい、少しよくなってきてるかい、と訊くので、気分はだいぶよくなったよ、と僕は答えた。それから、陽が沈む時間はだいたい同じかと訊かれた。

「そうだね、六時くらいかな」

「天気はどうだい？」

「けさからずっと、曇りがちだけど穏やかだよ。いかにも春らしい天気」

「そっちの電気はどうなってる？」

「どういう意味？　電気はちゃんと点くよ」

僕は電気のことはまるっきりわからない。九歳の誕生日の朝、父さんは僕に車のプラグの交換のしかたを教えようとした。そのとき、僕がまったく興味を示さないのを見て、父さんが唖然としていたのをいまでも覚えている――まるで僕が、男になるつもりはない、と宣言したかのように。だからさっき父さんが電気のことを訊いたのは、僕の男らしさはどの程度か、探りを入れてるんじゃないかと思ったくらいだ。

「私はどうも昔から暗がりが苦手なんだよ、ロッビ」おやすみを言う前に、電気技師がそう言った。

じゃあまたね、ヨセフによろしく、と言って僕は電話を切った。ふたりからもらったパジャマに着替え、女の子っぽいふとんにもぐりこんだ。パジャマは袖の長さもズボンの丈も、ちょっと短めだ。手術をして以来、僕は以前にも増して、しょっちゅう身体のことを考えている。自分の身体はもちろん、他人の身体のことも。他人の身体っていうのは、ほとんど女性の身体って意味だけど、男性の身体も気にならないわけじゃない。こんなに身体のことばかり意識してしまうのは、ひょっとして、四日前の麻酔の副作用なんだろうか？　お腹はまだ痛くて、こうやってふとんにくるまっていると、なんだかやけにさみしかった。僕にできるのは、せいぜい自分の身体をあちこち触って、確かめて、生きてるってことを実感するくらいだ。一つひとつ触りながら、腕もあるし、脚もある、と自分に言い聞かせるように。こうして盲腸の手術から回復するまで、しかたなくひとりぼっちで過ごすはめになったが、そのいっぽうで、男としての欲望が身体に湧き上がってくるのを感じる。僕は眠れなくなって、とりとめのないことを考える。あの茶色の瞳の看護師さんの電話番号、訊いておけばよかったかな――バラの切り枝の世話をしてくれて、最初の晩、ベッドに横になるときも助けてくれたっけ――蝶のヘアクリップをしてた。それか退院の日、シャワー室まで付き添って、包帯を替えてくれたあのひととか。

12

翌朝の空には、フリルの付いた赤ちゃんのボンネットみたいな、不思議な形の雲が浮かんでいた。死と復活を経験した僕は、ようやく元気を取り戻した。傷痕をそっと押しても、痛みはほとんどなくなっている。新しい一日の始まりにも、おのずと心構えがちがってくる。

「なにより必要なのは、睡眠と時間よ」母さんならそう言っただろう。

僕はもう、家に帰りたい気持ちも、後ろ髪を引かれるような思いも、ほとんど感じなくなっていた。二十二歳の若い男が、こんなにも生きている喜びを噛みしめるなんて、ちょっと普通じゃないかもしれないけど、数日間の不運に見舞われたあとでは、歓喜の思いがこみ上げてくるのも当然だと僕は思った。こうして生きている限り、まだ寿命のある限り、普通の日なんてないんだ。バラの切り枝は、どれも窓辺で元気に育っているようだった。ほとんど目に見えないくらい、小さな白いひげ根が出始めていた。僕は着替えて、食べるものを買いにいくことにした。

パンとサラミを買って部屋に戻ってきたとたん、電話が鳴った。父さんだ。身体の調子はどうか、もう朝食は済んだか、と訊かれた。ソウルグンヌルのこともまた訊かれ、天気はどうだとたずねられた。僕はけさの不思議な雲のことを話した。向こうはいまも猛烈な北風が吹き荒れていて、草もすっかり萎れているらしい。やがて、父さんが言った。

「じつはな、おまえの卒業写真がベッドサイドのテーブルから落っこちて、ガラスが割れちゃったんだ」

「僕の卒業写真なんてないでしょ」

僕は卒業式で角帽をかぶらなかった。でもその日、母さんが庭で僕の写真を撮ってくれたのだ。やっぱり、母さんは賢明だった。それから、コセフと僕の写真を撮ってくれた。弟はいつものように僕の手を握っている。僕のほうが、頭ひとつ背が高い。最後にヨセフが、グロリオサの花壇のわきで母さんと僕の写真を撮ってくれた――ふたりとも笑っている。

父さんは最近耳が悪くなってきたのか、僕が言ったことをわざと無視しているのか、たまにわからないときがある。

「写真立ての向きを直そうとしたら、床に落ちてしまったんだよ。それで、額縁屋のスルストゥルに頼んで、以前のより少し大きめの新しい額に入れてもらうことにしたんだ。そうすれば、台紙の幅も大きめに取れるんだって。白いマット台紙を入れたら、角帽をかぶってなくたって見栄えがするだろうからね」

これ以上、父さんと話す気が失せた。

「マホガニーの額縁にしたんだ」

「そう、じゃあ父さん、またこんどゆっくり話そう」

「マホガニーでいいと思うかい？」

「ああ、いいと思うよ」

抜糸が済むまでは休暇だと思って、ベッドでごろごろしながら本でも読むしかない。僕は一日じゅう、本を読んで過ごした。夕方になると、僕はバックパックから園芸書を取り出し、芝生について書かれた第一章に目を通した。庭師なら誰でも関心を持っている重要なテーマだ。それから観葉植物の章をさっと見て、木の剪定《せんてい》に関する章をじっくり読んだ。そのあとは、接《つ》ぎ木に関する章に移った。接ぎ木については情報があまり手に入らないから、とても興味深い。

実際のところ、庭園でどんな仕事が待ち受けているのか、僕には見当もつかなかった。修道院からの手紙には、仕事内容について詳しいことはなにも書かれていなかったのだ。バラの世話に専念できれば、それに越したことはないけれど、取り急ぎ、僕が持ってきたバラの切り枝で挿し穂を作って土に挿してやったら、低木の剪定や草刈りにも精を出すつもりだった。それにしても、修道院がどうして僕の靴のサイズなんかたずねてきたんだろう？

植物の遺伝子変異のくだりを読んでいたとき、鍵穴に鍵が差し込まれる音がしたと思ったら、戸口に友だちが現れた。僕はふとんのなかだ。

「寒すぎ」挨拶もなしに、彼女が言った。「ヒーターつけなかったの?」

「やり方がわからなくて」

「プラグを差しこんでスイッチを入れるだけよ」そう言って、彼女は赤いベレー帽を脱ぎ、首に巻いたスカーフを外し、グリーンのスウェードのジャケットを引っ張るようにして脱いだ。ピンクのTシャツとショーツだけになった僕の幼なじみは、ふとんをめくって言った。

「入っていい?」

13

僕としては、よりによってこのタイミングで、手術して退院したばかりの身体では、女性をベッドに誘うだけのスタミナはなかった。思いがけず彼女が早く帰ってきたせいで、僕はすっかりうろたえていた。僕を驚かせようとしたのか？　以前、友人だったソルラウクルは、女がすることで計算ずくじゃないことなんかない、って言ってたけど。

どうしてこんなに早く帰ってきたの、と僕は訊いた。

「あなたこそ、ここにいるのは二、三日だって言ってたじゃない。それで中古車を買って、どこかの庭園に行くんだって」彼女は驚いた様子で言った。「もういなくなってると思ってた」

そう言って、彼女はすっぽりとふとんにもぐりこみ、マットレスに身を沈めた。どうやら、僕と一緒にベッドで寝るつもりらしい。ほかに寝るところもないし、〝もう少しお互いのことをよく知り合う〟なんて、まどろっこしいことはなし、ってことだろうか。

「ま、でも、追い出したりしないから」ふとんをかぶったまま、彼女が言った。

「じつは、虫垂炎になって手術をしたんだ」僕は言った。「明日、抜糸なんだよ」

僕がことの顚末を話すと、彼女がとたんに興味を示した。頼むから、傷を見せてほしいなんて言わないでくれ。

「傷を見せてくれない？」彼女ときたら、仔犬を見せて、とせがんでいる子どもみたいにわくわくしている。

とりあえず、父さんがくれたパジャマを着ていてよかった。いかにもあと三年で八十歳になるひとの趣味だけど。

「かわいいパジャマだね」

「どうも」

僕は傷がよく見える位置まで、パジャマのズボンをおろした。けっこう下まで、お腹よりもだいぶ下まで。

すると、彼女がいきなり笑いだした。何だかもう、やることなすこと意外すぎて、こっちは驚いてしまう。

「あのさ、中学のとき歯の矯正してなかった？」僕は訊いた。

「うん、十三歳から十四歳までね」

彼女は眼鏡を外し、ベッドサイドのテーブルに置いた。つまり、ベッドで本は読まないってことだ。僕はまだ本を手にしていて、植物の遺伝子変異のページに指をはさんだままだった。

なにより僕がびっくりしたのは、友だちが眼鏡を外したところを初めて見たこと、そして分厚いレンズの向こうに隠れていた瞳が見えたことだ。いまだかつて一度もお目見えしたことのない、初めてのお披露目みたいに。眼鏡を外しただけなのに、まるで素っ裸になったみたいだ。

「それって、近視用の眼鏡?」僕は、眼鏡のレンズの度数と厚さに話題を切り替え、下着姿の元クラスメイトとベッドに入っている、という現実から気を紛らわせようとした。眼鏡の話題で、どうにか自然に会話が流れていってくれたら。

「そう、両方ともマイナス6」

「レーザー治療は考えたことないの?」

「あるよ、どうしようかなと思って」

部屋のあまりの寒さに僕は悪寒が走り、変な汗をかいてきた。お腹の痛みはすっかり消えていたが、何だか妙な気分だった。

「園芸の仕事をするんだよね?」彼女が言った。「どこかのバラ園に行くって、言ってなかったっけ?」

「そうだよ」

それどころか、僕がこれから向かおうとしているのは、ただの庭園じゃない。何世紀もの歴史を持つ由緒ある庭園で、世界でもっとも有名なバラ園として、さまざまな本で紹介されているのだ。トマス神父からの手紙の返事はどこか曖昧で、おぼつかない部分もあったものの、僕を歓迎してくれるようだった。

「で、しばらく漁業をやってたんだっけ？」

「ああ」

「ラテン語の天才がどうしちゃったわけ？」

「やつは消えたんだよ」

彼女は話題を変える。

「子どもがいるんだよね？」

「うん、七か月の女の子」僕はそう答えたが、こんどは写真を見せたい気持ちをぐっと抑えた。

「結婚してるの？　その子の母親と」

「いや、子どもができただけ。予定外だったんだよ。彼女、僕の友だちの友だちだったんだ。ソルラウクルって覚えてる？　あいつが彼女にしばらく熱を上げてて、それで僕も会ったって感じ。とにかく、あいつは四六時中、彼女の話ばっかりしてたんだけど、両思いじゃなかったんだ」

「彼ってたしか、神学を専攻したんだよね？」

「うん、そう聞いてる」

「じゃあ、べつに逃げてるわけじゃないんだ？」

まるで父さんみたいなことを言う。

「まさか」

僕たちはベッドの左右でじっと横たわっている。彼女が黙った。ふたりとも黙った。

母さんが死んで初めての冬、僕の二十一歳の誕生日に、僕たちはほかのみんなと分かれてふたりになった。アンナと僕だ。そろそろ明け方で、雪が降っていた。ギュッ、ギュッと音を立てながら庭の雪を踏みしめ、その日いちばんの足跡をつけた僕たちは、腕を広げて雪に飛び込んで、ふたつの天使の形をつけた。僕は彼女にトマトの株を見せてあげようと思った。彼女は生理学を学んでいて、その晩も、植物の遺伝的特徴に興味を示していたのだ。たぶん、朝の五時ごろだったと思うが、いつ温室に入ったのかはよく覚えていない。温室の照明はいつも点《つ》いていて、バラの甘い芳香が漂っている。温室に駆け込んだとたん、僕たちはむっとするような蒸し暑い空気に包まれた。突然、地球の反対側のジャングルの茂みに紛れ込んでしまったかのように。入口のわきには園芸道具が並び、僕が試験勉強のときに運び込んだ、古いソファーベッドが置いてある。僕は植物のそばで勉強したかったのだ。以来、ソファーはそこに置きっぱなし。母さんも、古いレコードプレーヤーを温室に置いていた。母さんのレコードのコレクションは、世界のさまざまな地域の音楽がごちゃまぜになっている。愛用のじょうろとピンクの花柄の手袋も置いてあって、まるでさっきまでここにいたみたいだ。とはいえ、僕はそのとき母さんのことを考えていたわけじゃない。僕たちはコートを脱いだ。ふと、つる性の植物が描かれたレコードのジャケットが目に留まった――インドの王宮の庭園を思わせるような、装飾的な植え込みだ。僕たちはぴたりと身体を寄せ合って、一曲踊った。僕のダンスの相手は、もっぱら弟のヨセフだったのだけど。僕たちはたしか植物学の話をしていたはずが、いつのまにか、グリーントマトのそばで服を脱ぎ始めていた。あとのことは、ぼんやりとしか覚えていない。だけど一瞬、夜の暗闇のなか、すぐ近くでなにかが明るく光った――降りしきる雪を貫く閃光のようなものが走った気がした。つぎの瞬間、温室内が目も眩むほどの光であふれた。光が植物を照らし、彼女の身体に花びらの影が映っている。僕は彼女のお腹に映ったバラの花びらをそっとなでた――まさにそのとき、僕たちはつむじ風をはっきりと感じた。まるで扇風機がぶうんと回り出したような音も。だけど、僕がつむじ風のことや暗闇でなにかが光ったことを思い出したのは、すこし経ってからのことで、あれは自然現象なんかじゃなかったような気がしてきたのだが。その直後、温室の外で男の声がした。雪だまりのわきに人影が見える。たぶん隣の家のひとが、懐中電灯であたりを照らしながら、犬を探しているのだろうと僕は思った。やがて夜が明けると、雪のなかにふたりの天使が残っていた。ずらりとつながった紙人形の一部みたいに、手をつないでいる。母さんが生きていたら、きっと朝食のテーブルで、わけ知り顔で僕のことを見つめただろう。そして、相変わらず朝は食欲がない僕を見て、だからそんなに痩せちゃうのよ、と言うのだ。

「それとも、まだ成長期なのかな?」ひょろっとした息子を見上げて微笑みながら、母さんが言う。母さんはいつも、うちの三人の男たちが痩せているのが気がかりだった。とくに僕のことは、食が細いと心配していた。僕の子をみごもった女性から連絡があったのは、それから二か月後のことだった。ちょうど新年を迎えたころ、カフェで会えないかと、彼女から電話があったのだ。

14

いまの僕の身体は、誰かと寝られるような状態とはとても思えない。正直言って、いまは彼女と寝るより、園芸書を読んでいたかった。だけど、悪い、ごめん、なんて言えるだろうか？　きっと彼女は怒って気を悪くするだろうし、気まずくなってしまうような気がする。

「植物を持ってきたの？」病院のコップに入れたまま、窓際に並べたバラの切り枝を指差して、彼女が言った。

「そう、実家の温室から持ってきたバラの切り枝。庭園に持っていくんだ」

「なにか特別な名前でもついてるの？　そのバラ」

「うん、八弁のバラ」

「どうしてそんなに植物に興味を持つようになったわけ？」

「僕は温室で育ったようなものだから。花に囲まれてると気分がいいんだ」

彼女はどうも園芸にはあまり興味がなさそうだ。ということは、僕にはほかにこれといった話題もないし、コミュニケーションの別の段階へ——言葉を超えた段階へ進むしかないのか。選択肢はふたつある。やるか、やらないか。問題は、いつまでに決断を下すべきかだ。五分以内？　十分以内？　それとも、もう遅すぎる？　僕は腕時計を外し、サイドテーブルに置こうとして、彼女の前に腕を伸ばした。僕の堅信式仲間は目をぱっちりと開け、大きな瞳で僕を見つめている。彼女がいまどう思っているかなんて、僕にはよくわからないけど。それもそうか——自分の頭のなかだって、もやもやしてはっきりしないのだから。

15

それに誰だって、自分がやったことをすべて覚えているとは限らない。だから目が覚めたとき、ベッドの反対側に榛《はしばみ》色の巻き毛の頭が見えたら、一緒に寝ている相手は誰なのか、とりあえず確かめないといけない。誰と寝たのかよく覚えていないようなことが、しょっちゅうあるみたいに勘違いされても困るけど。それにこの幼なじみとの場合、前日の夕方から夜にかけての僕の記憶は、はっきりしていた。僕は眠っている彼女を起こさないように、そうっとまたいでベッドから下りた。立ちくらみがしたが、どうにかすばやくズボンを穿いた。そして一階のベーカリーに行って、ソウルグンヌルのために朝食を買った。それから、なにかお礼をしなくちゃと思って、花を買った。ピンクの鉢植えだ。これを渡したら、もう出発しないと。

部屋に戻ると、彼女はすでに起きていて、キッチンから顔を覗かせた。彼女はブルージーンズにセミロング丈の柄物のスカートを重ね、コートも着ていて、いまにも出かけるところだった。彼女が眼鏡姿に戻っているのを見て、何だか安心した。それにしても、彼女がさよならも言わずに出かけようとしていたのには、ちょっと驚いた。僕はベーカリーの袋と鉢植えを彼女に渡した。ダリアの花だ。

「コーヒーと一緒に食べたらいいと思って、買ってきたよ」

「ありがとう」そう言って、彼女は花の香りをかいでいる。

ほとんど香りはしないはずだけど――もっと香りの強いのを選べばよかったかな。

「二、三日くらいなら放っておいても大丈夫だよ。墓地の発掘調査に行ってるあいだとか」

「傷はどうなの？」彼女が訊いた。

「だいぶよくなった、ほとんど治ってるかな」僕は言った。それは本当だけど、ファスナーを上げるときは、まだ注意しないといけない。

もう行かなくちゃ、と彼女は言った。そのくせ、ベーカリーの袋のなかを覗いて、砂糖衣のドーナツみたいなのを取り出した。朝食をとる時間はないんだけどね、と言いながら。

「出席しなくちゃいけない授業があるんだ」そう言いながら、まだ鉢植えを持っている。「ともかく、よい旅を。八弁のバラと一緒に、無事に憧れの庭園にたどり着いてね」

「泊めてくれてありがとう」僕はそう言って、彼女から鉢植えを受け取り、キッチンのテーブルに置いた。それから、僕は彼女を軽くハグし、背中をぽんと一、二回たたいた。最後に、首のまわりに巻いたスカーフをちょっと直してあげた。

「ほんとにありがとね」僕はもう一度言った。

「ま、引き留めるわけにもいかないし」そう言って、彼女は急いで手荷物をまとめ、教科書をバッグに入れ、洗面所になにか取りにいった。そして、さっと僕にキスすると、壁際をのろのろと玄関のほうへ歩いていった。鏡の前で一瞬立ち止まり、ふさふさの巻き毛につけたバレッタを留め直している。もう行かなくちゃいけないのに、なにか言い残したことがあるってことだ。考古学博物館へ向かう途中、歩きながら食べるつもりの砂糖衣のドーナツを持ったまま、まだ廊下でぐずぐずしている。

「もしかして、あんまり女が好きじゃないわけ？」

これには心底びっくりした。何て答えればいいんだ？　もちろん好きだけど、地球上のすべての女性ってわけじゃない、とか？　そんなこと言ったら、さすがに怒るよね？　それなら、ほんとのことを言えばいいのか？　それについては、僕は十分な経験を積んでいないから断言できないな、とか？　やっぱり、身体の状態を言い訳にして、腹の下の黒い傷痕をもう一回見せようか？　そしたら、こう言えるか。「好きだよ、でもまだ抜糸もしてないからさ」

「悪く思わないで」僕の幼なじみはそう言って、戸口から一歩、踏み出した。いまや彼女は考古学の学生で、ヒールのついた革のロングブーツなんか履いてるけれど。

僕はベッドサイドの時計をちらっと見て、荷造りをし、ベッドを整えた。かかった時間はほんの四分だった。

16

すぐにちょうどいい車が見つかった。九年落ちのレモンイエローのオペル・ラスタ37が、通りで僕を待っている。ラジオが聴けるし、わりと状態もよくて、外装も内装もきれいだった。掃除機をかけて、灰皿も空っぽにしてある。そのかわり走行距離は十五万四千五百キロと凄《すさ》まじいのだが、とにかく安値だった。ただ同然だな、と父さんなら言うだろう。支払いのため、僕はカウンターでお札を数えた。販売員はぽかんとした顔で僕を見ていたが、やがて領収書にスタンプを押し、その下にイニシャルをサインした。僕は病院で抜糸も済ませたし、これでようやく出発できる。だがその前に、郊外の花のマーケットに立ち寄って、バラを挿し木するための土を買った。さらに誘惑に負けて、少し大きめの育苗ポットに入ったバラの苗をふたつ買ってしまった。繊細な白い根っこのまわりの土を指先でそっと押さえてから、トランクに入れた。とりあえず最初は、太陽を追いかけていけばいいのだから、これ以上ないほど単純だ。僕は自分探しの旅の途中かもしれないが、少なくとも、自分がどこへ向かっているかはわかっている。

最初のガソリンスタンドで、植物用の水と目的地までの地図、昼食用のサンドウィッチ、それに走行距離や出費などを記録するためのノートを一冊買った。レジの女性が集計を済ませ、支払いの段になったとき、僕はさっとかかんで、レジ前に積んであったコンドームを一箱取って、地図の上に置いた。自然の摂理に導かれ、この僕にもせっかくのチャンスが到来したとき、慌てたりしないように。コンドームは十個入りだった。何日もつか、何年もつか知らないけど。

ガソリンスタンドを出たところで、父さんに電話をかけ、無事に抜糸が済んで出発するところだと伝えた。

「まさか高速を走ったりしないだろうね、ロッピ」

「いや、さっきも言ったとおり、下道《したみち》で行くよ」

「外国の連中は、百二十キロは出すからな」父さんが言った。「まあ私らだって、えらそうなことは言えないがね。こっちの新聞を見せたいよ。おまえくらいの年の男が先週末、別荘地の砂利道を時速百三十六キロでぶっ飛ばして、捕まったんだ。除草剤の広告のついた業務用の車が、もうもうと砂埃を巻き上げていくもんだから、人目についたらしい。それで、道沿いのつぎのカフェで捕まったんだよ、フライドポテトを頼んだところをな。無免許だとよ！」

「心配しなくていいよ、僕が買った車は七十キロくらいまでしか出ないから」僕は言った。厳密に言えば、僕はもう、父さんの管轄の及ばないところにいるのだが。

「外国っていうのは、若い男にとっては誘惑が多いものだからな、ロッビ。多くの若者がまんまと引っかかってしまうんだ」

それから父さんは、今夜はヨセフが家で夕食をする予定で、ボッガも招待しようかと思っているんだ、このあいだラム肉のスープをごちそうになったから、と言った。

ところが母さんのレシピが読めなくて、困っているらしい。

「走り書きで、ところどころ文字が読めないんだよ。しかもどうやら、分量も割合も書いてないみたいなんだ。数字がひとつも書いてないんだよ」

「なにを作ろうと思ったの？」

「オヒョウ（大型のカレイ）のスープ」

「たしかオヒョウのスープを作るのは、けっこう難しかったはずだよ」

「もうオヒョウを買っちゃったんだよ。問題は、プルーンをいつ入れたらいいのか。それと、プルーンは朝から水で戻しておいたほうがいいのか、ってことなんだ。プルーンのプディングを作るときは、母さんはいつもそうしてたよな。でもオヒョウのスープを作るときは、プルーンを朝から水で戻したりはしてなかったと思うんだが」

僕の記憶でも、そのとおりだ。

「じゃあ父さん、また途中で電話するから」

「気をつけてな、ロッビ」

僕はレモンイエローの車のボンネットに地図を広げ、ルートを計画した。土地勘はないが、地名や道路番号や距離を確認しながら考えていく。古い巡礼路をたどっていった場合は、国境を三つも越えることになり、おそらくは予期せぬ回り道もしそうで、旅程は長引くことがわかった。でもそのかわり、土地の植生に詳しくなったり、地元の人たちと言葉を交わしたりする機会にも恵まれるはずだ。たぶん、しょっちゅう人に道をたずねることになるだろうから、思いがけない出会いがあったり、その土地の言葉を覚えたり、家庭的な雰囲気の店で食事をしたりもできるんじゃないだろうか。僕は見当をつけて地図の上に人差し指を立て、今夜はこのあたりに泊まろうと決めた。ざっくりとした目標だから、地図上で一、二センチのぶれはあってもいいが、実際には二百キロくらいの道のりだろうか。このあたりでは昔、大きな戦争があって、地図上ではほんの数ミリ程度の範囲にも、たくさんの戦跡があるはずだ。僕は人差し指で目的地までのルートをたどってみた。ずっと先の地図のいちばん端っこの、ボンネットの下のほうまで。その場所は地図上には記されていないが、おそらく巡礼路の終着点のすぐ近くだろう。僕は最終目的地のバラ園まで、五日間で行こうと決めた。

17

両手でハンドルを握ったまま、僕は曲がりくねった巡礼路をひたと見据えていた。森の奥深く、どこまで行っても鬱蒼《うっそう》とした木々に囲まれている。正午までは太陽がずっと正面にあったが、その後は時間が経つにつれて、太陽は左右のドアミラーのあいだを移ろっていった。

ひとり旅は気楽だけど、同乗者がいたら地図を読んでもらえるし、曲がり角を間違えなくてすむのに、とも思う。暗い森のなか、僕はたびたびウインカーを点滅させて車を道端に停め、エンジンを切って地図とにらめっこする。ついでに、トランクの植木たちに水をやる。それにもちろん、この道は野生のシカや、イノシシや、小動物たちにも目を光らせておかないといけない。ほかにどんな動物がいるんだっけ、などと考えていたら、父さんの声が聞こえるような気がした。

「森のなかは危険だぞ。クマやオオカミがいるし、変なやつらも潜んでいるからな。いまこの瞬間だって、すぐ先の森の奥で犯罪が起こっているかもしれない。つぎの日には、地元の新聞にニュースが載るんだ。ヒッチハイクをしようとして、道端で手を振ってる若い女の子たちなんか、悪いやつらの恰好の餌食《えじき》だよ。車が停まった瞬間、茂みの陰からギャングたちが飛び出してくるんだ」

父さんの心配性は、ちょっと度が過ぎる。父さんとちがって、僕はもっと人間を信頼しているんだ。僕ははっとして助手席を見た――まさか、母さんがいるわけないのに。

母さんがだんだん消えていく――母さんのことを、ちゃんと思い出せなくなったりしたらどうしよう、と僕は恐怖に駆られる。それで僕は、母さんとの最後の会話を心のなかで再現する――母さんが車の残骸のなかからかけてきた、最後の電話を。僕はどんなささいなことも思い出そうとする。あのとき、母さんは父さんと話すつもりだったのに、電話に出たのは僕だった。事故の少し前に、父さんが母さん用に携帯電話を買ってきたのは知っていたけど、母さんがそれをちゃんと使っていて、持ち歩いているとは思わなかった。母さんの存在が消えてなくならないようにするには、母さんのことで、つねに新たな発見をしていく必要がある。思い出すたびに、それまで気がつかなかったことを少しでも思い出すのだ。

あの日の朝、父さんは母さんにお別れを言えなかった。父さんは、母さんからの最後の電話に僕が出たことが悔やまれてならず、そのとき家にいなかった自分を許せない気持ちでいっぱいだった。母さんの最期の言葉を聞くのは、自分でありたかったのだ。自分に最期の言葉を告げもせず、逝ってほしくなかったのだ。

「彼女が私を必要としていたときに、私ときたら、店で延長コードなんか買っていたんだ」父さんは言った。

母さんが自分より先に死んでしまったことを、父さんはひどく嘆いていた。十六歳も年下なのに、と何度も言っていた。まだ五十九歳の若さで。父さんが思い描いていた未来とは、あまりにもちがってしまった。

母さんは言った。ちょっと事故を起こしちゃったんだけれど、〝ロードクルー〟が駆けつけてくれたの。頼りになる人たちよ――だから心配しなくても大丈夫、安心して任せておけばいいから。みんなほんとに仕事が速くて、てきぱきとよくやってくれてる。

「母さん、タイヤがパンクしたの？」

「そうだと思う」母さんは落ち着いた声で静かに言った。「きっとパンクしたんだと思うわ。車が少しフラフラしていたから」

声がかすかに震えていたが、母さんはもう一度、心配しなくても大丈夫、ほんのちょっとした事故だから、と言った――本当にそう言ったのだ――ほんのちょっとした事故だから。まったくドジだったわ。車体を道路に引き上げてもらったら、また電話するから。母さんは、救助の人たちを〝ロードクルー〟と呼んでいた。まるで自分はレースのドライバーで、四人のアシスタントがついているかのように。

「道路から落ちたの？」

「私が夕食までに戻れなかったら、父さんと先に食べてちょうだい。ゆうべのフィッシュボールを温めればいいわ。まだしばらくかかりそうだから」

そう言って母さんは少し黙ったあと、あたり一面に広がる秋の彩りが、まるで楽園のようだと語り始めた。陽の光がきれいだと母さんが言うのを聞いて、僕はわけがわからなかった。その日は全国的に雨が降っていて、あとで読んだ警察の報告書にも、まさしく路面が濡れていたことが事故の原因だと書いてあった。アスファルトも、草原も、溶岩原も、なにもかも雨に打たれてびしょ濡れだったはずだ。なのに母さんは、まわりの風景の織りなす彩りが、息を呑《の》むほど美しいと言った。黒い溶岩原の真ん中にいるはずなのに、苔が太陽の光を浴びて、金色に輝いているという。光が美しい、と母さんは言った。そうだ、母さんがあのとき語っていたのは光のことだ。たしかに光のことだった。

「母さん、溶岩原にいるの？　どこも怪我してない？　母さん」

「たぶん、眼鏡のフレームは新調しないとだめみたい」

実際の会話はここで終わるのだが、僕は思い出を引き延ばしたくて、母さんとの別れを遅らせ、少しでも長く一緒に居てほしくて、僕はあのときとっさに言えなかったことを、記憶のなかの会話に付け加える。

「でも母さん、ねえ母さん、僕考えてたんだけど、母さんの八弁のバラ、温室から出して花壇に植えてみない？　冬を越せるかどうか試してみようよ」

それとも、母さんにもっと長く説明してもらえるようなことを訊こうか。

「母さんのカレーソースってどうやって作るの？　それにココアスープやオヒョウのスープもだよ、母さん、母さん」

ふと母さんの返事が聞こえるような気がした。さあ、どうかしらね、大丈夫かしら。父さんのこと、もっと大目に見てあげて。たしかに少し古臭くて、独特の風変わりなところもあるけどね。これからも、ヨセフに優しくしてあげて。

「父さんにも優しくしてね。弟のことも忘れないで。ベビーカーにいたころから、あなたはヨセフの手を握っていたのよ」母さんなら、そう言っただろうか？

やがて、息が震えるような音がした。肺炎の始まりみたいに。母さんはもうしゃべらなかった。

会話が終わったあと、電話の向こうから、くぐもった男性たちの声が聞こえてきた。

「まだ通話中？」誰かが訊いた。

「亡くなった、もうだめだ」ほかの人の声がした。

やがて、誰かが携帯電話を手に取った。

「もしもし、聞こえますか？」

僕は答えなかった。

「もう切ったみたいだ」電話の向こうで、誰かがそう言った。
「レッカー車が到着したぞ」また別の声がした。

「車体の変形がひどくて、息があるうちに救出できなかったんです。だから、たいしたことはなにもできなくて」救急隊のひとりが、僕が訊きたいことでいっぱいなのを察して言った。「でも、お母さんが電話でしゃべっているのが見えました。あんな重傷を負っていたことを考えたら、信じられないことです。たぶんずっと、血を飲み込んでいたはずですから。車体を切断するまで救出を待ってもらうしかなかったのですが、どう考えても、生存の望みはありませんでした」

母さんの衣服と眼鏡は、袋に入れて返却された。ベリーの収穫道具や、車のなかにあったいろんな持ち物と一緒に。眼鏡は血まみれで、レンズは両方とも割れ、片方のテンプルは直角に折れ曲がっていた。

父さんと僕で、柩《ひつぎ》に入れる花を選ぶことにした。僕は野の花を入れてあげたかった――シモツケソウや、チャーヴィルや、ウッドランドゼラニウム。それにキンポウゲや、ハゴロモグサも。でも、父さんはもっと厳《おごそ》かな感じにしたくて、輸入物のバラとか、お店で売っている花がいいだろうと言った。けれども、結局は父さんが折れて、花選びは息子の僕に任せてくれた。

18

まだ森のなかにいる。このまま緑の世界が果てしなく続くように思えてくる。こんな人里離れた場所に身を置くのは、頭のなかを整理するにはちょうどよかった。いかにも父さんが言いそうなことだけど。だからと言って、約千六百五十キロの長旅を終えるころには、具体的な結論が出ているだろうなんて思っていたわけじゃない。いま僕の頭を占めているのは——つねに道路の右側を走行するように注意するのを除けば——昨夜のことだった。最初の百六十キロを走っていたあいだ、僕がいまだに驚きながら悶々と悩んでいたのは、幼なじみの豹変ぶりだった。眼鏡を外した、大人の女性の身体をした彼女は、まるで別人だった。彼女が僕にぶつけた質問を、自分でも考えてみる——僕はあまり女が好きじゃないのか？　女性と夜の数時間をともにするのは何でもないけど、女性が恐れているものから、守ってあげられるかどうかはわからない。女性たちは、みんな僕なんかくらべ物にならないほど、言いたいことが山ほどあるらしい。女のひとはいろんな話をする。たとえば、小さいころから可愛がってもらったおじいちゃんのこと。チェスを教えてもらったり、コンサートに連れていってもらったりしたけど、やがて膀胱《ぼうこう》がんになってしまった、とか。家族が見舞われた悲劇を聞かされることもある——ときには最近の話じゃなくて、何十年も昔の話だったりもする。あるいは、おじいちゃんが亡くなったら、後を追うようにおばあちゃんも亡くなってしまった話とか。女性たちはとにかく昔のことをよく覚えていて、過去二百年くらい平気でさかのぼって、一族の身に起こった数奇なできごとに感情を揺さぶられるらしい。それに、僕を家系図に加えようとする子さえいる。他人に対してあれほどあけっぴろげに振る舞うなんて、僕には到底できそうにない。女性と寝るだけなら、望むところなのに。

車体からなにか変な音が聞こえる気がする。もしメカニックな問題だとしても、あいにく僕は、自分でてきぱきと修理するような男らしさは持ち合わせていない。そういうタイプじゃないのだ。タイヤの交換くらいはできるけど、スパークプラグとかファンベルトとかはお手上げ。エンジンなんて、これっぽっちも興味ないし。夕食の時間に誰が待っているわけでもないが、そろそろ今夜の宿を見つける必要があった。真っ暗になって道に迷ったりしないよう、急がないといけない。暗い森はたしかに不気味だが、怖がる必要はないと自分に言い聞かせる。真っ暗に見えても、どこかには人が住んでいるのだから。まだ村は見えてこないけれど、石畳の小さな広場の近くには、教会もあれば郵便局もあるはずだ。腹も減ってきた。教会のそばには、きっとレストランがあるだろう――白いレースのカーテンが窓辺を飾っている、こぢんまりとした店が。レストランの隣には、たぶん宿屋もあるはずだ。この巡礼路は、何千年も前から人びとが旅してきたのだから。とはいえ、荒涼とした岩だらけの悪路を歩いて巡礼するのと、真新しいアスファルトの道路を運転していくのとでは、雲泥《うんでい》の差にちがいない。

僕は地平線に目をやり、教会など目印になる建物はないかと探した。夜空はにぎやかで、半月や星座の数々が、銀色の蝶の群れのようにうごめいている。やがて突然、バックミラーに教会の建物が映りこんだと思ったら、あっというまに曲がり角を過ぎてしまった。どこかこの先で、森を抜ける脇道に入らないと。こんな人っ子ひとり見かけないところで迷うのだけは、絶対に避けたい。ところが、少し先へ進んでいくと、レストランの看板が目に入った。矢印はさらに森の奥を指していて、三キロ先と書いてある。僕は矢印の方向へ、暗い森のなかの狭い道を進んでいった。脇道に入っていくと、さらなる脇道が現れる。看板は手作りで、まるで子どもが宝さがしのゲーム用にこしらえたみたいだ。この国の言葉はほんの少ししか知らない僕でも、看板の綴り字がひとつ欠けているのに気づいた。やがて、教会の尖塔《せんとう》が目に入った。それを目指して進んでいったはずが、教会はどんどん小さくなって遠ざかっていき、バックミラーに映るその姿は、レゴの模型みたいになった。気がつけば森の真ん中で、四方八方を木々に囲まれ、どこにいるのかさっぱりわからなくなってしまった。こんなに鬱蒼とした森のなかで育った人には――ただ郵便局へ手紙を出しにいくだけで、いくつもの茂みを通り抜けなければならないほど、木々に囲まれて暮らしている人には、たった一本の木が育つのを待ち続けた子どもも時代なんて、きっと想像もつかないだろう。

19

すっかり方向を見失ったと思った矢先、脇道の突き当たりに一軒の宿屋が見えた。思ったとおり、窓には白いレースのカーテンがかかっている。建物の前には一台の車が停まっていた。車を降りて、建物の正面に沿って歩いていくと、やがて厨房の入口があった。なかを覗くと、野ウサギやウサギやイノシシなど、森の動物たちの毛皮が、壁にずらりと並んでいる。亭主がドアから出てきて僕を迎え、わずか数テーブルのこぢんまりとした食堂に通してくれた。壁にはさらにたくさんの毛皮や、雄ジカの頭や、銃のコレクションが並んでいる。どうやら、客は僕だけのようだ。店内は清潔な香りがして、おいしそうな匂いが漂っている。白いテーブルクロスのかかった食卓には布のナプキンが置かれ、位置皿のわきにはグラスが三つ、大きさの異なるナイフとフォークも三つずつ並んでいる。

メニューを読んでもさっぱりわからない。亭主が僕の肩越しにひとつずつ説明しようとするが、どんな料理なのか見当もつかない。

「ちょっとお待ちを」僕に後ろを振り返るすきも与えず、亭主はそう言って、厨房から真っ白なエプロンを着けた女性を連れてきた。何十年もともにしてきた連れ合いらしく、亭主は呼びにいったわけすら説明しなかった。

「こちらがよろしいですか？　それともこちら？」おかみさんが僕に訊いた。

僕はただうなずいた。すると、おかみさんは弾けるように笑い出した。

「どちらがいいんですか？」

もっとほかに言い方もあるだろうに、僕はすっかりどぎまぎしてしまった。なにがいいのかなんて、僕にもわからない。いろいろ試してみなくちゃ、わからないことだってあるじゃないか。

「それが問題なんです」僕はおかみさんに言った。「なにがいいか、僕にもわからなくて」

森のレストランで、なにを食べたいのかもわからない客ほど、つまらない客もそうはいないだろう。おかみさんは、したり顔でうなずいた。

「じゃあ、お薦めをいただきます」しかたなく僕がそう言うと、おかみさんはうれしそうな顔をした。僕が女のひとに物事を決めてもらうのは、べつにこれが初めてのことじゃない。

「では、おまかせを」おかみさんはもったいぶった、頼もしい感じで言った。「きっとお気に召しますよ」

僕はトナカイの頭の下でぽつんと座っていた。やがて、おかみさんが料理とワインのボトルを運んできた。あとからわかるのだが、これはたくさんの料理の初めの一皿にすぎなかった。おかみさんはいくつも並んだグラスのひとつに、ワインを注いだ。

「ワインを選ばせていただきました。どうぞ召し上がれ」

そう言って、おかみさんは少し後ろへ下がり、僕の反応を見守っていた。

「いかがですか?」

「とてもおいしいです」野生のキノコのソースをかけたほの温かいパテを味わいながら、僕は言った。

「そうでしょう」

おかみさんがヤマアラシの写真を持ってきた。このパテは、ヤマアラシの肉で作ったらしい。ヤマアラシのパテに続いて、まだ前菜が三品もあった。イノシシのパテ、鴨のパテ、ガチョウのパテ――パテ三昧だ。そのあとは、この森のレストランの名物料理《スペシャリテ》が三品。ダマジカの胸肉、ヘラジカのフィレ肉、シカの肩肉――肉料理がこれでもかと続く。おかみさんが料理を運んでくるたびに僕に見せる写真からもわかるとおり、どの料理もすべて、森で獲れたもので作られている。僕が森のなかを車で走りながら、轢《ひ》き殺しはしないかと恐れていた野生の動物たちが、こうして皿の上に載っているわけだ。野菜はほとんどないけれど、ソースとパンはたっぷりある。ひと皿ごとにワインを一杯召し上がれ、とおかみさんが言う。亭主もおかみさんも物柔らかな口調でいろいろたずねてくるので、僕も片言ながら、精一杯答える。新しい料理が運ばれてくるたびに、こんどこそ、これで最後だろうと思うのだけど、そうはいかないのだった。亭主に旅の行き先をたずねられ、僕は答えた。さっきから何度も、僕と同じ年くらいの女のひとの姿が見える。ふらりと現れては、すぐに引っ込んでしまうのだが、僕の存在に気づいているようだ。彼女の水玉模様のスカートが、ふと目に留まった。何だか家族全員に見張られているような——なにか隠れた目的がありそうな気がしてくる。

とはいえ、料理は間違いなくおいしかったうえに、びっくりするほど安かった。ワインをしこたま飲んでしまった僕は、運転するわけにもいかず、このあたりでどこか泊まれる場所はありませんか、とおかみさんにたずねた。するとありがたいことに、この建物の最上階が宿泊用になっているという。僕はさっそく、車からバックパックと植物を取ってきた。亭主の家族は階段から僕の様子を見ていたが、やがて亭主が僕に、庭師なんですか？　とたずねた。まあ、そんなようなものです、と僕は答えた。お支払いは明日で結構ですよ、とおかみさんが言った。宿のおごりのクランベリー酒を飲み干した僕は、念のため植物たちに水をやり、歯みがきと着替えを済ませると、倒れるように真っ白なシーツのなかにもぐりこんだ。

20

翌朝、食堂に降りてきても、僕はまだ満腹だったが、雄ジカの頭の下のテーブルには、すでに朝食が用意されていた。バスケットには自家製のパン、それに甘いペストリーが三種類も並んでいる。自家製のジャムもあり、森で摘んだベリーで作ったのだとおかみさんが教えてくれた。ほかにも、ゆで卵がふたつに何枚ものハム、昨晩のヤマアラシのパテなどが、ずらりと並んでいる。僕が席に着くと、おかみさんがフルーツジュースとコーヒーとホットミルクを持ってきて、コーヒーのあとはホットチョコレートをいかがですか、と言った。食堂の向こう端の、猟銃のコレクションのすぐ隣の席には、例の女性が座っていて、ホットチョコレートをボウルで飲んでいる。赤いヘアバンドをしていて、あの水玉のスカートをはいているかどうかはわからない。朝食をとっている宿泊客は、ほかには誰もいなかった。

車に荷物を積んでから、昨晩の豪勢な夕食と宿泊費と朝食の支払いに行った。請求書を見ると、昨晩と金額が変わっていないどころか、宿泊費さえ請求されていなかった。大事な用事さえなかったら、しばらくここに滞在して、森の暮らしをゆったりと満喫できるのに――漁船で稼いだ蓄えがあるから、数か月はもつはずだ。支払いを済ませ、オペルに乗り込んだ僕が袋小路をUターンしようとしたとき、亭主が宿の入口のステップを下りながら、僕に手を振ってきた。僕は車の窓を下げた。

「いや、じつはね」と彼は言った。「一緒に乗せていってほしいひとがいるんですよ」

思いがけない頼みごとに、僕はうろたえてしまった。この国の言葉はほとんど話せないから、丁寧に断ることも、詫びることもできないし、なぜイエスと言えないかも、うまく説明できそうにない。この場で辞書を引っぱり出すのは、いくら何でも恥ずかしすぎる。

「それが、うちの娘なんです。すぐ近くの街で演劇の勉強をしているんだけど、週末に帰ってきましてね。だけどきょうは、午後にお客さんが到着するので、送ってやれないんですよ」

「ここからどれくらいですか？」

「三百四十キロってとこかな」いつも送り迎えをしているらしく、亭主は即座に答えた。

昨晩、僕が宿の名物料理の数々を必死に平らげているあいだ、彼は僕のことをじっくり観察していたのだ。そして、この男なら安心して娘を学校まで送ってもらえると思ったのだろう。この赤毛と〝少年っぽいルックス〟のせいで――母さんがよくそう言っていた――無害に見えたのかもしれない。だが、人は見かけで判断しちゃいけない。まさか僕の頭が四六時中、身体のことでいっぱいだなんて、他人には思いもよらないだろう。知り合いでもない女性とふたりきりで過ごすには、三百四十キロの道のりは長すぎる。しかし、家族ぐるみの計画にまんまと乗せられてしまったのだ――僕には拒む余地などなかった。呆気にとられた僕が、どうにか文法的に正しい返事をひねり出そうとしているうちに、彼女が長い髪をなびかせながら、建物から走り出てきた。ヘアバンドの色が赤から黒に変わっている。ショート丈のすみれ色のコートを着て、ウエストに太いベルトを締め、バッグを持っている――準備万端だったわけだ。車に向かって歩きながら、彼女は髪をさっとお団子にまとめ、ゴムで留めた。そして、父親の左右の頬にキスをして、二言、三言、言葉を交わした。なにを話しているのか僕にはわからなかったが、亭主が店のなかへ入っていき、娘は、また戻ってくるから、と手で合図しながら「ちょっと待ってね」と僕に言った。すぐに戻ってきた亭主は、ひどく重そうな箱を抱えていて、トランクを開けてくれ、と頭で合図した。あの箱を入れたいらしい。

「おみやげよ」彼女が教えてくれた。

亭主は箱の中身を僕に見せようとして、少しよろけながら、運転席に近づいてきた。赤ワインのボトルが十二本も入っている。

「うちの自家製」彼女が言った。

ボトルのラベルには地元の教会が美しいペン画で描かれ、その下に亭主の名字が記されている。ゆうべ僕が一瓶か二瓶空けたのは、きっとこのワインだったのだろう。

「乗せていってもらうんだから、せめてこれくらいはね」亭主が言った。娘を送ってもらうお礼に、ワインを一ダースか。ワインの箱を積み込もうとした亭主に、トランクには植物が入っているからもう隙間がない、と僕が言うと、亭主はさっと車内を見わたして、結局、後部座席の床に置いた。それから、また運転席の側に戻ってきて、二本の指でコツコツと窓をたたいた。窓を下げると、亭主は車内に腕を入れ、手にしていたものを僕の手に握らせた。お金だ。

「朝食代と宿泊費はこちら持ちで、これはガソリン代ね」亭主は明るい声で言った。「それじゃあ、気をつけて」

女性は車に飛び乗ると、ステップの上から見送っている母親に「行ってきます」と大声で言い、父親に何度もキスを投げた。親子は互いに手を振り合った。車が脇道を走っていくうちに、バックミラーに映った父親の姿がどんどん小さくなっていった。彼女はフロントガラスに背を向け、助手席の座面にひざをついて、後ろに身を乗り出していて、さっきからお尻が僕の肩に当たっている。父親の姿が見えなくなるまで、彼女はずっとそうしていた。まだ身体が弱っているときに、こんなことを引き受けてしまったのを、僕はたちまち後悔した。

「シートベルト着けて」僕はシートベルトを指差し、わかりやすく身振りでも示した。彼女は一瞬、面倒くさそうな目つきで僕を見たが、きゅうに笑顔を浮かべ、座席から脚を下ろしてシートベルトを着けた。彼女の顔を近くで見るのは初めてだけど、まるで駆け出しの映画スターみたいだ。

「お望みのままに」

お望みのままに。僕は頭のなかで繰り返した——この「お望みのままに」には、なにか密かな意味でもあるんだろうか？　「お望みのままに」をほかの状況で使うとしたら、どんな場合だろう？　僕がほかの場面でそう言っても、彼女は僕の望みを受け入れてくれるってこと？

ともかく、車がふたたび巡礼路に戻ったところで、僕は右手をハンドルから離して彼女と握手し、自分から名乗った。

「アルンリョウトゥル・ソウリル」

彼女はにこっと笑った。

華奢な女優にしてはぎゅっと固い握手を返してくる。握手しながら、僕はぼんやりと、この先、三百四十キロの道のりのどこかで、彼女と寝ることになるのかな、と考えていた。

高速に入ってまもなく、彼女は前かがみになって、通学用のバッグから赤い箱を取り出した——まるで子どものお弁当箱みたいだ。彼女はふたを開け、サンドウィッチを取り出し、白いナプキンで包んで僕にくれた。それから自分のサンドウィッチを取り出して、やはりナプキンで包むと、ゆったりと背もたれに寄りかかった。僕は片手に持ったサンドウィッチに目をやった。肉が何枚もはさんである。朝食に三品のコース料理を食べてから、まだ三十分も経っていないのに。それに、生まれて初めて、腹がはち切れそうなほど大量のごちそうを平らげてから、まだ半日も経っていなかった。

やがて、小枝のように細身の同乗者は、バッグから分厚い書類を取り出すと、助手席であぐらをかいた。どうやら脚本を暗記しているらしい。そんなわけで、自分の役のセリフを覚えるのに没頭していた彼女は、最初の二十四キロはずっと静かだった。

21

運転中、助手席に誰かが座っていること自体は、べつに気にならない――こんなふうに黙って脚本を読みながら、おとなしく座っていてくれるなら。ともかく、あと六時間はこの女優と隣り合わせのままなのだ。ちらっと彼女を見ると、長くて濃いまつ毛のすぐ上に、黒のアイライナーが細く引いてある。そういえば、いつか映画で見た人気女優に似ている気がする。

しばらくすると、女優は脚本をくるっとまるめて僕のほうに向け、どこから来たの、と会話を始めた。

僕は答えた。

「え、ほんとに？」彼女はびっくりして、こちらに向き直った。ちゃんと顔を見て話せるように、右足は床に下ろしたまま、左脚を曲げてお尻の下に敷き、シートベルトをずらしてわきの下にはさんでいる。

「どんなところ?」

「べつにどうってことないよ。植物とか、あんまり育たないところ」

ほかに付け足すことがあるとも思えなかった。彼女は母国語しか話さないし、僕はこの国の言葉は学校で習ったきりで、こんなふうにネイティブを相手に、自分のことをあれこれ話したことなど一度もなかった。

「もっと教えてよ」

「苔《こけ》」

「なにそれ」

思わず苔などと口走ったとたん、しまった、と思った。苔なんて、会話のきっかけにもならないし、話が続かないじゃないか。苔の種類だったらいくつも挙げられるけど、そんなのは会話とは言えない。

「苔ってなに?」

もっとこの国の言葉を知っていたら、新人女優にこう言いたかった。苔にはスポンジのような弾力があって、苔の上を歩くのはやたらと時間がかかる。最初の十歩くらいは平気だけど、苔に覆われた広大な溶岩原を歩くのは、トランポリンの上を一日じゅう歩いているようなものだ。苔に足を取られながら四時間も歩きとおしたら、太ももの筋肉は相当疲れる。高い山に登るより、ずっとしんどいくらいだ。もし苔を裂いたりしたら地面に傷痕が残るし、土埃が舞って目に入ってしまう。彼女が聞いたこともないような、めずらしいことを話してあげたいのに、語彙《ごい》が限られているせいで、思うように話せない。だけど、さまざまな種類の苔が醸《かも》し出す微妙な色合いや、にわか雨が降ったあとに立ちこめる苔の匂いなんかを僕に語らせたら、まるでこれからプロポーズする男みたいに、熱くなってしまうだろう。この際、余計なことなど言わずに、まともにしゃべれることを言えばいいのだ。

「トランポリンみたいな植物」

「へんなの」彼女は言った。でも、まだ食い下がってくる。「あとはどんなものがあるの？」

「タソック」

単語がちゃんと出てくることに、我ながら驚いてしまう――外国語でこんなふうに語れるなんて。まあ、植物の話ならお手の物なのだ。

「タソックってなに？」

タソックという植物の成り立ちを説明するのは、簡単じゃない。大地の温度差が激しく、凍結しては氷解するのを繰り返す――そんなことを説明するのは難しい。とにかく言葉がすんなり出てこないから、一語ずつ考えてからじゃないとしゃべれない。

「タソックの草原にテントを張るのは大変なんだ」

このへんで、僕は話題を変えた。

「あとは、沼地」

沼地といえば、おじいちゃんの愛馬たちのなかでもとくにお気に入りの一頭の話を、母さんから何度か聞いたことがある。おじいちゃんがその馬に乗っていたとき、沼地に足を取られて馬が沈んでしまったのだが、数年後の春、骸骨《がいこつ》になって浮かび上がってきたのだ。その愛馬に乗っているおじいちゃんの写真を、僕は見たことがある。僕は馬には詳しくないが、ほかの馬たちとたいして変わらないように見えたし、むしろ脚が短いほうだった。僕と同じ名前の祖父、アルンリョウトゥル・ソウリルは、背の高い人だったのに。

沼地のあとは、ほかの植物の名前を思いつくままに挙げていった。とくに説明もしなかったが、女優は不満そうではなかった。植物のラテン語名を知っていたおかげで、どうにか会話を続けることができたし、彼女もうなずきながら聴いていたから、僕は故郷の植生のおもな特徴をかいつまんで話していった。得意分野の話ですっかり調子を取り戻した僕は、この先、五十キロか六十キロは話題に困らないなと思った。こんどは植物のラテン語名ではなく、別名を挙げていけばいい。僕はまず、コツブキンエノコロや、ブルーベリー、コケマンテマの名を挙げた。

「それからフウロソウにシモツケソウ、チョウノスケソウ。ヒメスイバ、オオタカネバラ、バーネット・ローズ、それにハゴロモグサ《レディース・マントル》とか」

「え、そのレディーなんとかって、誰かの名前？」

植物学の詳しい話にはふれず、ただ頭に浮かんだ植物の名前を次々に挙げているだけだけど、僕の旅の友にはついていくのが大変だろう。なにしろ、僕の得意分野だから。

「アンゼリカは、人の背丈よりも高く伸びる」

「ほんとに？」

「茎や葉っぱがね」

「茎や葉っぱが？」

「うん、茎や葉っぱが、夏のあいだずっと緑色なんだ。輝くような緑、信じられないほど鮮やかな緑」

　僕は頭のなかに思い浮かべた荒野を歩いていく。青々と生い茂った草むらをかきわけていくと、ついにハゴロモグサの群生が現れた。車の時計を見ると、植生の話を始めてから十五分くらい経っていた。だけど、文法の知識が乏しいからすぐに行き詰まってしまい、細かい説明ができないのがもどかしい。植生の概要は、ヒメヤナギランでおしまいにすることにした。

「ピンクのヒメヤナギランは、ブラックサンドビーチ（火山灰でできた黒い砂の海岸）でも育つんだ。ぽつん、ぽつんと咲いてる」

　森のなかで育った人も、このことを理解するのは大切だと僕は思う。黒砂や峡谷のような環境でさえ、花は自分ひとりの力で育っていくのだ。ヒメヤナギランの名を口にした瞬間、僕は何だか切なくなってしまった。

「それで、ヒメヤナギランの花を摘むの？」

「いや、自力で育つだけでも大変なんだ。砂浜全体で、ほんの一輪か二輪しか見つからないこともある」

僕の頭に浮かんでくるのは名詞と動詞だけで、そこに組み合わせる前置詞を選んでいく。植物のことや、植物が育つ環境のことを、少しでも旅の友に伝えたいから。峡谷から説明を始め、だんだん海のほうへ下りてきて、いまは海岸の説明をしている。この外国の若い娘にも――あえて父さんのように「若い娘」と言おう――ぜひまざまざと目に浮かべてほしいのだ。寂寞《せきばく》とした広大な海岸、砂浜には足跡ひとつない。目の前にはただ果てしない海が広がって、ときおり波が砕けて泡立つのみ。その上に広がる果てしない空。「果てしない」という言葉を二回使ったのは、足跡ひとつないブラックサンドビーチを歩くのは、どんな感じかを伝えるためだ。でも、甲高いカモメの鳴き声は省略した――静謐《せいひつ》なイメージの邪魔になるから。「果てしない」って、この国の言葉で何て言うんだろう？　「果てしない」って言葉を使えたら、会話が形而上学的なレベルになるのに。僕が言葉に詰まっていたら、女優が言った。

「時を超えた？」

「いや、ちょっとちがう」

「無限の？」

「うん、ちょっとは近いかな」

「ふうん」

そうだ、朝、初めて外に出て、新雪を踏みしめるときの音。音のことは、そうやって説明すればいいかもしれない。

「ブラックサンドビーチを歩くときの音と似てるんだ。足跡も同じように付くし」

女優がうなずいた。

それにしても、女のひとが相手の話に耳を傾け、相手の言っていることをちゃんと理解しようとする、その辛抱強さときたら驚嘆ものだ。しかも批判めいた態度すら示さないひともいる。このひとだって、イラついたような様子なんかちっとも見せない。彼女が映画祭のレッドカーペットを歩く姿を見たことがないのが、不思議なくらいだ。

22

もういいかげん、植生の話はやめておこう。これから百六十キロは黙って運転したい。旅の友を乗せてあと何キロ走ればいいのか、頭のなかでさっと計算してみる。文法を考えなくなったとたん、僕はたちまち身体のことを考え始めた。言葉が足りないぶん、ふたりの関係をいきなりつぎのレベルへ進めてもいいんじゃないだろうか——言葉など要らない、身体のコミュニケーションへ。

そろそろ、植物の様子を見なくちゃいけない。僕はウインカーを出して道端に車を停め、エンジンを切った。彼女もシートベルトを外し、僕と一緒に外に出てトランクを覗くつもりらしい。彼女が助手席のドアを開け、僕も同時にドアを開けた瞬間、彼女の手から脚本の紙の束がこぼれ落ち、白い紙がそこらじゅうに散らばって、風に舞い始めた。ところが、彼女はあわてもせず、目にも留まらぬ速さで紙をかき集めた。まるで野生動物が獲物に狙いを定めた瞬間、鋭い鉤爪《かぎづめ》をさっと振り下ろすように。僕もいちおう何枚か拾って渡したが、大丈夫そうだったので、『人形の家』の残りの部分を拾い集めるのは彼女に任せ、僕はトランクを開けにいった。「ねえ、その植物、いったいどうするの？」彼女が訊いた。「それって、マリファナ？」僕が植物にボトルの水をやっているのを、彼女が怪訝《けげん》そうに見つめている。

「ちがうよ、バラだよ。挿《さ》し木用のバラの切り枝を家から持ってきたんだ。念のため、予備の二枝も」

女優は笑い声をあげた。

「彼女いるの？」車に戻ると、突然訊かれた。

「いや、でも子どもがいる」

旅に出てから、突然、娘のことを話したくなったのは、これで三度目だ。

彼女はすごい勢いでこちらを向いた。シートベルトも外してしまったみたいだ。

「ちゃんとベルトして」僕は言った。

「いまの冗談？」

「このあたりは獣がうようよしてるんだよ」僕は〝トナカイ注意〟の標識を指差して言った。

「子どもがいるって？」

「いや、冗談なんかじゃないよ。女の子で、もうすぐ七か月になる」僕は答えた。

「離婚したの？」

「子どもの母親とは、結婚してないんだ。ただ子どもの母親ってだけ。大きなちがいだよ」

「子どもがいたら、普通は結婚してるでしょ」

「僕の国ではそうでもない」

「どれくらい付き合ってたの？」

「一晩の半分くらいかな。出ていったのは彼女のほうだよ」彼女を捨てたと思われても困るから、僕は言った。実際、服を着て出ていったのは、彼女だし。

旅の友は興味をそそられた様子で僕を見た。

「バックパックに娘の写真が入ってる」僕は後ろを指差して言った。彼女はシートベルトをさっと外し、車内灯をつけ、運転席と助手席のあいだから後ろに身を乗り出して、僕の荷物をがさごそと探り始めた。バックパックの雨蓋に手を突っ込んでいる彼女のお尻が、僕の肩にぐいぐい押し付けられる。

「お財布のなか？」

「パスポートにはさんである」

「これ、あなたの元カノ？」

「いや、母さん」

そういえば、母さんの写真のことは忘れていた。

写真のなかの母さんは、わが家のライトブルーの外壁を背に立っていて、グロリオサの花が腰の高さまで伸びている。母さんと一緒に写っているのは僕で、意外かもしれないが、写真を撮ってくれたのは弟のヨセフだ。弟の立ち位置を決めるため、僕が地面に線を引き、そこへつま先を合わせるようにして、カメラのピントも合わせておいた。それから、弟にシャッターボタンの押し方を教えるため、二回やってみせた。四回目の挑戦でついに成功したときには、母さんも僕もうれしくて笑い声をあげた。僕のほうが頭ひとつ背が高くて、母さんの肩に腕をまわしている。母さんはすみれ色のセーターとスカートで、長靴を履いている。温室や庭で見かける母さんは、パンツ姿のことは一度もなかった。

　母さんはわりと鮮やかな色の服を着るほうで、ちょっぴり風変わりな模様の服もあった。いろいろな素材が大好きで、手触りを楽しんでいた。僕もときおり、触ってごらん、と言われて、素材の手触りのちがいを確かめたりした——たとえば、ドラロン（ドイツのドラロン社の乾式アクリル繊維）とシフォンのちがいとか。母さんはよく布を買ってきては、帰宅するなりミシンに向かった。翌朝、食卓に着いた母さんは、もう新しいブラウスを着ていたっけ。不思議な話だが、僕は母さんの肩をあんなふうに抱いた覚えはなかった。母さんはうれしそうな顔をしている。

　旅の友がまたこちらを向いた。

「見つけた」

　彼女は僕のパスポートを手にしていた——僕の個人情報も、母さんと娘の写真も。僕は、彼女が手に取った写真をちらっと見て、すぐ道路に視線を戻した。

「それだよ」娘のフロウラ・ソウルの写真だった。ヘッドライトがウサギの赤い眼に当たった。つぎにガソリンスタンドに立ち寄ったら、タイヤの溝に獣の肉がこびりついていた——なんてのはごめんだ。それにしても、この森はいったいどこまで続くのか、誰かに訊きたいくらいだ。

「かわいい」しばらくして彼女が言った。写真を車内灯に近づけて、じっくり眺めている。

「でも、あんまり似てないね」

「DNAの検査結果は持ってきてないけど」僕なりにがんばって、冗談を言ってみる。

彼女が笑った。

「七か月って言ったっけ？　女の子にしては髪が少ないよね、頭つるつるだもん」

僕は言い返した。

「まだ七か月だよ」まったく、髪の毛のことで毎回同じ説明をしなくちゃならないのは、いいかげんうんざりだった。この写真は一か月前に撮ったもので、娘はまだ六か月だったし、ブロンドの髪は見えにくいものじゃないか。

しかたなく、僕はこのわからず屋の女性に向かって、たどたどしい言葉で説明した。ブロンドの子どもはたいてい一歳くらいまで、髪があまり生えないものなのだ。僕は自分に腹が立っていた。自分から子どもの話をするなんて、馬鹿じゃないのか？　何でこのひとに写真なんか見せたんだよ？

「返して」写真を取り返すため、僕がハンドルから片手をさっと離すと、彼女はつべこべ言わずに返してくれた。

僕は娘の顔をちらっと見てから――下の歯ぐきに生えた二本の前歯を見せて、にっこりと笑っている――セーターの下に着たシャツの胸ポケットに写真を突っ込んだ。たった一度の情事でできた子どもには、とても見えなかった。まだ僕の人生において大きな存在とは言えないが、将来は、あの子のことをもっとちゃんと考えなくちゃいけないと思う。その前に、まずは慣れる必要があるけど。男が自分の子どもに愛情を感じるのは、当然だ。そうでなきゃ、ただのろくでなしじゃないか。

「よく知らない女性とのあいだに子どもが生まれるって知ったときは、やっぱり驚いた?」

「うん、まあね」僕はそう答え、この話題はもう切り上げようと決めた。

23

あれ以来、連絡も取っていなかった女性から、年明けに電話がかかってきて、カフェで会えないかと言われた。僕が席に着くと、彼女は単刀直入に、妊娠していると言った。

「来年の夏に生まれるの」

僕はびっくり仰天してあわてふためき、とりあえずウェイターを呼んで、ミルクを頼んだ。彼女はホットチョコレートを飲んでいた。ふと、テーブルの上のパンくずに目が留まった。前の客が帰ったあと、テーブルを拭いていなかったらしい。

「いつもミルクを飲むの？」彼女が訊いた。

「いや、飲まないけど」

彼女が笑った。思わず、僕も笑った。彼女が笑ってくれて、ほっとしたのだ。いま、あのときのことを振り返って、僕の目に浮かんでくるのは、ホットチョコレートをスプーンでかき混ぜている彼女の横顔だ。ふたりとも、しばらく黙っていた。彼女がホットチョコレートをひと口飲み、僕もミルクを飲んだ。自分が子どもを持つなんて、何だか想像もつかなかった。姿が見えないから現実味もないし、万が一、生まれてこない可能性だってあるかもしれない。僕たちは互いのことをよく知らない。僕には僕の計画があって、そこには彼女や子どもは含まれていないが、それは向こうだって同じだろう。それでも僕は、彼女のことをいいなと思っていた。うちの温室に連れていったとき、あれが最終的にどんなことになるのかなんて、考えてもいなかった。僕は彼女に謝るべきなのかな？　トマトの株を見せるよ、なんて温室に連れていって悪かった、ちゃんと避妊しなくてすまなかった、と詫びるべきなんだろうか？　そんなこと言ったら、かえって怒るかな？　それとも、お腹のなかで育っている子どものことは、じたばたせずに、ちゃんと責任を取るつもりだと言うべきだろうか？

「赤ちゃんの予定日はいつ？」僕は訊いた。

「八月七日ごろ」

母さんの誕生日だ。ほかに言うべきことが見つからなかった。それより、向かい合って座っている彼女に、僕との子どもが生まれることについてどう思っているのか、最初に訊くべきだったんじゃないか？　ところが、彼女は言った。

「あなたになにかしてほしいとは思ってないから」

そう言われて、僕は複雑な気分になった——僕のことは当てにしないと決めてたなんて。

「だけど、僕は子ども好きなほうだと思うよ」僕は言った。

彼女はホットチョコレートを飲み、唇についたクリームをぬぐった。まるで葦《あし》の穂みたいに痩せている。

「なにか食べない?」僕はそう言って、彼女にメニューを渡した。スープやサンドウィッチくらいしかないかと思ったら、オオカミウオのフライがあって、僕は指差した。

「大好物」彼女は言った。

あのとき僕は、彼女がどんな母親になろうとしているのか、考えてみるべきだったのかもしれないが、目の前の女性にいきなり子どもが生まれると言われても、僕にはどうもぴんとこなかった。子どもと自分とを、結びつけて考えられなかったのだ。自分のやったことがこの状況につながっていることや、因果関係を理解することができなかった。僕の種が豊かな大地に蒔《ま》かれ、いまこうして向かい合って、ホットチョコレートをかき混ぜている女性のなかに宿るなんて――そんなことが起こりうるなんて、夢にも思っていなかったから。

だけど実際、僕にできることと言ったら、赤ちゃんを見に来て、という彼女の電話を待つくらいしかない。僕が子どもの役に立てるとは思えなかったし、彼女が子どもの継父になりそうな男と映画を観にいくあいだ、子守りをしてほしい、と僕に電話で頼んでくるとも思えなかった。とにかく子どもが生まれてみないことには、何とも言えないけど。

「急がなくちゃ」遺伝学の学生はそう言って、フードの付いたパーカーのファスナーを閉めた。

「染色体の不整列についての講義があるの」

　僕はミルクを飲み干し、ホットチョコレートの分も合わせて勘定を済ませた。彼女がすっと手を差し出し、僕も差し出した。彼女が道路を渡って、バスに飛び乗るのを見守りながら、彼女ならきっとどうにかする、罪悪感を覚える必要なんかない、と僕は自分に言い聞かせるしかなかった。

24

「将来の子どもの母親のこと、もっと知りたいと思わなかった？」

「まあそうだけど、なりゆきっていうか、それぞれの道を行くことになって」

「じゃあ、そのあとは赤ちゃんが生まれるまで会わなかったの？」

「会ったよ、一度だけ」

たまたま彼女を見かけたのは四月の終わりで、彼女はホットドッグの売店の列に並んでいた。僕は走って通りを渡り、同じ列に並んだ。彼女の後ろに男性がひとりいて、そのあとが僕だ。僕のほうが先に気づいたから、声をかける前に一瞬、彼女の様子を窺うことができた。ブルーのパーカーを着て、豊かな黒っぽい髪をポニーテールに結っている。春といってもまだ寒くて、首元には大ぶりのスカーフを二重に巻いていた。お腹がすっかり目立つようになり、赤ちゃんが現実のものになっていた。僕は心臓がどきどきして、たった一度寝た相手の身体のなかで、ふたつの心臓が動いているんだ、と考えずにはいられなかった。だけど、ふたりで温室へ入っていったあの夜のことを思い出そうとしても、目に浮かんでくるのは、あのとき彼女のお腹に映っていた花びらの影くらいしかない。

ホットドッグを注文する彼女の声が聞こえた。具材は生の玉ねぎ以外は全部、それにレムラードソース（ピクルス、ケイパー、ハーブなどを加えたマヨネーズソース）を少々。つまり赤ちゃんも、生の玉ねぎ抜きのホットドッグを食べるってことか。お母さんに栄養をもらってるんだものな。でもひょっとしたら、目元は僕に似てたりして——あのとき、僕はそんなことを考えていた。

店員の男性が彼女にホットドッグを手渡したあと、僕は彼女の前に進み出て「ハイ」と声をかけた。

「ハイ」彼女はホットドッグを片手に笑顔を浮かべ、驚いた様子で僕を見た。ちょっぴり恥ずかしそうにも見える。子どもの母親と僕とは、街で挨拶を交わすような間柄なのだ。「調子はどう？」と僕が訊いたとき、彼女はちょうどホットドッグをかじったばかりで、嚙んで飲みこむまでのあいだ、僕は待っていた。彼女の口に食べ物が入っているときに、うっかり話しかけた僕がいけないのだけど、彼女はできるだけ早く飲みこもうとしている。そんな彼女を僕はじっと見つめている。やがて、マスタードでもついているのか、彼女は口の端をそっと拭いた。美しい口元をしている。彼女の話では、妊娠中っていうのは船酔いが何か月も続いているような感じらしい。それがどんな感じか、僕には痛いほどよくわかって、何だか責任を感じた。当時、僕は漁船で働いていたのだが、ちょうどそのときは漁と漁のあいだで休みだったのだ。けれども、つわりがいちばんひどい時期はもう過ぎて、いまは試験期間なのだと彼女は言った。

向かい合って話しているあいだ、彼女は食べかけのホットドッグにちらちらと目をやった。垂れかかったマスタードが、寒さで見る間《ま》に固まっていく。すみれ色のスカーフを巻き直そうとして、彼女が僕にホットドッグを預けた。僕は左手でそれを持ち、自分のホットドッグを右手に持っていた。まるで、友だち同士みたいに。彼女は妊婦らしく見えなかった。母親っぽい雰囲気は微塵《みじん》もなくて、論文のことで頭がいっぱいの、試験間近の学生にしか見えなかった。

ホットドッグを返したあと、彼女にじっと見つめられた僕はつい気取って、もしゃもしゃの髪をかき上げた。べつに彼女は、僕のことなんか頭にないかもしれないけど――生まれてくる子はどんな容姿になるか、想像しているのかもしれない。こんなとき、赤毛の男は肩身が狭い。

「性別はわかってるの?」僕は訊いた。

「ううん。でも男の子のような気がする」彼女が答えた。

一瞬、ブルーの遊び着とブルーの目だし帽《バラクラバ》をかぶった男の子を、散歩させている自分の姿が目に浮かんだ。子どもをママの家に迎えにいったあとか、送っていくところだろうか。迎えにいってから送っていくまでのあいだのことは、なぜかイメージできない。そうだな、たとえばアヒルにパンくずでもやっていたとか――池には氷が張っていて、氷に空いた穴のまわりで、アヒルたちが小競り合いをしているのを、僕たちはそばで眺めている。そんな様子を頭に思い浮かべる。僕は子どもの手を握っている。半日預かった子どもが、氷の穴に落っこちたりでもしたら困るから。だけどやっぱり、現実味のないことをあれこれ思い描くのは難しい。子どもの母親と一緒に子育てをするわけじゃないけれど――「子どもの母親」という言葉を、僕は心のなかで繰り返した――僕は人でなしじゃないし、僕を当てにしていいよ、と彼女に伝えたかった。子どもの体操教室の送り迎えだってできるし、僕たちは友だちになれる。

「じゃあ、試験がんばって」別れ際、僕は言った。いまの僕にできるのは、ある晩、アンナが電話をくれて、赤ちゃんを見に来て、と言ってくれるのを待つことだけだ。

「子どもが生まれるまで、僕は待っているしかなかったんだ」僕は助手席の相手にそう言って、話を切り上げた。

25

八月の母さんの誕生日に生まれる予定の子どものことを、僕はいつごろ、どうやって父さんに話したものかと考えていた。僕は二十一歳で、実家暮らしの身だ。父さんは五十五歳のとき初めて父親になり、ヨセフと僕という双子を授かった。おかしな話だけど、僕がいちばん厄介に思っていたのは、父さんに予定日を告げることだった。子どもができて、生まれることになったいきさつについては、なにを打ち明け、なにを胸にしまっておくべきだろう？　夕食の席でいきなり、さらっと話せばいいのかな――よく知らない女性とのあいだに子どもが生まれるなんて、べつに大騒ぎするような話じゃない、って感じで？　それともあらたまって、ちょっとふたりで話したいことがあるんだけど、とでも言ったほうがいいのか――家のなかに、誰かほかの人でもいるみたいに。ふたりでソファーに座ったら、さも大事な話をする場にふさわしく、ラジオのニュースは消したほうがいいだろうか？　まるで読んだこともない小説の内容を、父さんに話して聞かせるような気分だった——うまく話せるわけなんかない。それに、父さんをがっかりさせるんじゃないかと思うと怖かった。話があるなんて言ったら、僕がついに大学で植物学を勉強する気になったのだと思ってしまうかもしれない。

やがてようやく、父さんと話をするならいまだと思っていたところへ、例の女性から電話がかかってきた。いよいよ出産が近づいて、いまから分娩室へ向かうところだという。あなたのこと待ってるから、と言った彼女の声には、心細さがにじんでいて、泣き出しそうな感じがした。

八月六日、金曜日の夜十時三十分のことだ。

「赤ちゃんが生まれそうになったとき、彼女から電話があったんだ」僕は女優に言った。

出発してから三時間になるが、僕たちはまだ森のなかにいた。旅の友はまた通学バッグのなかに手を突っ込んで、赤いランチボックスを探していた。

赤ちゃんがもうすぐ生まれる、と彼女が電話をかけてきたとき、正直言って、僕はびっくりした。そのときまで、赤ちゃんが本当に生まれる実感がまるでなかったのだ。僕は急いでシャワーを浴び、一枚しか持っていない白シャツにアイロンをかけた。赤ちゃんが生まれると知って、僕にできるのは、クリスマスみたいにピシッとした白シャツを着ることくらいしかない。それ以外に、出産に当たって、アンナが僕にどんな役割を期待しているのか、僕には見当もつかなかった。まったく勉強もせずに、試験を受けにいくような気分だ。僕がアイロンをかけているところへ、ふいに父さんが姿を見せたので、僕は手っ取り早く言った。僕の友だちの友だちだった女性とのあいだに赤ちゃんができて、もうすぐ生まれるんだ。

「ソルラウクルってやつ、覚えてる?」僕は訊いた。

父さんの思いがけない反応に、僕は驚いた。父さんは何だか舞い上がっていて、僕に代わってアイロンを手に取り、最後の仕上げにかかった。

「おじいちゃんになる喜びを味わえるとは、思ってもみなかったよ」父さんは言った。「母さんも私も、おまえにその気があるのかどうか、わからなかったからさ」

その気があるのかどうかって、どういう意味だよと思ったが、着替えを手伝おうとする父さんの好きにさせた——まるで初めてのクリスマスパーティーに参加する、小さな男の子みたいだけど。ネクタイを貸してやろうか、と父さんが言った。

「いや、いいよ」

そのとき、父さんがふと昔のことを思い出した。

「母さんがな、双子のおまえたちが生まれる一週間前には、あのオレンジ色のキッチンが塞がってしまうほどお腹が大きくなってたんだよ。だから私は、母さんが料理をしているときは、キッチンに入らないようにしていたんだ。小さなアパートメントだったから、いつもぶつかってしまってね。すれちがうってことができないんだよ。私ひとりでも邪魔なくらいだったから、双子のおまえたちが生まれたら、さぞかし手狭だろうなと思ったもんだ」

26

少しすると、僕はあのときのことをもっと話したくなった。

「出産に立ち会ったんだ」僕の語学力では、それ以上詳しい話はできないのはわかりきっているのに、僕は言った。まるで誰かが僕に乗り移って、このひとに僕のプライベートを明かそうとしているみたいに。

旅の友は、へえ、というような顔をした。

「ほんとに?」戸惑ったような、感心したような表情を浮かべている。いや、やっぱり感心しているみたいだ。

もちろん、助産師の代わりが務まったわけでも何でもないが、僕はたしかに娘の誕生に立ち会った。そして、心を動かされずにはいられなかった。

廊下は乳白色の灯りで照らされていた。僕なんかお呼びでないとまでは言わないが、必要じゃないのはたしかだろう。受精のための僕の役割は、すでに九か月前に終わっているから。アンナは病院の白いガウンに身を包み、張り出したお腹もすっぽり覆われ、白いソックスを穿いている。彼女はこの状況にうろたえているのか、おろおろとして、不安そうに見える。

助産師が温かく僕を迎えてくれ、僕はアンナに微笑みかけた。どんなにしんどいだろうと思うと、心の底から彼女がかわいそうになった――なにもかも僕のせいだ。僕は謝りたかった。本当にすまなかった。まさかこんな目に遭わせてしまうなんて、思ってもみなかったんだ、と伝えたかった。だがそうもいかず、僕はただ言われたとおり、ベッドの脇の椅子に腰かけ、僕の子どもの母親になるひとの手の甲をさすった。窓の外枠の上には、二羽のカラスが止まっていて、看護師や助産師たちがひそひそ話している声が聞こえる。そんななか、アンナは横向きになってじっと黙ったまま、白い枕を両腕でぎゅっと抱きしめている。

彼女がどうして僕にこの場に居てほしいと思ったのか、僕にはさっぱりわからなかった。お互いのことを、ほとんど知らないのに。僕はまったくの役立たずの心境だったが、あれよあれよという間のできごとで、彼女が何日間も苦しみ続けるのを見なくてすんだのは幸いだった。出産は順調で速やかに進み、八月七日、土曜日の午前零時過ぎに、赤ちゃんが生まれた。僕が病院に着いてから二時間後のことだった。女の子で、顔も身体もべっとりと濡れて赤い。赤ちゃんは手足をばたつかせながら、肺に空気を吸い込んで、大きな泣き声をあげた。やがて、赤ちゃんはすぐに泣き止んでおとなしくなり、あたりを見回した。地球の深部から出てきたばかりの、穏やかな、つぶらな瞳。その藍色の瞳にはかすかな光が宿り、まだこの世のものではないみたいだった。

「赤ちゃんの誕生に立ち会うって、どんな感じ？」旅の友はたずねた。

「意外だった」

「なにが意外だったの？」

「死について考えたこと。子どもが生まれると、いつかは自分も死ぬんだなって実感する」

「変わってるね」

どうしてそんなことを言うんだろう？　聞き間違いじゃなければの話だけど。いっぺんに多くのことを同時にやりすぎて、僕の脳はてんやわんやだった——自分が言いたいことを頭のなかで訳し、使い慣れない単語を組み合わせ、もしかしてこの単語、ほかの意味もあったかな、なんて確認したりする。いっぽう助手席の彼女は、当たり前だけど、言いたいことをすらすら言える。変わってる、変わってるってどんな意味、なんていまさら訊くわけにもいかないから、僕はこう言い返した。

「きみも、変わってるね」

アンナがどう思っているかはわからなかったけれど、赤ちゃんが女の子だったのは、僕にとってはちょっぴり驚きだった。助産師が、つるつるした赤ちゃんの小さな身体を包み込むような抱き方を教えてくれた。赤ちゃんの身体から、バニラキャラメルみたいなほんのり甘い匂いがする。僕が不慣れながらがんばっているのがわかるのか、すっかりおとなしくなった娘は、霞《かすみ》のかかったような瞳を大きく見開いて、僕をじっと見つめていた。最初は髪の毛が生えていないように見えたが、頭を拭いてやると、薄い黄色の膜が貼りついているのが見えた。

「生まれたときから、少しは髪の毛が生えていたんだ」旅の友に向かって、僕は言った――新たな証拠が提出され、古い訴訟案件を再調査する弁護士のような口ぶりで。

赤ちゃんの甘やかな匂いや、柔らかな抱き心地を実感していなかったら、僕にはなにもかもが非現実的に感じられたかもしれない。まるで映画みたいに。僕は子どもを産んでくれた彼女をねぎらいたくて、肩をぽんぽんとたたいた。僕には想像もつかないような経験をしたばかりの彼女は、燃えるような瞳をしていた。赤ちゃんは――僕の娘という言葉を舌で転がしてみた――信じられないほど小さくて、かわいくて、陶器のお人形みたいだった。助産師も赤ちゃんをタオルで包《くる》むと、かわいい赤ちゃんですね、と言った。それは母親に向けた言葉らしく、助産師は少し戸惑ったような表情で僕を見た――このひとは、赤ちゃんとどんな間柄なんだろう、と考えているかのように。アンナは赤ちゃんを腕に抱いていたが、どこかうわの空だった――大変な役目を果たしたのだから、もう眠りたいと思っているのかもしれない。やがて、彼女は僕のほうを向いた。

「この子、あなたにそっくり」彼女はそう言って、僕に赤ちゃんを渡した。ほら見て、私のほうの家系の顔じゃない。私はこの子にちゃんと栄養を与え、この世に送り出すという重大な使命を果たしたんだから――まるでそう言われたような気がした。もう午前二時で、僕はそろそろ帰ったほうがいいだろうか、と考えていた。アンナは相当疲れているはずだ。だけど赤ちゃんが、さっきから僕のことをじっと見つめているので、もう少し抱いていたかった。少し休んで眠ったらいいよ。きみさえよければ、僕はもう少し、ここで赤ちゃんを抱っこしているから――子どもの母親にそう伝えたかった。

僕が抱っこの仕方を練習しているあいだ、彼女は窺うような目で僕を見ていた。いまにも泣き出しそうな感じで、僕と赤ちゃんを置いて、部屋から出ていってしまいそうだ。ところが、泣き出してしまったのは母親ではなく、僕のほうだった。彼女は戸惑ったように僕を見た。それに助産師も、医学生も。

「赤ちゃんが生まれると、みんな感極まってしまうものですよ。最初の子なら、なおさらね」助産師が言った。感極まってしまう――そう言っていた。

「僕、泣いちゃったんだ」運転しながら、思い切って僕は言った。旅の友は、興味を引かれた様子でこちらを見た。僕は、女性の前でかっこつけたい衝動に打ち勝った自分を、少しはほめてやろうと思った。

子どもが生まれたとはいえ、厳密に言えば、僕たちは他人も同然だったが、今夜はぜひ、お母さんと赤ちゃんと一緒に泊まっていったらいいですよ、と助産師は僕に言った。

病室は父親も泊まれるように配慮されており、予備のソファーベッドがあった。赤ちゃんは、母親の隣に置かれたアクリル樹脂のベッドに寝かされている。子どもの母親は、なにも言わずに、じっと僕を見つめた――まるで彼女の人生における、僕の居場所を探しているかのように――頭では覚えていないことを、身体が思い出したかのように。娘の頭にはほとんど髪の毛が生えていないので、ボンネットをかぶせたほうがいい、と助産師が勧めた。

「身体というのは、頭から冷えていきますからね」娘の頭にピンクのボンネットをかぶせながら、助産師が何だか申し訳なさそうに言った。そしてシフトを交代する前に、家族保険と父親育児休暇のパンフレットを、僕たちのそれぞれにくれた。

枕に頭をのせたとたん、子どもの母親は眠ってしまった。それもそのはずだ――なにしろ赤ちゃんをひとり、この世に送り出したのだから。彼女は疲労困憊《ひろうこんぱい》し、身体も痛んでいた。心のこもった、いたわりの言葉をかけてあげたかったが、彼女はあまりに疲れ切っていて、会話などできそうになかった。金曜の朝、普通に目が覚めたのに、夜中に病院に駆け込んで、そのまま出産するなんて、考えただけでも大変そうだ。もっと彼女にやさしくしておけばよかったと思うけれど、どうすればよかったのかなんて、わからない。大の男が産室のベッドで眠るなんて、僕には何だか冒瀆《ぼうとく》のように思えてならなかった。それに僕は、子どもの母親と同じ部屋で眠ったことがない――子どもができるだけの時間は、ともに過ごしたわけだけど。僕が下着姿やブルーのストライプのパジャマ姿で――彼女はこれまで僕のそんな姿を見たことはないわけだし――産科病棟を歩き回るなんて、とんでもないことのように思えた。ここはホテルの部屋じゃないし、僕たちは恋人同士でもない。乳飲み子と母のための、このふんわりとした巣のような、シルクのようにやわらかな世界に、トイレで用を足したあと、便座を下げるのを忘れるような男の居場所なんか、あるわけがない。

　助産師が出ていき、アンナがぐっすり寝入ったあと、僕は車輪付き《キャスター》の乳児用ベッドをソファーベッドの隣へ運び、背をかがめて覗きこんだ。赤ちゃんと僕のふたりきりだ。赤ちゃんは起きていて、僕を見つめ返した。ついうっかりしてできた子が、僕のことをじっと見つめている。

「赤ちゃんは起きていて、僕のことをじっと見つめたんだ」僕は旅の友に言った。車はとうとう森を抜け、こんどは見渡す限り、黄金のひまわり畑がどこまでも広がっていて、びっくりするほど大きな花々が立ち並んでいる。雨が降り出した。

　娘に父親の顔がよく見えるように、僕は前かがみになった。信じられないくらい、かわいい子どもだった――もちろん、比較できるほどの経験はないけど、この産科で生まれたばかりの赤ちゃんたちだったら、さっきちらっと見かけた。みんな老人みたいで、身体は赤紫色。しわしわの顔はいかにも心配そうだし、人生の重荷を背負ったばかりで、つらそうに見える。でも僕の子どもは――僕たちの子どもは――ちがっていた。僕にも母親にも似ておらず、独自の、新しい存在だった。とはいえ、子どもの顔を以前から思い描いていたわけじゃない。それどころか、そういうことは一切、考えないようにしていたから。僕はそれこそ嘗《な》め回すように、赤ちゃんをじっと見つめた。

やがて、ふとんを持ち上げると、赤ちゃんが両脚を伸ばした。驚くほど小さい足に僕が見入っているあいだ、赤ちゃんはつま先をばたつかせていた。赤ちゃんのまわりが何だかぼうっと光っていて、ふとんの素材のせいだろうか、と僕は思った。

「ようこそ」僕は赤ちゃんの手のひらに小指を押し付けながら、そっとささやいた。僕は着替えもせず、ひと晩じゅう起きて赤ちゃんを見ていた。つぎにいつ会えるか、わからなかったせいもある。子どもの母親にだって、たびたび会えるかどうかわからなかった。僕たちはカップルじゃないし。もちろん、ふたりのあいだに生まれた子どもに会いにいくのは、歓迎してくれるはずだけど。

疲れ切っていたアンナは、口を少し開けたまま、夜じゅうぐっすり眠っていた。僕は何度か様子を見にいったが、じろじろ見たりはしなかった。ただときどき、彼女のふとんが身体をちゃんと覆うようにかけ直してやり、それから娘の小さいふとんもかけ直した。そうこうしているうちに、ひと晩が過ぎてしまった。母さんもよく、夜の片付けの合間に、僕の様子を見にきてくれたっけ。母さんがふとんをかけ直してくれるのを感じてから、真っ暗な部屋で眠りに落ちたものだ。母さんはそのあとキッチンを片付け、戸締りをし、灯りを消して、一日を終えた。そういえば、僕は子どもの母親の家族のことを、なにも知らないことに気づいた。娘のおじいさん、おばあさんになる人たちのことを、たずねたこともなかったのだ。僕は並んだベッドの狭い隙間を歩いて、アンナのところへ行った。頬はバラ色で唇は潤んでいるが、青白い顔色をしている。僕はかがんで、アンナの肩をそっとゆすって声をかけた。

「ご両親はどうしてるの、アンナ?」

助手席の彼女は、熱心に話を聞いていた。そわそわと身体を動かしたり、座り直したりしながらも、僕がたどたどしく語る言葉を、息を凝らして待ち構えていた。

「生まれたばかりの赤ちゃんが、僕をじっと見つめ返したんだ」僕はもう一度言った。

やがて、僕は深く前にかがみこんで、赤ちゃんをそっと抱き上げた。白いタオル地の産着を着た赤ちゃんは、羽根のように軽かった。僕は赤ちゃんを腕に抱いたまま、ソファーベッドの枕にそっと頭を下ろした。そしてうんと気をつけながら、赤ちゃんを僕のお腹の上に乗せ、ふとんをかけた。赤ちゃんは胎児のように両脚を曲げていて、僕は赤ちゃんのかかとを片方ずつ持ってみた。すると、赤ちゃんが伸ばした片方の足が、僕のお腹にぐいと当たった。僕はできるだけ静かに呼吸をしているつもりなのに、赤ちゃんの身体は、まるでエアベッドで寝ているみたいに、上下に大きく動いた。それから僕は赤ちゃんが眠りにつくまで、背中をそっとなで続けた。自分がうっかり眠ったりしないように、くれぐれも注意しながら。

27

新米のおじいちゃんが、赤ちゃんに会いにいくときは、施設に立ち寄ってヨセフも一緒に連れていったほうがいいかな、と僕にたずねた。それで、僕は事情を説明した——じつは、相手の女性のことはほとんど知らなくて、まだ家族という感じではないこと。僕には双子の弟がいることも、僕はとりわけ亡くなった母さんと仲がよかったことも、まだ伝えていないこと。親密なわけじゃなかったんだ、一度そういうことがあっただけで——。

「つまり、カップルじゃないんだよ、父さん」

「ロッビ、おまえ、まさか責任逃れをしているわけじゃないだろうね？　そんなこと、母さんだったらいい顔はしないぞ」

父さんはここぞとばかりに、双子の僕たちが生まれたときの思い出話を始めた。

「ヨセフのどこが具合が悪いのか、最初はお医者さんたちにもわからなかったんだが、弱っていたから保育器に入れられたんだ。双子だったから、最初の二十四時間は、おまえも一緒に保育器に入れられた。私がかがんで保育器のなかを見たら、おまえが弟の手を握っていたんだ。生後一日目で、もう弟の面倒を見ていたんだよ」

父さんは、双子の僕らがただ手をつないでいたのではなく、僕が、二時間遅れで生まれてきた、具合の悪い弟の面倒を見ていたことにしたいのだ。いくらなつかしい思い出だからって、そんなのはこじつけじゃないか。

「おまえは弟の手を握ってやった。あの子は最初の一年間、ずっと眠っていたからね。いっぽうおまえときたら、目をしっかり見開いて世界を観察していたよ」

そうやって、父さんは僕たち兄弟を正反対だと決めつける。

「おまえは十か月で歩き出したが、ヨセフはまだ眠り続けていた。母さんはおまえと一緒にたくさんの時間を過ごした。私はヨセフのそばにいることが多かった。ふたりで片方ずつ世話をしたんだ。おまえと母さんはいつもたくさんおしゃべりをして、ヨセフと私はしずかに寄り添っていた。それでうまくいってたんだよ」

やがてうちの電気技師は、孫のためにベビーカーを買ってやろうと言いだした。それに外出用のオーバーオールとか、レギンスとか、必要なものは何でも。そしてやっぱり、最後には母さんのことを引き合いに出してきた。

「母さんならきっとそうしたはずだ」

父さんは僕に、何でも三つずつ買いそろえるように言った。肩にボタンのついたボディースーツも三着、タイツも三足、パジャマも柄ちがいで三着、ゾウさん、キリンさんにテディベア。それからバギーと外出用のオーバーオールも買ってやらないとな。そう言って、父さんは財布を出した。

「母さんならきっとこうしたはずだ」

「おまえが赤ちゃんだったときに、そっくりだ」孫娘に対面した父さんは言った。僕は、そんなことを言うのはおばあさんだけだと思っていた。

「生後二十四時間だよ？　僕が生後二十四時間のとき、どんなふうだったか覚えてるの？」僕は新米のおじいちゃんに訊いた。

「あの子は、おまえのお母さんに生き写しだ」父さんはきっぱりと言った。まるで母さんと僕が同一人物みたいに。

赤ちゃんが母さんにちなんで名付けられることを、父さんは望んでいた。赤ちゃんを見つめるその眼差しを見ていれば、父さんの気持ちがよくわかった。母さんを探し求めているのだ。

「名前のことは、僕には口出しできないよ、父さん」僕は言った。「僕たちが一緒に暮らしていれば、話は別だったかもしれないけど。それに彼女も、うちの母さんと同じでアンナって名前なんだ。だからアンナって名付けられたとしても、彼女にちなんでってことになる」

父さんは納得がいかない様子だった。

「娘の名前は、フロウラ・ソウルっていうんだ」僕は旅の友に言った。

「かわいい」彼女は言った。

それからは、ふたりとも黙っていた。道のりもあとわずかだ。

28

風景が変わってきた。前方になだらかな丘陵が見え、遠くに山々がそびえている。ひまわり畑はもはや見えなくなり、ふたたび鬱蒼とした森のなかに入っていった。路面が濡れているので、僕は運転に集中し、ふたりとも黙ったままだ。やがて前方で、青いライトが点滅しているのが見えた。僕は速度を落とし、ギアを一速に切り替え、道路の真ん中の、蛍光色のカラーコーンが並んでいるところへ近づいていった。蛍光色の防水ベストを着た警察官が、車の真ん前に立ち、路肩に寄って砂利の上を進んでいくように合図をした。その途中で、突然、真っ二つに切断されたかのごとく、前半分が失われた車体のわきを通り過ぎた。道路には、ガソリンが筋のように流れ出している。僕はゆっくりと慎重に事故現場を通過していった。やはり車体の前半分は、森に呑み込まれてしまったかのように、跡形もなく消え去っていた。ほどなくして、蛍光色のベストを着た、別の警察官が道端に立っているのが見えた。地面から脚を一本、拾い上げている——よく見ると、男物の靴と黒いソックスをはいている。警察官は、その脚を抱えたまま僕の車の前に立ち、もう片方の手で、進めと合図した。そこを通り過ぎると、さっきの車体の前半分が目に入った。フロントガラスの向こうに、シートに座ったままの人間たちの上半身が見える。上品な装いの高齢の男女で、背筋を伸ばしたまま、並んで座っている——まるで何十年も、食卓で言葉も交わさず、向かい合ってきた夫婦のように。あたりに血の跡はなく、ふたりの青白い顔は無傷で、蠟人形館の人形みたいだった。なによりショックだったのは、事故現場を見ても、ぞっとしなかったことだった。僕はべつに鈍感な性質《たち》じゃないのに。それどころか僕は頭のなかで、事故現場のあの老夫婦の人生に、自分自身を置き換えようとしてみた——まるで難問を解き明かすように。しかしどうあがいても、食卓であれ、車のなかであれ、何十年も同じひとりの女性と連れ添っている自分の姿は、僕には想像もできなかった。

もし僕が、この道で同じ運命をたどったら？　たとえば車が樹に衝突して、女優と僕がこうやって並んだまま、粉々に砕け散ったフロントガラスにまみれて、死んでしまったとしたら？　事故のニュースを見て、子どもの母親はどう思うだろう？　もしかしたら、僕らの持ち物が、林のなかに残っているかもしれない。『人形の家』の脚本の最後のシーンが書かれた、雨でびしょ濡れのページとか。救助隊は必ずなにかを見落とすものだから。あるいは何枚かのページがビニール袋に入れられて、父さんに渡されるかもしれない——いったい何なのか、父さんにはわけがわからないだろう。

僕は助手席の彼女を見た。両手をひざにおいて座っている彼女の目に、涙があふれていた。

「大丈夫」彼女の肩にふれながら、僕は言った。

「大丈夫だよ」僕はもう一度そう言って、彼女の頬をなでた。

こうして死亡事故のあとを目撃した僕らは、経験を共有したと言えるのかもしれない。それに彼女には、娘が誕生したときの話もした。車内で六時間、隣り合って座っているあいだにそういう経験を共有したことで、人生の道のりにおいてもっとも重要なふたつのできごとに——誕生と死、はじまりと終わりに——向き合ったわけだ。もし彼女が、残りの道のりも百キロを切ったいま、突然「私と寝たい？」と言ったら、僕はノーとは言わない。

国道に出たとき、森のなかへ入っていくワゴン車とすれ違った。よりによってこんなときに、道に迷ってしまったのだろうか。それとも運転しながら、軽快なクラシック音楽を流しているラジオ局でも探していたのだろうか。バックミラーは、雨のなかで点滅している警察の青いライトを映し出していた。

まもなく、僕はまた道端に車を停めることになった。森のなかの空き地で、僕はさっき食べた肉のサンドウィッチを吐いてしまった。ひどく具合が悪くて、このあいだの手術で盲腸を取っていなかったら、また虫垂炎になったんじゃないかと思ったほどだ。

エンジンを切って、ふたりとも車外へ出た。白シャツ一枚の僕は、寒かった。コオロギの鳴き声が聞こえ、ほかにもいろんな小動物たちの気配がする。小雨の降りしきるなか、森の下生《したば》えの匂いが立ちのぼってくる。

「大丈夫、もう大丈夫よ」彼女が言った。

食べた物を吐くなら、車から十メートルも離れればいいだろう。十メートルから十五メートルといえば、反乱軍の連中がトラックから降ろされ、処刑場まで歩かされる距離と同じくらいか。

僕が吐き終わると、彼女が僕のシャツの腕をなでながら、「もう大丈夫」ともう一度言った。そして、彼女は僕の手を取って、森のなかへ歩いていった。

「気分がよくなるまで、少し新鮮な空気を吸いましょう」

そういえば、ここは彼女の縄張り《テリトリー》だ。もしかしたら以前、父親と一緒にここへ猟にやってきて、雄ジカでも仕留めたのかもしれない。シャツ一枚の僕は、ぶるぶると震えていた——まるでコンサートの衣装のまま、森のなかをほっつき歩いている男みたいに。

僕たちは枯れ枝をかき分け、樹液でべとついた小枝を押し分けながら進んでいったが、やがてオークの木の根元に腰を下ろし、幹に寄りかかった。たぶん、樹齢千年くらいじゃないだろうか。樹皮を少しめくれば、生命があふれているのがわかる——アリの群れが、大きな巣を作っている。

「ねえ、ずっとその名前なの?」彼女が訊いた。

「どういう意味？　ここでは大きくなったら、名前を変えるわけ？」

彼女が笑った。僕もつられて笑った。

僕はトチの実を三つ拾って、ポケットに入れた。そして、彼女の肩の上に載っていた緑色の葉っぱを取り、服にくっついていた枯草を取ってやってから、ふたりで車に乗り込んだ。

29

目的地が近づいてくると、彼女は僕の肩に手を添え、「この先の街まで行ってくれない？」と言った。本来は、通る予定のなかった街だ。彼女の話では、その街には演劇学校のほかにも、道化師の訓練所や有名なサーカスもあって、由緒あるブルーチーズの産地でもあるらしい。五回連続で右折しながら走っていくと、歴史地区のほど近くに、彼女が住んでいるアパートメントがあった。

「さあ、やっと着いた」きゅうに活気にあふれた声で、彼女が言った。

降りしきる雨がフロントガラスを打っている。何だかまるで、付き合っている彼女との別れのシーンみたいだった――べつに、そんな経験があるわけじゃないけど。彼女は僕の肩に手を添えたまま、座席で身じろぎして言った。

「急いでる？　目的地には、決まった時間に到着しなくちゃいけないの？」

「いや、そういうわけじゃないけど。でもこの先、まだかなり距離があるんだ」なるべくはっきり答えようと思って、僕は言った。思いがけない質問や、面倒そうな頼みごとをされたときは、用心しないといけない。女性っていうのは、たいていこちらの知らぬ間に計画を立てたり、手はずを整えたりしているから。

「うちに泊まっていく？　って訊こうと思っただけなんだけど」彼女は言った。「演劇学校の女の子たちと三人でアパートに住んでるの。だから、泊まるスペースは十分あるよ」

これでお言葉に甘えて泊まってしまったら、なにかやばいことでもあるかな、と僕は考えた。今後の計画に支障が生じるとか？　人生にひょっこり現れた人たちは、ずっと前からそばにいた人たちよりも、大きな影響を及ぼすことがある。偶然というものがいかに油断ならず、いかに運命を左右する力を持っているか、僕は身をもって学んでいた。

「まじで」ほつれ髪をリボンの結び目に押し込みながら、彼女が言った。「もう暗くなってきたから、すぐ夜になるよ」

「そうだね、ありがとう」やっぱり、三人の女優の家に泊めてもらうことにした。どうせ僕は、みんなが起きる前に出発するだろうし。

「あ、そういえば」彼女が言った。「ルームメイトたちはベジタリアンなんだけど、大丈夫かな。つまり、夕食のこと。たぶん今夜は、ほうれん草のラザニアだと思う」

車を降りながら、ふと彼女が言った。

「例のトランポリンみたいな植物、何て言うんだっけ？」

30

女の子たちを起こさないよう、できるだけ注意しながら出発の支度をする。きょうはみんな、午後まで授業がないのだ。僕はシーツと毛布をたたんで、床に敷いたマットレスの上に置いた。壁に貼られた映画スターのポスターのちょうど真下だ――身体のラインが強調された黒のドレスに、垂れ目気味のアーモンド形の瞳。蝶のように煌めくまつ毛、長い黒髪。それから僕は、楽しい夕べをともに過ごし、ほうれん草のラザニアをごちそうしてくれた三人に向けて、お礼のメッセージをメモ用紙に書き、テーブルの上の汚れたグラスのあいだに立てかけた。これまでひたすら雨の森を走ってきたが、あの女優やその友だちといった、思いがけない出会いに恵まれた。白々と夜が明けるころ、僕は急いで外に出て、車のトランクを開け、家から持ってきた二本の予備のバラの切り枝のうち、ピンクのつぼみが三つついているほうを取り出した。そしてキッチンへ戻り、さっきのメモの隣にバラの枝を置いた。女優たちの自由気ままな暮らしぶりは、キッチンの食べ残しや汚れた食器からも窺えた。どうしようかなと思ったが、僕は食器やグラスをシンクに入れ、テーブルを拭いて、バラが映えるように、ちょこっと片付けた。

　オペルでゆっくりと山道を越え、こんどは低地へ向かって下っていくと、なぜかあのポスターの映画女優が頭にちらついたが、久しぶりにひとりになって、僕はいい気分だった。そばに女の子がいると、どうも調子が狂ってしまう。いつもセックスのことばかり考えているわけじゃないけど、僕はいま、自分自身と身体のつながりや、自分の身体と他人の身体のつながりについて、悶々としてしまうから。やがて、僕は地図を確認するために車を停めたついでに、トランクからバラの切り枝を取り出して、助手席の足元に置いた。このバラたちは飛行機での移動に耐え、病院では滅菌処理されたプラスチックのコップに入れられ、車のトランクや後部座席に押し込まれ、思えばさんざんだったが、約二千キロに及んだ旅路もまもなく終わる。

　父さんがずっと心配しているだろうから、僕は国境を越えたところでガソリンスタンドに立ち寄り、電話ボックスから電話をかけた。父さんは、こちらの天気や道路事情をひとしきりたずねたあと、こんどは向こうの話を始めた。この一週間で低気圧が七つも通過したんだ、と父さんは言った。それから、オヒョウのスープは大成功で、こんどはスラウトゥル（羊の内臓や血、脂肪などで作るソーセージ）に挑戦するつもりだという。

「母さんが作ってくれたのと同じようにな」

「スラウトゥルの季節まで、まだ半年もあるよ」

「前もって、おまえに言っておきたかったんだよ。母さんの伝統を守っていかなくちゃいけないと思うんだ。とくに、ヨセフのためにも」

ヨセフがスラウトゥル作りを手伝っていた記憶はないが、僕は九歳のころから母さんと一緒に、詰め物をした羊の胃袋を縫うのを手伝った。

「まったく、あのリフォームマニアにはおったまげたよ」だしぬけに父さんが言った。

「何のこと?」

「ボッガの息子のソウラリンが、アパートメントを改造しまくってるんだよ。二年もすれば、何でも取り替えちまうんだから。あんなにやたらとリフォームするなんて、不自然だ。歳月を感じさせるものが、少しもないんだからね。ああやってしょっちゅう、ケーブルや建具を取っ替え引っ替えしてれば、自分も死なないような気がするのかね」電気技師の父さんは、母さんとあの家に引っ越したときに組み立てた水色のシステムキッチンを、ずっと使い続けている。

「お金は足りてるかい、ロッビ?」

「うん、大丈夫だよ」

「ひとり旅でさみしくないか?」

「いや」

「地元の人たちは親切にしてくれるかい?」

「ああ、みんな親切だよ」

実際、それは本当だった。みんな驚くほど親切なのだ。人間というのは、たいていは善良で尊敬に値するんじゃないかと思えてくる。ほとんどの人たちは、人助けをする機会があれば、最善を尽くすのだと。たとえば道をたずねたとき、そんな地名は聞いたこともないとか、地名は知っているけど行き方はわからないという場合でも、みんなどうにかして僕に行き方を教えようとしてくれる。最悪の場合、山中を何時間もさまよったりもするけど、人びとの親切心というのは、それくらい抑えきれないものらしい。ともかく、僕は旅の友を途中で降ろしたあと、どうにか無事に三つの国境を越え、腹が減ってはいろんな種類のパテやチョコレートを食べた。三か国を通過しながら、三夜とも屋根の下で眠ることができた。ひとり旅だから、途中で何度も車を停めて、地図を確認しないといけない。ひとつ困るのは、地図を見てわかるのは距離だけで、どれほど傾斜のきつい道かはわからないことだ。最後の約五十キロになって、曲がりくねった山道を走りながら、めまいに襲われるのだけは勘弁してほしかった。恐ろしいほどの急カーブをいくつも走りながら、靄《もや》がかかっているせいで谷底が見えないことを、僕は思わず神に感謝した。じつはこのあと、目的地に着いてから、谷の下を走るルートもあったことを知るのだが。この山頂の道は、ほとんど車が走っていなかった。村まであと数キロのところで、ようやく白い車を一台見かけた。

31

村は大きな岩山の頂《いただき》にあり、崖のてっぺんにそびえ立つ修道院がすぐに目に入った。中世以来、バラの栽培に関するあらゆる手引書にその名を記された庭園が、あんな場所にあるとは信じがたいほどだった。

修道院の下のほうに黄色い靄が広がっているせいで、まるで建物がふたつに切断され、土台から離れた上の部分が、宙に浮かび上がっているように見える。道幅がひどく狭くて、見上げる空がまるで筋のようだ。ほとんど垂直のような急勾配のこの道を、これ以上車で登れるとは思えず、僕はバックパックとバラの切り枝の入った箱を車から出して、丘を登り始めた。荷物が軽かったのは幸いだった。少し歩いていくと、建物の鮮やかな色が目に飛び込んできて、まるで弟のヨセフの、めくるめく色彩の世界に迷い込んでしまったかのようだ。彼のシャツのピンク、ネクタイのミントグリーン、セーターのすみれ色、ダイヤ柄のベストのヘーゼルブラウン——そんな彩り豊かなファサードが、通りに面して立ち並んでいる。丘を登る小路沿いには、紫陽花《あじさい》やダリアが植え込まれた、装飾的な陶器の鉢が並んでいる。頂上まで登ってようやく、一本しかない平坦な道にたどり着いた。その道の突き当たりには、青空を背景にして教会が建っており、その隣に修道院のゲストハウスがあった。僕はそこへ顔を出すように言われていた。方向感覚はすぐにつかめたし、村じゅうの位置関係もわかりやすかった。この村には、何でもひとつずつしかない。ゲストハウスも、レストランも、床屋も、郵便局も、ベーカリーも、肉屋もひとつだけ。物乞いもひとりしか見かけなかった。唯一の例外は教会で、あちこちにたくさんの教会があり、二つ、三つの教会が並んでいる場所もあった。こんな小さな地区に、これほど多くの教会が集まっている場所など見たことがない。村人たち以外はすべて、千年の時を経ているように見える。植物の入った箱を抱えている僕のことを、さっきから地元の人たちがちらちらと見ている。二十分ほど歩いて村の頂上に着くまでに、住民の半分には会ったんじゃないだろうか。鍋でふつふつと煮えているソースの香りが漂ってくる。多くの人は買い物帰りで、ポロネギやセロリの大きな束を持っている。わけのわからない言葉が耳に飛び込んでくるが、バックパックに入っている本を見れば、廃《すた》れつつあるこの方言をどうにか理解できるはずだった。僕は道すがらすれちがった、さまざまな年齢層の女性たちをさりげなく観察した。ふと頭に浮かんだ計算式を、目の前のゲストハウスの薄紫色のファサードを背景にして描いてみる。もし五十対五十の法則が当てはまるなら、この村の全住民七百人のうち、女性は三百五十人。そのうち三十人くらいは、僕と同じ年ごろのはずだ――五歳くらいは前後するとしても。

トマス神父が入口で僕を迎えてくれた。Vネックのケーブル編みのグレーのセーターを着ている。お待ちしていましたよ、部屋の清掃もベッドメイキングも済んでいます、と神父は言った。僕も母さんの手編みの、ケーブル編みのブルーのセーターを着ている。会話のきっかけになりそうだけど、出会ったばかりでなれなれしいような気がして、やめておいた。すると、何語で話したいですか、と神父がたずねてきた。選択肢がたくさんあって、僕はびっくりした。

「以前、言語学を学んでいたものだから」と神父は言った。「言葉を覚えるのが趣味でね」

何か国語しゃべれるんですか、と僕は思い切って訊いてみた。すると、流暢に話せるのが十九か国語、わりとよく知っているのが十五か国語、基本は知っているのがさらに数か国語もあるという。

「類似性があるからね」神父は言った。「十一か国語を身につけてしまえば、新たな言語を覚えるのはたやすいものだよ」

一年のこの時期に修道院を訪れる人は少ないらしく、神父は僕の手紙を読み、僕が庭園に興味を持っていると知って驚いたらしい。

「訪問者の多くは、文献を見るためにやってくるから」神父はそう言って、広間のガラス棚から黄色い液体の入ったボトルを取り出し、ふたつのグラスに注いだ。

「いま暖房が入っているのは、きみの部屋と私の部屋の二部屋だけだ。庭園に来たときは、修道院で食事をするといい。昼にはスープが出る。夜は隣のレストランで食べられる。修道院と契約している店でね。さっそく月曜から働くようなら、修道院の二階でセロリのスープが出るよ。明日は村じゅうを見て回りたいだろう。ここには美しい教会があって、古い絵画や、内陣《チャンセル》（祭壇の周りの空間）の見事なステンドグラスが見られるよ」

神父がもう一杯、酒をくれた。長旅のあとで、僕は震えていた。

「あらためて、ようこそ。さっきも言ったが、きみが庭園に興味があるというので、私たちは驚いたんだよ。きみの国では植物は育つのかね？ 岩のあいだからバラが芽を出すとは思えないんだが。手紙にも書いたとおり、庭園の以前の輝かしい姿は失われてしまった。だが、きみにどうにかできる自信があって、きみの言っていたとおり、バラの茂みをいくらかでも復活させてくれるなら、私たちに異存はない」

トマス神父は、僕が足元にそっと置いた箱に目をやった。

「これまではブラザー（カトリック教会で、一般の平修道士のこと）・マチューが庭園の手入れをしていたのだが、きみが引き継ぐといい。彼は庭仕事に飽きてしまって、ほかのみんなと同じように、文書室の仕事をしたいと言っていたから。なにしろ分類すべき文献が山のようにあるんだ」

トマス神父は僕に八号室の鍵を渡し、二階へと向かった。

「私は隣の七号室に住んでいる。荷ほどきが済んだら、レモンウォッカのお代わりを飲みにいらっしゃい」

32

部屋はかなり気に入った。壁の色は薄紫色で、ベッド、テーブル、椅子、洗面台、それに木製のハンガーが四つ下がったクローゼットがある。セーター二枚とズボン二本を下げるのに時間はかからなかった。Tシャツと下着と靴下は棚にしまう。すっかり荷解きを終えると、ここにしばらく滞在するんだ、という実感が湧いてきた。植物を窓辺に置いてから、僕は廊下に出て、七号室のドアをノックした。トマス神父がドアを開けたとき、僕は思わず呆気にとられた。部屋じゅうの壁が、ビデオテープのぎっしり詰まった、天井まで届く棚で覆われていたのだ。フロアの真ん中に古いテレビが置かれ、その前に椅子が二脚並んでいる。その向こうの机の上には、ビデオテープがきちんと積まれた山がふたつ、聖書とおぼしき分厚い本、そのほかの本が数冊、それにペンスタンドが置かれていた。

僕の目が膨大なビデオに釘付けになっているのに、神父が気づいた。

「まあ、お察しのとおり、私はちょっとした映画マニアなんだ。とはいえ、映画館に行くわけじゃない。私が映画に目がないのを知っている人たちが、もう何年も前から、世界じゅうの貴重な映画を送ってくれてね。いまでは三千本ほどになるだろうか。世界各国のさまざまな言語の映画がそろっているんだ。ハリウッド映画以外なら、何でも。戦争物のヒーローやいかにも作り物っぽい仕掛けには、辟易《へきえき》するからね」トマス神父はそう言って椅子を引き、僕に座るよう促した。

そして神父は、きみの国の言葉はごく基本的な知識しかなくて申し訳ない、と僕に詫びた。これまで実際に話す機会は一度もなかったというが、僕の国の映画を一本、観たことがあるらしい。

「美しい映画だったよ」神父は言った。「とても風変わりで。青々とした草原。広大な空。美しい死」

トマス神父はどの映画も字幕なしで、原語で観ているのだ。

「とてもいい練習になるんだ」神父は言った。「修道院には私の蔵書も、自分専用の部屋もある。ここでは映画を観られるしね。猫を飼う人もいるが、私は映画を観るのが楽しみなんだよ」

トマス神父は立ち上がり、僕の肩をぽんとたたくと、レモンウォッカのボトルを取って来て、ふたつのグラスに注いだ。

「映画を観たくなったら、いつでもいらっしゃい。私はひと晩に一本、映画を観るんだ。この数週間は、忘れ去られた映画監督たちの作品ばかり観ていた」

神父はビデオケースを手に取ってかざした。

「この監督の特徴は、不運な人びとに対して深く心を寄せていることなんだ」

33

その晩から通うことになったレストランは、ゲストハウスの隣にあった。ここでは、何でもすぐ近くにある。店の女性は、僕が誰だかわかっているようだった。トマス神父が前もって、僕が来ることを知らせておいたらしい。テーブルクロスのかかった食卓が四つ並んだ、こぢんまりとした店だ。甲殻類やローズウォーターのような、独特の甘酸っぱい匂いがする。厨房から女性が出てきて、僕を迎えた。揚げ物の匂いを漂わせ、油が垂れ落ちそうなヘラを手に持っている。女性はヘラの先をテーブルに向けて、僕の席を示した。横目で厨房の様子を見ると、女性がコンロの前に立って、ラードの揚げ油のなかにゆっくりと魚介類を入れた。ほどなくして引き上げると、こんがりとしたキツネ色の衣が、じゅうじゅう音を立てている——かりっと揚がったイカのフライだ。女性は皿にフライを盛り、鋭利なナイフでレモンをさっと切って皿に添え、僕の前に置いた。揚げ物の匂いが充満するなか、女性の身体からローズウォーターがふっと香った。食後は、ボウルに入ったバニラプディングが出され、僕の目の前で、ピッチャーから温かいキャラメルソースをかけてくれた。

夕食のあと、僕はぶらりと村の様子を見にいくことにした。あたりは暗くなってきたが、とりあえず、目抜き通りを行ったり来たりしてみる。さすがに二往復もすると、同じ人たちを見かけた。通りはとてもにぎわっている。村の人たちは、夕食後に通りを散歩するならわしなんだろうか。ここの方言は、僕にはさっぱりわからない。たったのひと言も理解できず、ちんぷんかんぷんだ。

むっつりと黙ったまま、人びととすれちがうのがつらかった。このままじゃ、村の人たちと普通に交流することも、言葉を覚えることもできない。僕は歩きながら、人とぶつからないように気をつけた。謝るとき、何て言えばいいのかもわからないから。母さんはふれ合うのが好きで、ふたりで話しているときも、どこかしら僕の身体にふれていた。そういえば、子どものころの僕はじっとしているのが苦手で、いつも動き回っていたっけ。

「ほんとに落ち着きのない、活発な子ね」と、母さんによく言われたものだ。

目抜き通りを二往復するあいだに、八人くらいの女性と目が合った。そのうちひとりかふたりは、もしチャンスがあったら、寝てみたいなと思った。まあ、そんなのはただの妄想で、火が点かない、しけた花火みたいなものだけど。

ゲストハウスの目と鼻の先にある教会前の広場に、電話ボックスがあった。ちゃんと使えるのか、僕は確かめてみることにした。父さんがどうしているかも気になるし、僕が無事でいることも知らせたい。

だけど、父さんと国際電話で話すのはちょっと面倒だった。僕が電話をかけて「もしもし」も言い終わらないうちに、父さんは電話代を心配して「じゃあ、またな」なんて言い出すから。

「元気にしてるかい、ロッピ？」

「うん、元気だよ。無事に目的地に着いたから、知らせようと思って」

父さんは回りくどい言い方はしない。

「あんまりいいところじゃないかね？」

「いや、いいところだよ。ちょっと辺鄙《へんぴ》だけど。個室も借りられたんだ」

「ちゃんとしたところかい？」

父さんのいう「ちゃんとしたところ」ってどういう意味だろう、と一瞬考えてしまった。頑丈な建物で、鍵もちゃんとついてるってこと？　それとも、地震に強いってこと？　すると、父さんが言い直した。

「家主は信用できるのかい？　外国人の若者が雨風にも負けず、海の荒波にもまれながら一生懸命稼いだ金を、だまし取るようなやつじゃないといいが」

「なに言ってるの、大丈夫だよ。修道院のゲストハウスに滞在しているから、食費も宿泊費も無料なんだ。神父が隣の部屋に住んでる」

「信頼できる人なのかね？」

「ああ、父さん、もちろん信頼できるよ。映画にすごく興味がある人で、世界じゅうの言葉をしゃべれるんだ」

「じゃあ、ホームシックになってないのかな？」

「いや、全然。ここに着いてから、まだ三時間だしね」

「お金に困ってないか？」

「ううん、何にも困ってないよ」

「母さんがおまえに遺したお金が、まだちゃんとあるからね」

「うん、わかってる」

「このあいだ、おまえの娘とその母親に会いにいってきたよ」

「ほんとに？」

「ときどき孫娘の顔を見にいっても、かまわないかね？」

「ああ」僕は答えた。

ちょっとどうかとは思うけど、反対だとも言えない。

「本当にかわいい子だね、あのおちびさんは。母さんに生き写しだ。誕生日も同じだしな」

母さんが死んだ日も同じだけど、父さんはそれにはふれなかった。

「ブロンドの髪には、家族の長い歴史があるんだ。母さんから聞いた話では、おまえのひいおじいさんは生粋のブロンドで、まさに黄金色の髪だったそうだよ。髪色がなかなか褪せないし、顔立ちが繊細なせいもあって、中年になっても少年っぽく見えたらしい。だからいい年になるまで、女性にはあまりモテなかったそうだ」

「じゃあ、赤ちゃんはうちの家系に似てるってこと？」

「ああ、そういうことになるだろうね」

ベッドに入って清潔なふとんにくるまり、この地方の方言に関する本を読んでいると、ひどく孤独を感じた。いったいどうしてこんな辺鄙な村に来ようなどと思ってしまったのか、自分でもわけがわからなかった。僕は枕の位置を正して横になり、窓から夜の暗闇を覗いた。たぶん、今夜は満月のはずだ。夜空を眺めると、思ったとおり、月がびっくりするほど大きく、近くに見えた。僕の国で見ていた星はひとつも見当たらず、流れ星や見知らぬ星座が取って代わり、真っ黒な天空に不可思議な模様を描いていた。

ふと、ベッドのヘッドボードから変な音が聞こえた。ボートのエンジンみたいな音や、くぐもった話し声がすると思ったら、ぴたりと止んだ。こんどは早口で言い争う声がしたかと思うと、やがて美しい音楽が流れてきた。僕は起き上がって、どこから音がするのか確かめようとした。きっと隣の部屋にちがいない。耳を澄ませても、何語かわからなかった。ひょっとしたら中国語だろうか。いずれにせよ、トマス神父が珠玉の映画を鑑賞しているにちがいない。

34

昨夜はずいぶん早く寝てしまったらしく、朝六時にぱっちりと目が覚めた。鐘の音が鳴り響き、早朝のミサの時刻を告げている。部屋の窓のすぐ外に、何世紀も前に造られたと思しき鐘が見える。静かなゲストハウスだと思っていたが、じつは聖堂に隣接していたのだ。

僕はズボンとセーターを身につけた。もう目が覚めてしまったことだし、ちょっと歩いてみようと思ったのだ。僕はセーターについたフードをかぶって、外に出た。あたりは夜明けのすみれ色に染まっている。人影ひとつなく、カフェもまだ閉まっていた。赤紫色の不思議な靄が村を覆っている。鐘の音がするほうへ歩いていくと、教会の建物はたしかにゲストハウスとつながっていることがわかった。教会の入口の扉は、通り沿いのほかの建物の扉と同じように見えるし、ファサードからは建物の内部の様子を窺い知ることはできない。そういえば昨晩、このあたりの暗がりに、物乞いがひざまずいていたはずだ。僕は小銭をあげたんだっけ？　それとも、父さんに電話したときに、小銭を使い果たしてしまったんだっけ？　なぜかそのことが、やけに気になってしまった。

あたりを見回しても、誰もいない。教会の小さな扉をくぐっていくと、迷路のような廊下と曲がりくねった通路が続き、やがてまた別の扉があった。扉を開けてなかへ入ると、そこは大きな聖堂だった――ひんやりと湿った石の匂いがして、巨大な空間が目の前に広がっている。アーチ型の天井に虹色の光があふれていて、僕は息を呑《の》み、思わずフードを脱いだ。まるで洞窟の狭い入口を抜けたら、鍾乳石《しょうにゅうせき》と氷州石《ひょうしゅうせき》の煌めく巨大な宮殿が現れたかのように――狭い通路の薄闇をくぐって、朝焼けに輝く聖堂に足を踏み入れたのだ。ちょうどミサが始まるところで、黄金色の輝かしい光が内陣《チャンセル》に降り注いでいる。トマス神父が横目で僕を見た。ほかにも十一人の修道士がいて、みな白い祭服をまとっている。祭壇の上の高いところには、木の十字架で磔《はりつけ》となった受難のキリスト像がかけられており、色彩豊かな絵画があらゆる壁面を飾っている。僕はあれこれ眺めながら、ひと回りしてみた。絵画に描かれた場面をすべて理解できたわけではないが、何人かの聖人はわかった。僕は聖ヨセフ像の前で少し佇《たたず》んでから、御子《みこ》イエスを抱いて玉座に着いた聖母マリアの絵のほうへ歩いていった。ふと気づくと、御子の髪は黄金色で、三房のくるんとした巻き毛が額にかかっている。その様子は、どことなく僕の娘に似ていた――出発前にふたりに挨拶に行ったとき、ちょうどお風呂から出たばかりだった赤ちゃんに。この絵をもっと細かく見ていくと、娘と御子の共通点がさらに目についた。顔の形も、つぶらな明るい瞳も、かわいらしい口元も、鼻やあご、それにえくぼまで、どこもかしこもそっくりだ。この絵は相当古そうだった――ひび割れがあるし、おそらく聖母マリアの片袖の部分は最近、修復されたらしく、ひじから下の部分は同じ青色でも色味がちがっている。

教会から外に出ると、村のカフェの外側にテーブルがふたつ出ていた。僕がテーブルに着くと、店主が朝食にと、黄色いカスタードクリームのペストリーを持ってきてくれた。この地方の名物だという。

きのう三十分くらいで村をひと回りしてしまったので、きょうはなにをすればいいか思いつかない。どうやらこの村では、日曜日はとくになにもなさそうだ。村人たちはみな家で食事をとり、ゆったりと寛いでいるらしい。そこで、僕はまた父さんに電話をかけることにした。父さんはよく夜明けとともに起き出して、キーキーと音を立てる蝶番《ちょうつがい》を修理したり、緩んだタイルを張り直したりして、朝からせっせと働いていたから。二日続けて電話なんかしたら、父さんはびっくりするだろうか？　僕が元気のない声でも出そうものなら、とんだ辺鄙なところに行ってしまったせいで、やはり心細いのだと思われるにちがいない。そうなったら、早く帰ってきて、大学に行きなさいと言われるに決まっている。電話に出た父さんがこちらの天気をたずねたので、きのうとたいして変わらないけど、けさの靄は黄色じゃなくて赤紫色だったよ、と僕は答えた。父さんの話では、向こうは昼間の陽射しがだんだん明るくなってきたらしい。

「きょうは、日中の時間が二分長くなったんだ」

僕はきゅうに、父さんの話にうんざりした。これから春になるまで、百二十個くらいの低気圧が国を通過する。父さんのことだから、いちいち僕に報告してくるにちがいない。

「そっか、そのうちまた日が短くなるよ、父さん」

「まあ、長生きすればな」

「そう、長生きすれば」

「母さんは私より先に逝《い》くべきじゃなかった。まだ若くて、十六歳も年下だったのに。五十九歳なんて、まだまだ若かったのに」

「そうだね、そう思うよ」

　ふたりとも黙り込んだ。僕はポケットに手を突っ込んでコインを探した。やがて父さんが、今晩はボッガの家でグレーズドハム（丸ごとのハムにスパイスやハーブ、砂糖、はちみつなどを塗ってローストする料理）をごちそうになる予定だと言った。

「そうなんだ。彼女は元気？」

「元気だよ。私はグレーズドハムとか豚肉料理ってものが、あまり好きじゃないんだがね」

「ユダヤ教に改宗でもしたわけ？」

「手土産になにを持っていけばいいやら」

「トマトでも持っていけば？　たしかあの家の子どもは四人とも、もうおとなだよね」

「それもいいかもな、ロッビ」

父さんは一瞬黙って、現金は足りなくなっていないかと僕にたずねた。

「いや、全然困ってないよ」

「さみしくないかい？」

「ううん、全然。明日は庭園に行くんだ」

「バラ園か」

「そう、バラ園だよ」

「きっと海に出るよりはましだろうな」父さんは言った。

長距離をずっと運転して、ようやくここまでたどり着いたのに。旅の始まりには、死にかけたっていうのに。そしてついに僕は、世界でもっとも名高いバラ園のひとつに、足を踏み入れようとしているのに、父さんには何の感慨もないようだった。このバラ園では、世界のほかのどんな場所よりも、多くの種類のバラに出会えるというのに。子どものころ、この庭園について書かれた本を初めて僕に見せてくれたのは、母さんだった。それ以来、僕が読んだバラの栽培に関するほぼすべての本には、はるか彼方の人里離れた場所にある、この修道院の庭園のことが書かれていた。ところが、この庭園をじかに訪れた経験のある著者はほとんどおらず、ほかの文献を参考にしているにすぎなかった。しかも古い文献に出てくる表現を、そっくりそのまま引用しているだけの場合もあった。

「まあ、いいだろう。現金が足りなくなったら、父さんに連絡するんだよ」

ある意味では、僕は父さんの話にうんざりしたせいで、腹をくくれたのかもしれない。ホームシックはすっかり治っていた。

35

崖の上にそびえ立つ修道院は、ここから歩いていける距離にあった。村から修道院へ行くには、いくつかの急な坂道のどれかを登っていけばよい。これほど海抜の高い崖の上にバラ園があるなどと、誰が想像しただろう？　ところが、庭園はなかなか見えてこなかった。というのも、庭園の三方は修道院の壁で囲まれ、唯一、壁のない開けた部分は、村とは反対側だからだ。丘の斜面にはブドウ畑が広がっていて、修道士たちはこのブドウでワインを生産している。庭園の入口で、ブラザー・マチューが出迎えてくれた。これから僕を案内して、いろいろ教えてくれることになっている。

「トマス神父から聞いていますよ。あなたのことはすぐにわかるだろうと言っていた」そう言って、ブラザーはにっこり笑った。「大勢のなかだって目立つからすぐにわかるよ、のっぽで赤毛だから、とね。ようこそ、あなたを歓迎します」

世界でもっとも名高い庭園とはいえ、かつての栄光の面影はないのだと、トマス神父は僕に三度も念を押した。たしかに、園内の小径や敷石は雑草で埋もれ、バラの花壇では木々がすっかり絡み合っていた。昔は庭園の真ん中あたりに池があり、青々とした芝生にはベンチが設けられていたはずだ。庭園は見渡す限り荒れ放題だったが、僕は昔の写真を見たことがあるから、在りし日の姿が目に浮かんできた。

「そう、まさにそのとおり。手入れを怠ったものだから、すっかり荒れ果ててしまったのだ」ブラザー・マチューは言った。「我々はワインの生産と蔵書の整理に力を入れてきた。なにしろ分類すべき文献が、まだ千件も残っているのでね。しかも、修道院の人員は減るいっぽうだ。それに若手の修道士たちは、庭に出て働くよりも資料の整理をしたがるのだ。彼らが庭に出るのは、タバコを吸うときくらいだよ」そう語るブラザー・マチューは、おそらく八十歳は過ぎているように見える。

ブラザーと僕は庭園を歩いて回った。いろいろと驚いたことがあり、庭園は僕が思っていた以上に大きいこともわかった。なにもかも一からやり直す必要があるが、どうすれば庭園を元通りにできるか、僕にはわかっていた。ほとんどのバラの品種はちゃんと残っている。僕はバラの木に手を伸ばし、やわらかな緑の葉に触ってみたが、アブラムシの姿はなかった。

「そう、そのとおり」ブラザー・マチューが言った。「ほとんどの品種は残っている。ただし、バラの開花の時期は品種によって異なるから、すべての花をいちどきに見られるわけじゃない。

まあ、いま咲いているのはそれほどないね。せいぜい七十種類くらいだろう」

僕たちはびっしりと生えた下草のあいだを分け入って、そこに隠れた昔の小径をたどっていった。はるか向こうを見渡せば、庭園を取り囲むようにして果樹が立ち並んでいる。

「ロサ・ガリカ、ロサ・ムンディ、ロサ・ケンティフォーリア、ロサ・ヒブリダ、ロサ・ムルティフローラ、ロサ・カンディダ」ブラザーが次々にバラの品種名を挙げていく。

ブラザー・マチューと園内を歩き回っているうちに、数々の古書において謳《うた》われているとおり〝壮麗なる天上のバラ園〟の姿が、僕の頭のなかで、はっきりと浮かび上がってきた。まずは、雑草取りと植物の刈り込みに取りかからなくては。一日十時間働けば、二週間もあれば終わるだろう。つぎに、間引きや植え替えをして、花たちが成長できるよう、ゆったりとした間隔を作ってやる必要がある。僕が新たに加えようとしているバラの品種用に、風当たりが強くなさそうな、日当たりのよい場所を見つけた。たぶん最初はあまり目立たず、花もすぐには咲かないかもしれないが、この場所なら最適な条件がそろっているし、日照も十分だ。この国では未知の新たな品種となるバラも、肥沃《ひよく》な土壌に植えられて、きっとよく育つだろう。もういいかげん、病院のプラスチックのコップではもたないはずだ。いつまでも湿らせた脱脂綿なんかで、ちゃんと育つはずがない。これ以上ぐずぐずせずに、ゲストハウスの窓辺に置いてきた八弁のバラのことを話そう、と僕は決心した。そして、あのバラが実家の温室で満開になったときの写真を取り出した。

「いや、この品種には見覚えがない」しばらく黙ったあと、ブラザー・マチューが言った。「こういう品種は、この庭園にはないと思う。希少な白バラのロサ・カンディダにやや似ているようだが、色がちがうからね。めずらしい色だ。何という品種だって？」

「八弁のバラ。花の基部に八枚の花弁がついているんですが、それが三層になっていて、つぼみのなかに全部で二十四枚の花弁があるんです。いつも露に濡れたようにみずみずしくて」僕は説明した。「実際にロサ・カンディダと関連はあるのですが、このバラは白くない。これはもっと丈夫な親株から生まれたもので、おそらく世界に一種類しかないはずです。バラに関する本をたくさん調べてみましたが、この品種はどこにも載っていませんでした」

「じつに興味深い」ブラザー・マチューは言った。「花冠《かかん》の形が変わっているね」

「それに、茎には棘がありません」

「じつに興味深い」写真をじっくり眺めながら、ブラザーは繰り返し言った。「何とも風変わりな色で、きわめてめずらしい。ピンクでもないし紫でもない。赤紫と言うのかな？」

「はい、まさに赤紫です」

「めったにないような強い色で、しかも花全体に広がっている。これはフィルムのせいじゃなく、花本来の色なのかね？」

ブラザーは写真を持ったまま何歩か移動し、赤みがかったピンクのつぼみに写真を近づけ、色をくらべた。

「さっきも言ったとおり、やはりこんなバラは見たことがない。きみの八弁のバラをブラザー・ザカリアに見せてやりなさい。彼は九十三歳で、この修道院で六十二年も暮らしている。だんだん目が見えなくなってきていて、どの程度見えているのか、我々にもよくわからないことがあるんだが」

やがてブラザーは、そろそろお昼時か、とつぶやいた。僕が八弁のバラの香りについて語ろうとすると、きゅうに思い出したように彼が言った。

「きみのために新しい長靴を注文しておいたよ。古い長靴ならあるんだが、ずっと使わずに七年間も物置にしまいっぱなしだったものを、使ってもらうわけにはいかないと思ってね。それに、あれはサイズも小さすぎるはずだ。新しい長靴が届くまで、六週間もかかったよ。業者の手違いで、アイルランドの修道院に送ってしまったんだと。あっちは雨がよく降るからな」

ブラザーは僕を園内の物置に連れていった。戸口のすぐそばの床の上に、長靴が置いてあった。ぴかぴかの真新しいブルーの長靴で、入院中に夢で見たのとそっくりだった。

「サイズが合うといいんだが。たしか二十八・五だったね？」

さらに作業着やズボン、セーター、手袋まで貸してくれるという。さっそく着てみると、ズボンの丈はふくらはぎの下までしか届かず、セーターの袖丈も短かった。以前ここで働いていた人は、長身ではなかったらしい。

「もうずっと、七年も使っていなかったからね」ブラザー・マチューが言った。「服は洗ったほうがいいだろう」

園芸道具も物置に置いてあった。道具類はかなり充実していて、のこぎりやハサミもさまざまな種類がそろっていたが、どれも長年使われていないようだった。これまで見たこともないような道具もあった。よく見かける道具とはかけ離れていて、どんな用途で使うのか、さっぱりわからない。

「おそらくブラザー・ザカリアが、使い方を教えてくれるだろう」と、ブラザー・マチューが言った。

最後に、きみも知っておいたほうがいいと思うから伝えよう、とブラザーが言った。修道士たちが全員、バラ園のことをよく思っているわけではない。植物にアレルギーのある人もいれば、つるバラについた虫が窓から入ってきて、皮膚炎を起こす人もいる。

「ブラザー・ヤコブから、きみに伝えておいてくれと頼まれたんだが、宿舎のわきの東側の壁には、これ以上つる性植物を増やさないでほしいそうだ。彼の部屋のすぐそばでね」

修道士たちと一緒にセロリスープの昼食をとったあと、僕は新品の長靴を履き、午後の半日を庭園で過ごした。園内を見て回り、バラの花壇の見取り図を描き、今後の作業計画を練った。自分の将来のことはよくわからないけど、僕にもちゃんと先々のことを考えて計画する能力はある。菜園のスペースはもっと増やしてもいいかもしれない。昼食のスープも悪くなかったが、栽培する野菜の種類はもっと増やせるし、ハーブ専用の菜園を作ってもよさそうだ。

36

こうして修道院の庭師になった僕には、これから二、三か月で取り組むべき仕事が山ほどあり、腕が鳴った。しばらくは将来のことを考えなくてすむし、ここでの仕事が終わったらどうするか――帰国するか、それとももう少しここにいるかについても、まだ考えなくていいだろう。ただ、二、三か月経っても、将来については何の結論も出ていないような気もするけれど。庭に出ているといい気分だった。ひとり花に囲まれ、静かに土いじりをする時間を生かして、自分の願望や欲求について考えられるのはいいことだ。この地方の方言を知らなくても、困ることはなにもなかった。僕は礼拝に出る必要もなく、庭師の仕事をしていればいいから。とにかく、なにもかもやり直す必要がある。元々の設計にもとづいて新たな計画を立てるのだが、知りたいことは古い文献を見ればすべてわかった。

最初の一週間は、雑草取りと、バラやイバラの茂みの剪定《せんてい》だけで終わってしまうだろう。そうしてようやく、庭園の全貌を把握することができるのだ。たまには裸足で草の上を歩くこともあるが、たいていはブルーの長靴を履いている。

僕がおもに話す相手はトマス神父だが、神父にどの程度のことを報告すればいいのか、よくわからなかった。神父は、きみの裁量に任せると言っていた。そして、バラのことについては、きみ自身の直感や洞察力を信頼しなさい、とも。僕がアイデアを提案したり、手を入れるべき点や変更点について説明したりすると、トマス神父は満足げにうなずき、さっそく手はずを整えてくれた。

「きみに来てもらって本当によかったよ」神父はそう言って、僕の提案には必ず賛成してくれた。ベンチのそばの小さなスペースに芝生を植えるアイデアも、気に入ってくれた。ただ、僕が直接聞いたとおり、神父がなにより好きなのは映画と語学であり、ほかの修道士たちも、はたして庭園に強い関心を持っているのかどうか、僕にはわからなかった。ブラザー・マチューの話では、ほとんどの修道士は書物に夢中で、彼らのおもな関心は図書室の膨大な文献を分類することらしい。

手つかずの茂みのなかから、次々に新しい品種が見つかった。バラの木、バラの茂み、つるバラ、半つるバラ、ドワーフローズ、野バラ――枝が大振りなタイプや、花が塊になって咲くタイプもあり、形も、香りも、色も、じつにさまざまだ。うっとりするような芳香が庭園じゅうにたちこめ、その豊かな彩りは類を見ないほどだ――すみれ色、ライトブルー、ピンク、白、グレー、イエロー、オレンジ、赤。もっときちんと色も分類し、整理する必要がある。すべての品種を植えるための場所を確保するのは、大仕事になるだろう。この二週間だけでも、僕が品種をつきとめて分類したバラは、すでに二百種類以上にのぼっている。

修道士たちは僕の好きにやらせてくれているが、二週目くらいから、僕の仕事の進み具合を見に来たり、バラの香りをかいだりするひとが増えてきた。修道士たちはタバコの吸い殻を花壇に捨てるのをやめ、庭の変化に気づいたときは惜しみなく褒めてくれた。自分の仕事の成果を褒めてもらえるというのは、やっぱりやり甲斐を感じる。ツタが苦手なブラザー・ヤコブも、シャクナゲの茂みだったら我慢してくれるだろうか。

僕は一日じゅう植物に囲まれ、庭のことばかり考えているが、それでもかなりの時間、土いじりをしながらも、僕の頭は身体のことでいっぱいだった。トマス神父と会っているときでさえ、身体のことを考えるのをすっぱりやめることはできなかった。身体を連想させるようなものがなくても、いつのまにか二十分おきくらいに、頭のどこかで身体のことを考えている。この庭園で花々に囲まれて働くことは僕の念願だったし、将来についてもちゃんと考えようと思っているのに、どうしても悶々としてしまう。

文法の勉強をしているときだけは、さすがに身体のことを考えている余裕はない。でも、頭のなかで文を組み立てようとすると、すぐにまた身体のことが頭に浮かんでくる——まるで真っ白な布にこびりついた、しつこいシミのように。誰かと庭のことを話しているときも、僕は頭のなかで欲望と闘っている。トマス神父には、頭のなかを見透かされてしまいそうで、僕は内心びくびくしていた。そういえば、彼はいまにも吹き出しそうな顔をしている。

「それで、きみはどう思うんだね？」

「え、何ですか？」

神父はきょとんとして僕の顔を見た。

「なにって、いま話していたことだよ。つる性のバラさ」

修道士たちがすこぶる朗らかでよく笑うことといったら、信じられないくらいだ。肉体的な快楽を慎んで、禁欲生活を送っているというのに。僕も修道士になったつもりで、想像してみた。いまは僕だってこうして慎み深い生活を送っているのに、修道士になった自分の姿を思い浮かべようとしても、祭服がぶかぶかだったり、つんつるてんだったりして、ちっとも似合わない。

37

いつも夜明けには目が覚めてしまう。毎朝、教会の鐘が鳴り響くなか、寝ていられないせいもある。なにしろ僕は、聖堂の真横で寝ているようなものだから。庭園に行く前にカフェに寄って、朝食に地元名物のカスタード・ペストリーを食べる。お昼は修道院で野菜スープをいただき、夕食は隣のレストランでとる。二週目に入っても、僕はまだバラの剪定に追われていて、昔の本に載っている写真どおりに、常緑の低木や茂みを球体や円錐などいろいろな形に刈り込んでいった。庭園にはバラや低木のほかにも、オークの木や、イチジクをはじめとする果樹の木立があった。また、バラのフェローシップやピース、グローリア・デイ、フクシア、ヤマブキショウマなどが、物置のそばの花壇で一緒くたに育っていた。僕はたいてい、あたりが真っ暗になる六時ごろまで働いた。

ゲストハウスに戻ると、僕はシャワーを浴びてバラの香りを洗い流し、着替えてから、隣のレストランへ魚のフライを食べにいく。これまで店の女性が出してくれたのは、魚のスープに、魚と玉ねぎとベーコンの串焼き。イカのフライは二回。イカの足の部分はなかなか嚙み切れず、呑み込むのに苦労した。二週間もすると、僕は肉が食べたくてたまらなくなった。でも、僕からそんなことを頼むのは図々しいような気がした——たとえ、店の女性が肉の調理法を知っていたとしてもだ。そこで、僕はトマス神父に相談してみた。神父はメモに四つの単語を書き、店の人に見せなさいと言った。それからは、魚が入荷する金曜日以外は毎晩、肉が出るようになった。

「魚が食べたいのかと思ってたから」店の人が言ったのは、それだけだった。

レストランを出たあと、ときおり父さんに電話をかけるが、最近はそれほど頻繁じゃない。ちょうど父さんも食事の支度の時間帯だから、母さんのレシピを解読する手伝いをすることも多かった。久しぶりに実家に電話をかけると、父さんが、ヨセフとこんど家で夕食をするときにボッガも招こうかと思っているんだと言った。父さんはもう三回も夕食に招かれていた——ラム肉のスープに、魚のフライ、それにグレーズドハム。そろそろお返しに、わが家にもお招きしないといけない。そう思った父さんは、僕にアドバイスを求めた。

「母さんのつくねのレシピを覚えてるかい?」

「お肉の? それとも魚の?」

「魚のほう。油で揚げようとしたら、バラバラになっちゃったんだよ」

「じゃがいも粉が要るんじゃない?」

「え、つくねを作るのに? ミンチにした魚肉に加えるのかい、ロッビ?」

「そうだよ、大さじ二杯くらい」

「ほかにもなにか入れたほうがいいのかな?」

「たしか、玉ねぎと卵だったと思うけど」

「どうりでうまくいかなかったはずだよ」

父さんはしばらく黙っていたが、やがて、誰か仲のいいひとはできたかい、とたずねた。

「いや、神父さんだけだよ。トマス神父」

「おまえに気のある女性はいないのかね?」

「そんなの、いないよ」

「アンナとはどうなんだい?」

「どうもこうもないって。そういうこともあるんだよ、父さん」

「私がおまえの立場だったら、せっかくのチャンスを無駄にしないがね」

「べつに、僕がどうこうできる問題じゃないよ。お互いの問題だし。そんなに都合よく、ひとを好きになれるわけないでしょう」

「まあ、そう難しく考えるもんじゃないよ、ダッビ」

僕は話題を変え、この地方の方言を勉強し始めたことを父さんに話した。

「そうか、おまえは昔から語学が得意だったからな、ロッピ。だけど、話すひとが極端に少ない外国語の方言を覚えるっていうのは、骨折り損じゃないかね。私らの母国語を話す人間だって、かなり少ないのに」

さらに追い打ちをかけるように、世界では毎週、ひとつの言語が消えているらしいぞ、と父さんは言った。

「そろそろ部屋に戻って、文法の勉強でもするよ」僕は電話を切ろうとして言った。

「消滅寸前の言語を覚えるなんて、時間の無駄じゃないか？」

ゲストハウスに戻ると、玄関ホールでトマス神父に会った。

「一緒にノスタルジアでもどうかね」

「え、どういう意味ですか？」

「『ノスタルジア』（ロシアの映画監督アンドレイ・タルコフスキーによる、一九八三年のイタリア・ソ連合作映画）という映画だよ。苦しんでいる人びとへの思いやりを持つには、瞳の奥ににじんだ苦しみに気づかなければならない」

38

夜に映画を観るのはなかなか楽しい。字幕もなく、言語もさまざまだけれど。それに、僕は七号室の隣人と、たまにこの地方の方言でごく初歩的な会話を試みるようになった。ひざの上の辞書を見ながらなので、ペースはゆっくりだが、やってやれないことはない。

「この作品には、暴力以外のすべてがある」僕の隣人は言った。どうやら毎晩、彼はこうして名作との旧交を温めているらしい。

「私はなるべく、人間よりも大きな存在を描いた映画を観るようにしているんだ」彼はそう言って、僕にビデオのケースを見せてくれた。「この作品は知性にあふれ、切望に満ちている」彼は僕の手からビデオケースを受け取ると、棚に戻した。そして酒のボトルを片手に、窓のブラインドを下ろした。

「芸術は現実を反映すべきだ、などという主張は奇異なものだ」彼は窓のほうを向いて言った。

「ありきたりの現実には、みな飽き飽きしているはずだと思わないかね」

映画の言語が僕の知らない外国語のときは、トマス神父がストーリーの要点を簡潔に説明してくれる。僕がストーリーの展開についていけるように、途中で二、三度、ビデオを一時停止するのだが、彼の要約を聞いていると、実際にはどんな映画なのか、かえってわかりにくくなる場合がある。彼はなによりも、作品に込められた、監督の創造的な精神を伝えようとするからだ。ただ筋書きを説明するのではなく、イメージの構築について強調したり、カメラの角度を考察したり、セッティングについて語ったり、めずらしい編集技法を指摘したりする。つまり彼の関心は、映画製作に関することにあるわけだ。

「美は見る者の目に宿る」と彼は語る。

また、トマス神父は心理的な展開にも興味を持っていたが、分析が微に入り細を穿《うが》っていて、僕にはついていけなかった。というより、神父は僕が自分で意味を読み解けるように、ヒントや手がかりを与えているのだ。小さなスクリーンのなかのできごとをつぶさに理解するのは難しいが、毎晩ひとりで部屋にこもって無為に過ごすよりはずっとよかった。また、トマス神父は週ごとにテーマを設けることもあった。特定の監督や俳優、あるいはテーマに的を絞るのだ。映画が終わったあとは、ふたりでグラスに残った酒を飲みながら、内容について手短かに語り合った。

今夜の作品は映像が全体的に青っぽくて、トマス神父がちゃんとブラインドを閉めていても、古いテレビでは映りが悪かった。冒頭は雨の高速道路で起こった死亡事故のシーンから始まり、最後は十二使徒のひとり、聖パウロの愛の賛歌がソプラノの声で歌い上げられる。ヒロインは次々に身近な人を亡くすが、生きがいをすべて失ってもなお、最後は生きたいと切望するのだった。気がつけば、僕は死について抱いている不安を神父に語っていた。

「死そのものを気に病《や》んでるわけじゃなくて、死についてしょっちゅう考えてしまうのが不安なんです」

神父は窓辺に立ってブラインドを上げていた。外には真っ暗な夜空が広がっている。

「死についてしょっちゅう考えてしまうって、どのくらい？」

「日にもよりますけど、一日に七回から十一回くらい。朝早く庭園に着いたころとか、夜、ベッドに入ったときとか」

身体やセックスのことも、どれくらい頻繁に考えているのか訊かれたりして——そういう話を彼としている場面が、まざまざと目に浮かぶようだった。とはいえ、いきなりセックスの話をするよりは、もっと当たり障りのない話題から始めたほうが、話しやすくはある。だけどもし訊かれたら、死について考えるのと同じくらい、と僕は答えるだろう。つまり、一日に七回から十一回くらい。朝から時間が経つにつれて、死について考えていたはずが、いつのまにか身体のことを考えているんです、と。

もし、植物についてはどうなの、と訊かれたら、答えはやはり同じかもしれない。植物のことも、セックスや死と同じくらいしょっちゅう考えているから。しかし、彼はこう言った。

「きみはいま何歳？」

「二十二です」

「その若さで、もう死神に召されると思っているの？」

神父がなにを考えているのか、見当もつかなかった。彼はボトルを手に取り、ふたつのグラスに透明な液体を注いだ。

「洋ナシのアクアビット（じゃがいもを主原料とする蒸留酒）だ」彼は言った。「死についてじっくりと考える人は少ない。死についてまったく考えない人たちもいる。そういう人がどんどん増えているんだ。きみはどうやら成熟した若者のようだね」

「もっと経験を積んで、本当の自分を見つけてから死にたいんです」

「人はみな一生、自分探しを続けるものだ。この重大な問題に関しては、最終的な結論にたどり着くことはない。だがきみは、いまにも死にそうには見えないがね」

彼はにこりと笑った。

「でもいつかは、必ず死にますよね」僕は言った。「みんな死ぬのが遅すぎたり、早すぎたりして。ちょうどいいときに死ぬ人なんて、誰もいない」

「そうだね、たしかに我々はみな死ぬが、いつ、どうやって死ぬかは誰にもわからない」彼はそう言って、酒をいっきに飲み干した。「人にはそれぞれ寿命があって、命が尽きることをだいぶ前に悟る人もいれば、突然、この世を去る人もいる。だが誰もがいずれ、命が尽きるまであと十五分、あと数分という時を迎える。そういう意味では、みな同じ運命だとも言える」

部屋のなかで蠅が飛び回っている——姿は見えないが、羽音が聞こえる。トマス神父が立ち上がって開いた窓のほうへ行くと、音が聞こえなくなった。

「殺したんですか?」

「いや、外に出してやった」僕の心の師はそう言った。

「死んだらまもなく、自分たちが生きていたことすら忘れ去られてしまうし」僕は言った。

「必ずしもそうではないだろう。たとえばゲーテとか」トマス神父は、またふたつのグラスに酒を注いだ。

「まあそうですけど、ゲーテとはちがう僕たちの場合は」

「やはりきみは真心のある、思いやりの豊かな若者のようだな」

彼は僕の肩をぽんとたたき、酒のボトルを置いて、また腰を下ろした。そして一瞬、黙っていた。

「失恋して、つらい思いをしているのかね?」

思いがけないことを訊かれ、僕はびっくりした。

「いえ、でも僕、子どもがいるんです。子どもが生まれて、自分もいつかは死ぬんだな、と思って」

「なるほど」

長い沈黙が流れた。神父がなにを考えているのか、まったく知る由もなかった。

「少し酒を減らそうと思っているんだ」ようやく口を開いた神父が言った。「まあ、ひとりでは飲まないから、心配しなくてもいいのかもしれないが」

神父がまた席を立った。つまり、これでお開きというわけだ。僕も長話をするタイプじゃない。

「あしたは『第七の封印』（一九五七年のイングマール・ベルイマン監督作品）を観ることにしよう」彼が言った。「引き続き、死のテーマについて考えるために」

39

ここに来て二週間が経ったころ、目抜き通りから外れた小路を下っていくと、小さな書店があった。ゲストハウスのすぐ近くだ。僕が探していたのはこの地方のめずらしい方言に関する本だったが、この村の主聖堂の絵葉書も見つけた。ヨセフが喜びそうだ。僕はテーブルの上の数冊の本に目をやり、一、二冊を手に取ってぱらぱらとめくってみた。やがて、ピンクのバラの花が描かれた、すみれ色の表紙が目に入った。花冠《かかん》の独特の形が母さんの八弁のバラを彷彿《ほうふつ》とさせる。本を開いてみると写真や挿絵はひとつもなく、文字だけだった。

「園芸の本？」さっきから店内をうろうろしながら、僕の様子を窺っている女の子に訊いてみた。レジのわきに座っている店主の娘だろうか、顔の輪郭がよく似ている。

「ううん、小説」彼女は顔を赤らめながら言った。こっちへ来てから、同じ年ごろの女の子としゃべったのは初めてだった。

村の人たちと知り合って、消滅寸前の方言を覚えるにはどうしたらいいか、僕はずっと考えていた。だが、そもそもの問題は、僕は庭園でひとり黙々と働いているから、方言で話す練習をする機会がちっともないことだ。

〝この村の方言を教えてくれませんか、個人レッスン希望〟と書いたメモを、この店に貼らせてもらおうか？　ひょっとしてメモを受け取った彼女が、壁に貼るまでもなく、自分から申し出てくれるかもしれない——だったら、私が教えてあげる。毎週水曜日の仕事のあとにどう？

「うちは八時じゃなくて、六時閉店ですから」そっけない声が聞こえた。

40

僕は毎日でも庭園で働きたいのだけど、トマス神父がどうしても日曜日は休めと言うので、なにかやることを見つけないといけない。僕はすでにバラの花壇を元通りのレイアウトに戻し、バラの株を色別に植え替えた。古い小径を覆っていた両側の低木や生垣もきれいに剪定し、庭園の真ん中にある池は、水を汲みだして泥をさらった。修道院の北側に残すのを許されたつるバラは、広がらないようにほとんどの茎を固定した。翌週の作業計画を立てたあとは、修道院の図書室で借りてきた本を読むくらいしかやることがない。日曜日は、トマス神父は午後に映画を観る。つまり日曜の夜は、僕ひとりで時間をつぶすしかない。

さみしいかといえば、そういうわけでもない。ふとんにもぐっていると、一緒に家に帰る相手がいればいいのに、と思って切なくなることはあるけど。たまに、寝付けないこともある。僕の一日にはなにかが欠けているような気がして、このまま終わってしまうのはいやだと感じるのだ——付き合っていた相手と別れたときって、こんな感じなんだろうか。たまに娘のことを考えることもあるし、ときにはその母親のことも思い出す——赤ちゃんはお母さんに抱かれていて、ふたりで一組みたいなものだから。故郷の誰のことも、僕はべつに恋しいとは思わなかった。娘にしてもまだ幼すぎて、僕に会いたいとも思わないだろう。

僕はここではいまだに外国人だけど、ようやくまわりの人びとの暮らしに気を留めるようになった。村の音がだんだん耳に入ってくるようになり、もはや僕の世界とほかの人たちの世界は、まったく別々のふたつの世界ではなくなっていた。

通りを歩けば、たくさんの村人が挨拶をしてくれるようになった。毎日顔を合わせるトマス神父を除いて、僕の数少ない知り合いといえば、まずはあの書店の女の子だ。相変わらず耳慣れない方言も、少しはわかるようになってきた。ここに来て二週間も経つと、何度か耳にして理解できるようになった単語が、十個くらいできた。三週間経つと、二十個くらいの単語が、風化した岩の表面に転がった石ころみたいに、はっきりと聞き取れるようになった。それから僕は、動詞の時制をちゃんと使い分けて、言いたいことを伝えようと努力するようになった。少しは進歩しているように感じる。数字の練習をしたくて、「教会の絵葉書を十三枚ください」と言ったら、彼女がおかしそうに笑った。店主はレジのわきに座って、方眼紙で計算をしている。彼女は絵葉書を取り出しながら、ずっと気になっていたことを僕にたずねた——あなたって、修道院の庭園のひと？　そういえば、これまでにも何度か、こんな辺鄙《へんぴ》なところになにをしに来たのか、と村の人に訊かれたことがあったけど。やがて彼女は父親のほうを向いてうなずき、なにか言ったが、僕にはわからなかった。でもたぶん、やっぱりね、と納得したのだと思う。ふたりとも僕のことを見て、うなずき合っていたから。

僕はふたりが口にした言葉を覚えておき、部屋に帰ってから辞書で調べてみた。

「このひとがバラの青年なんだ」絵葉書を数えながら、彼女はそう言ったのだ。そして、絵葉書を茶色の紙袋に入れ、袋のふちを折ってから僕に渡した。

41

トマス神父とは死についても語り合ったし、これまで一緒に観た名画はもう三十三本にもなる。『アンドレイ・ルブリョフ』（一九七一年、タルコフスキー監督のソ連映画）のエンド・クレジットを眺めながら、僕はもう一歩踏み込んでみようと思った――身体とセックスのことが頭から離れないことを、打ち明けることにしたのだ。べつに罪を告白したいとか、教会の赦《ゆる》しを得たいとか、そんなつもりじゃない。ありとあらゆる悩みを聞いてきた人に、アドバイスをしてほしいわけでもない。僕はただ、隣の部屋の友人に、胸のうちを明かしたくなったのだ。でもそれならそれで、前もってちゃんと考えておけばよかった。何て言ったらいいか、メモに書いておけばよかったのに。まるで心づもりのなかった僕は、氷河湖に飛び込むような勢いで言った。

「盲腸の手術のあと目が覚めてから、以前にも増して、身体のことが四六時中、頭から離れなくなっちゃったんです」

トマス神父は酒のボトルに手を伸ばしながら言った。

「その身体のことっていうのは……？」

「セックスのことを考えてしまうんです」僕は答えた。

「きみくらいの年なら、身体のことばかり考えるのは不自然なことじゃない」

「いつも身体のことばかり考えているわけじゃないんですけど、頭から離れない時間が多すぎて、たぶん一日に数時間は考えてます」

「平均よりも並外れて多いわけじゃないと思うがね」

通りで村の人たちを見かけても、僕にとっては身体にしか見えない。声をかけられても、気づかないくらいだ。トマス神父の場合は、もちろん別だけど。神父は酒のボトルを手にしている。きょうのリキュールの色は、深紅だ。

「ときどき、僕はただの身体なんだなって思うんです。少なくとも、僕の九十五パーセントは身体なんじゃないかって」

「さくらんぼのリキュール」神父はそう言うと、集中しながら小さなふたつのグラスに酒を注いだ。そして、テーブルの上のビデオケースに目をやった。僕に薦めたい作品なんだろうか。

「困るのは」僕は言った。「僕の身体は独立した存在で、独自の考えを持っているようなんです。それをのぞけば、僕はごく普通の若者なのに」

トマス神父は一瞬、僕をじっと見つめた。やがて、彼は席を立ち、机の上のものをいくつか並べ替え、ペンスタンドを移動した。そして聖書を机の真ん中に置き、ふたつの映画のビデオテープを棚に戻した。

「人間は精神と肉体の両方でできている」神父がおもむろに口を開いた。「私がきみだったら、心配しないと思うよ」彼はペンスタンドを元の場所に戻して、さらにこう言った。「だけどきみ、二十二歳の若者が四十九歳の神父と毎晩、映画を観ているだけじゃ、やはり退屈だろう。もうちょっと外に出て、同じ年ごろの若い人たちと出会ったり、村の人たちと交流したりしたほうがいいと思わないかね？」

とくに疲れてもいなかったので、僕は新鮮な空気を吸いに外に出た。すると、痩《や》せこけた猫が一匹、通りをうろついていたが、何となくなでるのはやめておいた。いつのまにか、僕は電話ボックスに入っていて、コインをたくさん投入していた。この電話ボックスを使っているのは、たぶん村で僕ひとりなんじゃないだろうか。電話に出た父さんがいきなり、ボッガの猫の話を始めた。姿を消して、三日間も行方がわからないと思ったら、死んでいるのが見つかったという。誰かが車で猫を轢《ひ》いてしまい、死体を花壇に置き去りにしたのだ。やがて、父さんが僕に訊いた。

「ジェニファー・コネリーって誰だい？」

「聞いたことない。何でそんなこと訊くの？」

「今週末にこの国に来るんだよ」

「誰から聞いたの？」

「新聞に書いてあるよ。一面だぞ」

「知らないな」

「そろそろ現金が必要だろう？　ロッビ」

「いや、大丈夫。公衆電話でコインを使う以外、ここじゃお金の使い道もないんだよ」

電話中、僕は電話ボックスのわきの道路に、鳩の死体が転がっているのに気づいた。どうやら、翼が片方なくなっているようだ。僕はすぐに、あの猫の仕業だと思った。僕は昔からケガをした動物や死体が大の苦手で、とくに羽の生えたやつは苦手だった。電話ボックスの外に出て見てみると、鳩はまだ死んでおらず、翼の残根がぴくぴく動いていた。どうすればいいのかもわからないまま、僕は傷ついた鳩を拾いあげた。だが歩き始めてまもなく、僕の手のひらのなかで、鳩の心臓が止まった。

42

翌朝、そろそろ庭園に行こうと思っていたら、ドアをノックする音がした。トマス神父が、例の件でわかったことがあるんだ、という。

「聖書には、身体に言及した部分が百五十二か所ある。死については百四十九か所、バラをはじめとする植物については二百十九か所ある。きみのために数えてみたんだ。植物がいちばん多かったよ。イチジクやブドウの樹などは、そこらじゅうに出てくる。果物やいろいろな種子なんかもそうだ」

神父はそう言って、少ししわくちゃになった紙を僕にくれた。数字が縦に三列並んでいて、各列のいちばん下の合計の数字には二重の下線が引いてあった。たしかに、彼が言ったとおりだ。この三つの数字こそ、まさに僕の心のなかを如実に言い表している。

「これではっきりしたんじゃないかね」神父は言った。身体、死、バラ――まるで昔の三文小説みたいだ。

「きみも機会があったら、一度調べてみるといい」彼はそう付け加えた。紙には、先の丸まった鉛筆で書いた数字がぎっしり並んでいるだけで、聖書のどの部分かも、どのページかも書いていなかった。

やがて、彼が言った。

「きみが庭園に行く前に、エスプレッソとパンでも食べようか」

カフェへ向かう途中、トマス神父はきゅうになにかを思い出した。

「そういえば、きみに手紙が届いていたよ」彼はポケットから封筒を取り出し、僕に渡した。父さんの筆跡じゃなかった。電話で話すだけでは足りずに手紙を書き送ってくるなんて、いかにも父さんのやりそうなことだけど。トマス神父が切手を指差し、何の鳥かとたずねた。

「ユキホオジロです」僕は答えた。

手紙はアンナからで、二枚の便箋に大文字で書かれていた。僕は最初にさっと目を通し、それからゆっくりと注意深く読んだ。娘の近況が綴られている。娘は順調に育っていて、歯が六本、生えかけも二本ある。「本当に素敵な女の子で、輝くような赤ちゃん。まさに光です」と書いてある。それから何だか遠回しに、「なるべく早く電話をください」とあって、電話番号が記されていた。訊きたいことがあるだけだから、心配しないで、と書いてあるけど。手紙にはフロウラ・ソウルの新しい写真が二枚、添えられていた。月齢九か月ごろの写真だ。中綿入りのブルーのオーバーオールを着て、白い帽子をかぶり、大きな青い瞳でカメラのほうをじっと見ている。封筒の消印を見ると、手紙は八日前に投函されていた。ふたりに会ったのはもう二か月前——出発前の挨拶に行ったときだ。

「家族のみなさんは大丈夫かね?」トマス神父が言った。

僕は時計を見た。八時十五分、向こうに電話をかけるにはまだ少し早い。庭園でひと仕事済ませて、午後になってからにしよう。

43

僕も落ち着かない気分だったが、子どもの母親の声にも不安がにじんでいる。話というのは、こういうことだった。彼女はこれから外国の大学院で人類遺伝学を学ぶことになっている。その前に論文を書き上げ、大学院の面接を受け、向こうで娘と暮らす家を探す必要がある。

「それで、思ったんだけど」と彼女は言った。電話が切れてしまうのかと思ったほど、きゅうに声が小さくなった。「論文を書き上げて、もろもろ準備するあいだ、あなたにフロウラ・ソウルを預かってもらえないかな。たぶん、一か月くらいかかると思うんだけど」ほとんど消え入りそうな声で、彼女が言った。

「あの子はとってもかわいくて、おっとりした子よ」

思いがけない頼みごとに、僕はすっかり驚いてしまった。

「それにあなたとあの子が親しくなるのは、いいことだと思う」アンナはさらに言葉を続けた。

「あの子はあなたの娘でもあるんだし、やっぱりあなたにも、それなりに責任を持ってもらわないと」

彼女の言うとおり、子どもができたのは僕にも責任がある。あの夜の温室でのできごとを、僕はこれまで何百回となく頭のなかで再現しながら、知らない男を見ているような気分だったけれど——あんなことをしたのは、誰かほかの男のようにさえ思えたほどだ。

「僕は帰国できないんだ」僕は言った。「少なくともあと一か月は、まだ仕事が残ってる」

「わかってる」彼女は即座に言った。「私がフロウラ・ソウルを連れていくから。あなたのお父さんから、あなたにはわりと時間の余裕があるって聞いたの。めずらしい方言を覚えながら、じっくりと考えごとをしているから、って」

なるほど、父さんはそう言ったのか——じっくり考えごとをしているって。園芸の仕事のことは、頭に浮かびもしなかったわけだ。

僕は切り札を出してみた。

「ここは人里離れた場所で、たどり着くだけでも大変なんだ。八か月の赤ちゃんにふさわしいとはとても思えないよ」

「もうすぐ九か月よ」アンナは言った。

「ああ、もうすぐ九か月の赤ちゃんにとってもね」僕は言った。「飛行機を降りたあと、さらに四回も電車を乗り継ぐんだ。そのうえ、ここは電車が通っていないから、隣町からバスに乗らないといけない。そのバスだって、一日二便しかないんだ」

「知ってる」彼女はぼそっとつぶやいた。「地図で調べたから。フロウラ・ソウルのことなら、心配ないから。すぐにわかると思うけど、本当に手のかからない子なの。あの子と一緒に移動するのは、べつに大変じゃない。お腹がすけばちゃんと食べるし、くたびれたら寝るし、寝起きもいつも機嫌がいいの。それにまわりの人たちを観察するのが好きで、周囲のできごとに興味を持ってる。あの子はまだ一度も海外に行ったことがないのよ」アンナはそう言った。まるでそれが、九か月の子どもの発育に必要不可欠のような口ぶりで。

これはもう、決まったことなんだなと僕は感じた――彼女が約九か月のフロウラ・ソウルを連れてやってくることも、僕には考える余地などないことも。彼女はこのことを、さんざん考え抜いたにちがいない。決心が固まったのは、たぶん父さんが後押しして、応援しているからだろう。僕に娘を預けるという考え自体、父さんが彼女に吹き込んだものだとしても、不思議じゃない。父さんの声が聞こえてくるようだ。

「もちろん、そんなのはお安い御用だろうよ、ダッビ」

僕の生活はやっと軌道に乗ってきたところで、庭園は大がかりな改造の真っ最中で、僕はようやくこの地方の方言で、簡単なことをしゃべれるようになったのに、まさかこのタイミングで、こんなことになるなんて。選択肢はふたつしかない――イエスと言うか、ノーと言うか。僕はいつだって、ほかの可能性をすべて排除して、きっぱりと最終的な決断を下すのが苦手だった。まわりの人とか感情が関わっている場合は、とくに。

「よく考えて、あした電話してくれる？」彼女が言った。不安そうだった——やっぱり、電話して、なんて言うんじゃなかったとでも思っているように。僕も複雑な気分だった。女のひとってそういうものなんだ。新しい生活が始まった矢先に、子どもを抱いて突然目の前に現れ、あなたにも責任を持ってもらわないと、なんて言うのだ——予期せぬ妊娠で、思いがけずできた子どもなんだから。

「駅まで迎えにいくよ」まるで、別人が僕の身体を使ってしゃべっているみたいだった。「バスでここまで来るにしても、乗り換えが大変だから」

僕の返事にびっくりしたのか、沈黙が流れた。

「よく考えて、あした電話したほうがよくない？」

「いや、その必要はないよ」およそ自分らしくないと思いつつ、僕は答えた。アンナに頼まれた役割についても、子どもの世話を引き受けたらどんなことになるのかも、僕にはよくわからなかったけれど、ふたりをがっかりさせるのは嫌だと思った。それに、子どもに対する責任を母親と分かち合うのは当然だ。出産にも、ちゃんと立ち会ったじゃないか。もちろん、僕が出産したわけじゃないし、役に立ったなんて言うつもりはさらさらないけど。

「承知してくれて、ありがとう。正直に言うと、どうなるかわからないと思ってた。でも、ほかに選択肢がなくて」ささやくような声で、彼女は最後にそう言った。まるであの手紙が、最終手段だったかのように。

「そうだ、ひとつだけ。ベッド以外のものは持っていくつもりなんだけど、フロウラ・ソウルのためにベビーベッドを見つけてもらえるかな？　いっときしか使わないし、中古でもかまわないから」

44

アンナと電話で話したあと、僕はトマス神父の部屋のドアをノックした。僕が遅れたので、神父はひとりで映画を観始めていたが、僕のために椅子を引いてくれた。僕は単刀直入に話すことにした。

「ちょっとしたことがあって」僕は言った。「じつは、子どもの面倒を見ないといけないんです。九か月の娘なんですけど。でもほんのいっときのことで、たぶん三、四週間くらいです。娘も一緒にゲストハウスに住まわせて、昼間は庭園に連れていってもいいですか？　もしかしたら、仕事量を少し減らさないといけないかもしれませんが」

トマス神父はテレビを消し、呆然として僕を見つめた——いまのは聞き間違いだろうか、と思っているみたいに。

「子ども用のベッドを探します」僕は言った。「ほんのいっときなんです」

七号室に長い沈黙が流れた。やがて、トマス神父がついに口を開いた。

「修道院の生活に子どもが入る余地はない。静寂と祈りの邪魔になるから」

「修道院に子どもを連れていったりはしません」僕は言った。「庭園だけです。あの子の母親の話では、あの子はお昼のあと三時間も昼寝をするんです。僕がバラ園で仕事をしているあいだ、ベビーカーのなかで寝かせておきます」

「いや、だめと言ったらだめだ。子どもはすべてをかき乱してしまう。わけのわからないしゃべり声だって聞こえるだろう。ブラザー・ヤコブがいったい何て言うと思ってるんだね？」

「ほんのいっときなんです」僕は同じことを繰り返し言いながら、我ながら説得力に欠けると思った。でもどうして、ブラザー・ヤコブの名前を挙げたんだろう？

「おとなしくできない子どもを連れて、修道院の食堂へ行くのかね？　きみにはスープ、子どもはベビーフードを出せというのか？」神父はぞっとしたような呆れ顔で僕を見た。「ここはホテルじゃない、修道院だぞ。ここで暮らす者たちは、神に仕えるために家庭生活を捨てたのだ。そんな場所に保育所を作れというのかね？　ここではキリストがなによりも優先されるのだ」

「でもキリストは、だれでもわたしのもとに来なさい（「マタイによる福音書」十一章二十八節）と……」僕はおずおずと言いかけながら、揚げ足を取っている場合じゃないと思った。まずいことを言ってしまった。

「キリストがなにを言おうが言うまいが、きみは神学について私と議論できると思うほど幼稚なのか？」

だがやがて、神父が穏やかな声で言った。

「さてと。アプリコットのリキュールでも、ちょっぴりいただくとしようか」

神父はボトルとグラスを持ってきた。

「子どもがいるなんて、聞いていなかったぞ。お母さんが亡くなったことや、死や、身体のことばかり考えてしまうって話は聞いたけれども」

「なにもかもいっぺんに話すのは、無理ですよね。でも、子どものことは話したと思いますけど。死について話し合ったときに」

「きみがなにを言おうとしているのか、はかりかねることがあるよ」

話はこれで終わりなのは明らかだったが、僕はここで切り札として、子どもの写真を見せることにした。僕が選んだのは少し前の写真で、沐浴を終えたばかりのガウン姿の赤ちゃんが写っている。これがいちばん、インパクトが大きいと思ったのだ。修道士のように腰にベルトを締め、おでこには濡れた巻き毛が貼りついている。ガウンの裾からのぞいた足の指は、まるで豆粒みたいに小さい。

神父は写真をじっと見つめているが、なにを考えているのか、表情からは読み取れない。

「正直に言うと、きみは女性には興味がないんだと思っていたよ。ひょっとしたら、私に気があるんじゃないかとすら思ったほどだ」笑みを浮かべながら、神父が言った。「そうじゃないとわかって安心したよ。きみのことを突っぱねるような真似をしなくてすんで、よかった」神父はそう言って、椅子の背にもたれた。彼にとっては、これで一件落着というわけだ。映画を観たければ、一緒に観るとしよう。最初の二十分のあらすじは説明してあげるから、と神父は言った。今回のテーマは趣向を変えて、「信じるということ」。四半世紀前のゴダールの映画だった。

「私たちはすべてを知りたがるいっぽうで、信じたいとも願っている」名画の内容にふさわしく、神父は声を落として言った。「子どもを身ごもった少女が誰とも寝ていないと言うのなら、それは本当かもしれない。見ないことには信じられない、などということは決してないのだ。その少女が交接について、まったく異なる定義でも持っていれば、話は別だがね。「言《ことば》は肉となって」（「ヨハネによる福音書」一章十四節）と聖書にも書いてあるではないか。このように、すべての女性は創世記の神秘を――神の子を宿すという光を、内に秘めているのだ」

僕は娘の写真をポケットに戻した。もうほかに言うべきこともなかった。それから一時間半、僕はうわの空で映画を観たあと、立ち上がって、おやすみなさいと挨拶した。

「心配しなくても、神の助けによって、きみの悩みは解決するだろう」神父は言った。「主はきみとともに、きみの子どもとともにある」

45

五日後にはふたりがやってくる。どうして子どもの面倒を見るなんて言っちゃったんだろう？　いったいなにを考えてたんだか。僕はいま、地に植えたものはみな育つ、夢のような庭園にいて、ようやく落ち着いてきたところなのに。たしかに僕は父親かもしれないが、子どもにとってなにが最善かなんて、わかるわけがなかった。自分にとってなにが最善かもわからないのに。僕の場合、子どもがほしいかどうか考える機会すらないうちに、子どもができてしまったのだ。

きょうは庭園に行く時間をいつもより遅らせて、散髪に行くことにした。そのあいだに、人生を一から考え直したかった。看板には床屋と書いてあるけれど、旧型のスタンド式ドライヤーが三台並んでいる様子は、女性用のヘアサロンのようにも見える。スタッフの女性に洗髪をしてもらう。シャンプーを丁寧に髪になじませ、耳のまわりをゆっくりとマッサージしたあと、頭皮全体を洗っていく。その黒髪の美容師の話では、この店にはもうひとりスタッフがいて、ふたりでシフトを組んでいるらしい。「髪の量が多いですね。あなたのこと、何度か通りで見かけましたよ。髪の毛で気づきました」と言われた。それからようやく、「どのくらいの長さにカットしますか」と訊かれた。彼女がしゃべっているあいだ、僕はアンナのことを考えていた。二か月前、僕が出発前の挨拶に行ったときは、玄関先で十分くらい話しただけだ。その前は産科の病室で、ほんの少し言葉を交わしただけ。でも、それだけってわけじゃない。漁のあいだの休みには、たまに子どもの様子を見にいったから。最後の休みのときは、人形とトマトをおみやげに持っていった。

だけど、正直言って、僕は彼女の顔立ちをちゃんと描写できそうにない。知らない人にもわかるように説明するなんて、たぶん無理だ——たとえば、警察にとか。もし不測の事態が起こって、ふたりが電車から降りてこなかったとしたら?

「鼻はどんな形ですか?」

「どうだろう、女らしい感じ?」

「顔立ちを詳しく説明してもらえませんかね?」

「え、困ったな」

「口はどうですか?」

「平均的な感じ」

「平均的ってどういう意味です？　どんな唇なんですか？」

「ぽってりしてる、かな。さくらんぼみたいな唇、とでも言えばいいのかな？」産科の病室で見た、彼女の寝顔を思い出そうとする。

「目の色は？」

「ええと、ブルーかグリーン」

困った僕は、あの密やかな思い出を心のなかで蘇らせる――温室のなかの閃光と、花びらの模様が映し出された彼女の身体――。

まったく、思いがけないことになってしまった。僕はどうしても誰かに話さずにはいられなくなって、美容師に言った。じつは、九か月になる娘とその母親が、もうすぐ訪ねてくるんです。美容師は、なるほどね、といった調子でうなずいた。僕はたちまち、余計なことを言ってしまった、と後悔した。身の上話なんか、海の底にでも沈めておけばよかったんだ。

刈りたての髪が乾くまで、僕は広場のひだまりに立っていた。何だか動揺してしまったから、ひと息ついて、落ち着きたかったせいもある。人びとがじろじろ僕を見ている――髪が濡れたまま広場に突っ立っている赤毛の男が、よほど物珍しいのだろうか。あと何日かすれば、僕はバラの青年どころか、ベビーカーを押してる外国人、とでも呼ばれるんだろう。

庭園での仕事を終えて、夕方、ゲストハウスに戻ってくると、トマス神父が玄関ホールで僕を待っていた。

「きみと子どものために、アパートが要るだろう?」ためらう様子もなく、神父が言った。

「親切な女性に相談して、きみのために口添えしておいたから。この先の、つぎの通り沿いにあるアパートを貸してくれるそうだ」

「ほんのいっときなんですが」

「ああ、ほんのいっときだと伝えておいたよ。子どもをどれくらい預かるんだっけ、四週間だったかな?」

「長くてもそれくらいです」

「家具付きで、ふだんは空き部屋だそうだ。ガス代や雑費を払うだけでいい」

「あしたさっそく、見にいってきます」

僕がお礼を述べたあとも、トマス神父はまだなにか言いたいことがあるようだった。やがて、神父は言った。バラ園での僕の仕事ぶりには、修道士たちもみんな喜んでいて、しばらくのあいだは状況が変わるのも、やむを得ないことだと思っている。落ち着いたら、また修道院のゲストハウスに戻ってきてほしいと言っているよ、と。

「子守りをしてくれる人を見つければ、きみは庭園に来られるだろう。たしか、おちびさんはたっぷり昼寝をすると言ってなかったかな? ブラザー・マルタンは、ツタ類の植物についてはそんなにやかましくないんだが、やはりブラザー・ヤコブと同じで、建物のなかに虫が入ってくるんじゃないかと心配しているんだ。彼の部屋は南側だと、きみに伝えてほしいと頼まれてね。花粉症のブラザー・ステファンの部屋も、同じ南側だよ」

46

僕が実家を出てから初めて住む家は、ミントグリーンのファサードの建物の二階だった。縦長のアパートメントで、二間続きになっている。こぢんまりとした間取りには不釣り合いなほど、やけに天井が高い。

「六メートルあるんですよ」僕が天井を見上げると、家主の女性が指を六本立てて言った。ダイニングルームの奥にある寝室には、彫刻を施したダブルベッドが置かれ、壁紙は栗色の織地に白いフルール・ド・リス（アイリスの花を様式化した意匠）の模様だ。ベッドの上にはアンティークと思しき絵画がかかっている。

「出エジプト記」家主はそう言って、長々と説明を始めた。ここにある家具はたぶん、古い邸宅で使われていた逸品だろう。だが全体的に清潔で明るい雰囲気で、個人の私物らしきものは置いていなかったが、ふと寝室のチェストの上に並んだ、ふたつの色付きの石こう像が目に留まった。光輪を頂いた猫背の老人の像と、祭服を着て子どもを抱いた修道士の像で、こちらにも光輪がついている。

「聖ヨセフと聖パドヴァのアントニオ」と、家主が説明した。このアパートメントは、もとは彼女の妹の住まいだったが、引っ越すときに家具などをほとんど持っていったので、こうしてがらんとしているそうだ。

もうひとつの部屋は寝室よりも大きくて、リビングとダイニングとキッチンを兼ねている。

「そのソファーは、引っぱり出せばソファーベッドとして使えます」家主が言った。「必要とあればね」彼女はそう付け足して、僕の頭のてっぺんから足の爪先までじろじろ見た——どうして神父さまがこの子に目をかけているのか、不思議でならないといった様子で。

家賃はただ同然だった。なにかの間違いじゃないかと思ったほどで、僕が払うのはガス代だけだ。

「ガス代は頂戴します」家主が言った。

そこらじゅうに鏡があり、数えたら全部で七枚もあった。そのせいか部屋が広く見えるが、迷路のような感じもする。一瞬、僕のそばに三人の女性の姿が見えた。九か月の赤ちゃんのことはよく知らないけど、ひょっとしたら鏡を面白がるかもしれない。

「ほんのいっときなんですが」

「トマス神父さまからそう聞いていますよ。六週間くらいだと思ってくださいって。あと、小さいお子さんもご一緒なんですってね」

　そう言って、家主は探るような視線を僕に投げた。父親のようには見えないと思っているのだろうか。

　ふとそばの鏡を見ると、不安そうな目つきをした、刈りたての赤毛頭の男と目が合った。こういう部屋だと、ひと気のないさみしさは紛れるのかもしれないが、鏡に絶えず映し出され、つねに自分自身を意識させられるのは、何だか妙な感じがする。

「シーツなどの寝具をお貸ししましょう」と家主が言った。いますぐ持ってくるのか、あとにするのか、僕にはよくわからなかったが、もうしばらくはここにいようと思った。

　やがて家主が出ていったあと、ベッドにごろんと横になった僕は、六メートル上の天井にフレスコ画が残っているのに気づいた。翼のはえた天使たちが、円天井に描かれた青空のまわりを舞っている。青空の真ん中には、翼が片方しかない鳩が見える。僕は起き上がって、アパートメントのなかをもう一度歩き回ってみた。テーブルの上に、造花の入った花瓶が置いてある。僕にとっては、生花を飾っていない家は家じゃない。花瓶ごと、キッチンの空っぽの戸棚に突っ込んだ。

「あら、お花はどこ？」アイロンのかかったシーツ類を両腕に抱えた家主は、戻ってくるなり言った。

　僕は戸棚の前へ行って扉を開け、造花の花瓶を無言で家主に渡した。花瓶を受け取った家主は、テーブルの上の、前ときっちり同じ場所に花瓶を戻した。家主が帰ったあと、僕は三本の鍵をもったまま、しばらく戸口に突っ立っていたが、やがて造花を戸棚のなかにしまった。そして、寝室の分厚いカーテンを閉めた。赤いベルベットの布地にグロリオサのような花模様が織り込まれ、絹の裏地がついている。これはもともと大きな屋敷にあったのではないだろうか。裏側を見ると、やはり思ったとおりで、カーテンの裾を短くして縫い直したのがわかる。両開きの窓は床まで届き、フェンス付きのバルコニーに出られるようになっていた。ここならスツールを一脚、それに鉢植えを四つか五つは置けそうだ。

47

その週はめずらしいことに、ゲストハウスの隣人の映画倶楽部のテーマは、ハリウッドの忘れ去られたスターたちの初期の映画だった。きょうの映画は、ジェーン・ワイマンが一躍スターの座を獲得するきっかけになった作品らしい。僕は遠慮して、アパートメントの床を磨くことにした。ふたりが来る前に家じゅうをぴかぴかにしておきたくて、たまたま入った店でレモンの香りの洗剤を買った。この村に来て、本と絵葉書以外のものを買ったのは初めてだった。

ライトイエローのレギンスをはいた赤ちゃんが、ハイハイできるようにしてやらないと。もうすぐ九か月になるのだから、きっともうハイハイしているよね？　あの子がハイハイを始めたかどうか、アンナに訊いておけばよかった。コンロでお湯を沸かしているあいだ、僕はアパートのなかを歩き回りながら、もっと家庭的な雰囲気にしたいなと思った。それにはやはり、植物でいっぱいにするのがいちばんだ。このあたりの店をよく知らないから少し手間取ったが、僕はどうにか素焼きの植木鉢を見つけた。それでようやく花を買ってくることができた。カーネーションと紫陽花とユリの切り花。それに、庭園で摘んできたバラもある。ローズマリー、タイム、バジル、ミントなどのハーブ類は、鉢に植えてバルコニーの端に並べた。

あとは新居に必要なものを買わないと。それから、まだよくわかっていないこともあった。電車が到着するのは午後だ。彼女は駅で僕に子どもを預け、つぎの電車で帰るつもりだろうか？　それとも、アパートの様子を見るために村まで来るだろうか？　もしかして、夕食の時間までいるかな？　その場合は、みんなで食卓に着いて、きちんとしたディナーをしたほうがいいだろうか？　村に来てもう二か月になるが、僕はまだ一度も自分で食事を作っていなかった。やはり、彼女も夕食を一緒にするものと思って、準備をしておこう。念のため、彼女はその晩はソファーベッドで休んで、翌日の電車で帰ると思っていたほうがいい。父さんとの電話では、僕は母さんの料理の作り方を覚えているようなふりをしているけど、僕の料理の知識なんてお粗末なものだ。実家で料理をしたことは一度もなく、ただキッチンで、母さんのまわりをうろついていただけ。僕が初めて火を使って料理をしたのは、船の上だった。調理員がどうしても起きてこないことが、何度かあったのだ。ぬめぬめした魚にまみれていた僕は、突然、厨房へ行かされた。ラテン語の天才が、脂っぽいミートボールと、甘酸っぱいソースをかけたポークチョップのパン粉焼きを、みんなのために作る羽目になったのだ――料理なんて、なにひとつできないのに。とはいえ、ミートボールは油で揚げるだけだし、ポークチョップは下準備が済んでパン粉も付いていた。甘酸っぱいソースは、瓶詰の中身をフライパンで温めるだけだ。それから僕の思いつきで作った付け合わせの目玉焼きが、料理によく合っていた。そんなわけで、みんなからは思ったよりも不満の声が上がらなかった。目玉焼きといえば、弟のヨセフが腹をすかせたときも、よく作ってやった。穏やかなヨセフは文句ひとつ言わないし、僕のやることにケチをつけることもない。僕の料理の知識なんて、せいぜいそれくらいだった。

九か月くらいの赤ちゃんって、なにを食べるんだろう？　歯は上に二本、下に四本あるらしいが、肉をつぶしてソースをからめれば食べられるかな？　それとも、やわらかいベビーフードだけ？　なにか僕でも手軽に作れる料理はないだろうか、と考えてみた。ミートボールのブラウンソース煮込みだったら、基本の材料さえ手に入れば作れそうな気がする。

48

ふたりが到着する前の数日は暗くなったあとも残業したが、前日の朝は、初めての用事があって外出した——食料品の買い出しだ。必要なものがそろっていそうな場所は、すぐに目星がついた。パン屋は肉屋の隣にあるし、野菜や果物、シード類、豆、ジャム、コーヒーなどは、通りの反対側の店で買える。教会前の広場では、チーズや、生ハムや、はちみつを売っている。まずは肉屋に行ってみたが、ひき肉が見当たらない。しかたなく、僕はショーケースのなかの濃いピンクの肉の塊を指差した。

「それは仔牛」肉屋が言った。豚でなくてよかった、と思いながら父さんのことを思い出した。

「じゃあ、それを一キロください」僕はためらわずに言った。

肉屋は仔牛肉の塊をさっと手に取って、まな板に置いた。色鮮やかな肉に鋭利なナイフをすっと入れ、八切れのスライスにカットしながら、僕の様子を窺《うかが》っている。それから、僕は思い切って、マリネのような前菜の入ったボウルを指差した。ちょっと興味を引かれたのだ。

「百グラムください」僕は流暢《りゅうちょう》な方言で言った。僕の前の女性が百グラムと言ったので、まねをしたのだ。

「百グラム?」片方の眉をぐっと上げて、肉屋が言った。ほかの三人のお客さんも、僕のことをじっと見ている気がする。肉屋は穴の開いたレードルで、アーティチョークのマリネをひとすくいしてワックスペーパーの上に載せ、ペーパーをさっと折りたたんで秤《はかり》の上に置いた。

食料品の袋を抱えてアパートに帰ってくると、階段の上のほうに、白いベビーベッドを運んでいるブラザー・マルクスとブラザー・ポールの姿が見えた。二階へと続く踊り場で振り返った彼らは、僕を見てほっとした顔をした。三階と一階の住人たちが顔を出し、修道服を着た引っ越し屋さんをものめずらしげに眺めている。

「ベビーベッドを持ってきたよ」彼らが言った。「どこへ置けばいいかな?」

トマス神父にベビーベッドのことを頼んだ覚えはなかったが、僕は買い物袋を下に置き、部屋の鍵を取り出して、一緒にベッドをかついで寝室へ運んでいった。ティーバッグだけど紅茶でもいかがですか、と勧めたが、ブラザー・マルクスとブラザー・ポールは、いや結構、と言って帰っていった。僕は買った品物を袋から取り出して、テーブルに並べた。じゃがいもが一キロ、仔牛肉のスライスが八切れ、アーティチョークのマリネが百グラム。それに水、ミルク、オリーブオイル、はちみつをひと瓶ずつ。それからチーズと塩と胡椒。

いよいよ、夕方にはふたりが到着する。その日の朝、僕は庭園でひと束ぶんのバラの花を摘み、造花が入っていた花瓶に生けた。それから三階の家のドアをノックし、お年寄りの銀髪の女性に、アイロンを貸していただけませんか、と頼んだ。女性はちょっと驚いた様子だったが、ともかくアイロンを貸してくれた。僕は実家から持ってきた一枚しかないシャツに、アイロンをかけた。僕の娘、フロウラ・ソウルが生まれたときに着ていたのと同じシャツだ。

母娘《おやこ》は夕方五時に到着の予定だった。僕は買ってきた肉を目の前にして、呆然と立ち尽くしていた。結局、僕は白シャツ姿でもう一度肉屋に行き、三十分前に買った肉の調理法を訊いてみた。

僕の質問に、肉屋はまったく驚いた様子を見せなかった。

「仔牛だよね？」

「はい、そうです。一キロ」

「八切れだったね。おとな五人分はゆうにあるよ」肉屋は言った。

「たしかに、八切れありました」だいぶ言葉を覚えた。短い文なら作れるし、会話もできるじゃないか。

「まずフライパンを火にかけて」肉屋は言った。「油を大さじ四杯入れて、肉を焼くんだ。まず片面を焼いたら、ひっくり返してもう片面を焼く。あとは塩、胡椒すればいい。すぐにできるよ」

「何分ぐらい焼くんですか？」

「片面ずつ、それぞれ三分」

「ソースはどうやって作るんですか？」

「肉を焼いたあと、フライパンに赤ワインを加えて、少し煮詰めるといい」

「どのくらい？」

「二分」

「調味料は？」

「塩、胡椒」

49

彼女が娘を抱っこして電車から降りてきた。人影のまばらなプラットホームで、ふたりの姿はやけに目立って、人目を引いた。フロウラ・ソウルはピンクの花模様のワンピースにカーディガンを着て、タイツとピンクの靴をはいている。ずいぶん大きくなって、もう赤ちゃんには見えない。黄色の帽子のひもはあごの下で結ばれ、金色の巻き毛が二房、おでこにかかっている。僕はじっと子どもを見つめた。ほんの束の間の快楽によってできた子ども――会うのは二か月ぶりだった。子どもはうるんだ大きなブルーの瞳で、少しためらいながら、興味深そうに僕を見つめ返した。アンナはブルーのジャケットを着て、髪をポニーテールに結っている。長旅の疲れが見て取れた。それか、もしかして寒いのだろうか。きょうはわりと暖かいから、僕はシャツ一枚で来てしまったけど。

電車から降りてくる彼女の姿を見たとき、まっさきに僕の頭に浮かんだのは、もっと彼女のことを知る努力をすべきだった、ということだった。三年前だったら、彼女のような女性には目が留まらなかったかもしれないけれど、いまはちがう。だって僕はもう、以前の僕ではないから。母娘がふたりそろって、僕をじっと見ている。髪を切って、シャツにアイロンをかけて――僕なりに、こざっぱりとした恰好で迎えたいと思ったのだ。

僕はアンナの頰にキスして、娘に笑いかけた。娘はバラ色の頰をして、陶器のようなすべすべの肌にえくぼを浮かべ、屈託のない笑顔をみせた。小さな身体のまわりが、ぼうっと輝いている。娘が僕のほうに手を伸ばした。アンナは驚いたように娘を見て、それから僕を見た。会ったばかりなのに、父親だとすぐにわかったのだろうか、と驚いたのかもしれない。ともあれ、彼女は娘を僕に渡した。羽根のように軽くて、ちょっと大きな仔犬みたいだ。それにとってもやわらかい。娘が僕に抱きついてくる。僕は娘の頰をなでた。

「この子、人見知りしなくて」娘の母親が言った。「人を信用してるの」

他人同士も同然のふたりが、温室のようなおよそふさわしくない場所で、たった一度交わっただけで、こんなに素晴らしい赤ちゃんを授かるなんて。何だか申し訳ないような気がして、胸が痛む。世間の多くの人たちは決まったやりかたに従って、きちんとプロポーズをする。ふたりの暮らしに必要なものをすべてそろえて、ふたりの関係をしっかりと築いて、意見が対立しても乗り越えられるくらい成熟して、払うべきものはきちんと支払って――それでも、子宝に恵まれない人たちだっているのに。

駅から村までは、車で十五分ほどかかる。二か月も放っておいたレモンイエローの中古車だが、無事に帰ってくることができた。

「信じられないほど、きれいなところね」村に近づいてくると、子どもの母親が言った。「思っていた以上に遠かったけど」

ここからは上り坂がきついので、車を降りて歩かないといけない、と僕は説明した。

「僕が借りてるアパートメントは、教会の裏だよ」そう言って、僕は丘を指差した。村のいちばん高いところで、僕の新居もそこにある。目の前に修道院がそびえ立っているが、バラ園のことは、いま話すのはやめておこうと僕は思った。

アンナが持ってきた折りたたみ式のベビーカーを開いて、そこに荷物を載せた。僕は車に積んであった箱から、今晩のソース作りのために赤ワインを一本取り出した。旅の途中、レストラン兼宿屋の亭主がくれたワインだ。さらに二本取り出して、ベビーカーの下のラックに入れた。ワインのことなどすっかり忘れていたが、トマス神父にも一本あげよう。僕が娘を抱いて、僕たちは丘を登っていった。娘はきょろきょろとあたりを見回している。歩きながら、僕は並んで歩いている彼女をちらっと見た。美しい横顔をしている。

「そういえば、ソルラウクルから連絡はある？」僕は言った。いったい何であいつのことなんか訊くんだ？

「ううん、連絡なんてないよ。一年半前、あなたの誕生日パーティーのとき、彼の前からふたりで姿を消して以来、一度も」そう言って、彼女は笑った。

とんだまぬけな質問だったけど、笑ってくれてほっとした。彼女の瞳の色はアクアマリンだ――僕がちゃんと言えるようにしておきたかった、彼女の顔立ちの特徴のひとつ。それに笑顔もきれいだから、彼女を好きになるのは難しいことじゃない。子どもができちゃったのはたまだけど、少なくとも、相手が彼女でよかったと思う。母娘が電車を降りてから、まだ三十分しか経っていないが、僕はもう、彼女にちゃんと伝えたいと思っていた。僕は喜んで彼女の友だちになるし、子どもの誕生日祝いも一緒に計画しよう。それに、毎年イースターの前には、彼女の家の庭木を剪定《せんてい》してあげてもいい――彼女がもし夫と暮らしていたら、話は別だけど。だが、僕は思い直した。いくら何でも、そんな話をするのは早すぎる。しかも、歩きながらなんて。

僕は彼女に「何時の電車で帰るの？」とは訊かずに、夕食を用意してあるよ、と言った。僕なりの表現で、彼女を夕食に招いたのだ。仔牛肉には火を入れ、じゃがいもも茹でてあるから、あとはソースを作るだけだ。

「けっこうがんばったんだよ」僕は言った。「料理なんて、ほとんどしたことないからさ」

彼女がまた、やさしく微笑んだ。

アパートメントの部屋に入ったとき、子どもの母親はびっくりしていた。

「何て素敵なアパートなの」彼女は言った。「おとぎ話に出てくるお部屋みたい」彼女は寝室に入っていき、フルール・ド・リス模様の壁紙をそっとなでた。「それに、どこもお花でいっぱい」キッチンを見た彼女が言った。僕は彼女のために、バルコニーへ続くドアを開けた。彼女の声に、感動がにじんでいた気がする。母娘がこの住まいに足を踏み入れる瞬間のために、僕は家庭的な雰囲気を作っておきたかった――なにもかもが明るく輝き、光で満ちているような場所にしたかったのだ。

「ほんとに、お言葉に甘えていいのかな？」部屋のなかを見回しながら、アンナが言った。いまどんな気持ちなのか、まったくわからない。

僕の腕のなかの子どもが、下半身をもぞもぞと動かし始めた。もしかして、そろそろおむつを替えたほうがいいんだろうか。

「それから、ベビーベッドを見つけておいたよ」僕は娘の帽子のひもをほどきながら言った。ブロンドの髪の毛が少し増えて、巻き毛の垂れた、おでこのあたりを中心に生えている。僕は鏡に目をやり、ふたり一緒の姿を見てみた――娘と僕だ。娘の身体はどこもかしこも小さくて、似ているところを探すのは難しい。僕は娘の頭をなでた。

「この子の耳、あなたの耳とそっくり」遺伝学者の卵が、僕をじっと見て言った。

たしかに、耳の形も、くぼみも、耳たぶも、僕のとそっくりだ。こんどは、娘の顔とアクアマリンの瞳をした母親の顔を見くらべてみた。そっくりな部分はとくに見つからないが、口元は似ている。多少のちがいはあるけれど、両方ともさくらんぼのような唇だ。でも耳と唇をのぞけば、娘はどちらにも似ておらず、まるでほかにルーツがあるみたいだった。とはいえ、どことなく母さんに似ているような気がする。えくぼ以外にどんなところが似ているか、はっきりとは言えないけど。だが、そんなことを言って、父さんにしたり顔をさせるつもりはなかった。そういえば、母さんのまわりには、外の天気とは関係なく、いつも陽の光が満ちていたっけ。どういうわけか、母さん自身が光に満ちていたような。写真を撮ると、スポットライトを浴びているように見えた。グループ写真でも母さんの頬だけが輝いていたし、どの写真も露出オーバーのように見えるのだ。母さんの髪には子どもの髪のような輝きがあり、きらきらしたグリッターをちりばめたみたいだった。それに、微笑みもまぶしかった。母さんのこととなると、自分がやたらと感傷的になってしまうのは認める。母さんの生前からそうだったし、いまでもそうだ。僕は生まれたとき、青白い肌をして、赤毛が少し生えていたけど、双子の弟の髪は黒っぽく、肌は浅黒く、瞳は栗色だった。

突然、僕はアンナに母さんの写真を見せたくなった。だけどいま、「この子にもっと似ている人がいるよ」なんて話をするのは、やっぱり間が悪いかもしれない。もうすぐ子どもと別れなくちゃいけないから、彼女はきっとつらい思いをしているはずだ。

「この子はめずらしいくらいおっとりとした、いい子よ」彼女が言った。「いつもうれしそうで、機嫌がいいの。寝起きもにっこり笑ってくれるし、夜泣きもしないし」

僕たちはキッチンから寝室へ入っていった。

「この子から一瞬も目を離さないでね」彼女が言った。「ハイハイしてどこにでも行っちゃうし、好奇心が旺盛なの。戸棚によじ登ったり、ベッドの下にもぐったり、コンセントをいじったりするかも。同じ月齢の子たちより発育が早くて、しっかりしてるけど、まだほんとに無邪気な子どもだから」

「あとこれ、リストにまとめておいた」彼女は続けた。「子守りをするときに、気をつけてほしいこと」そう言って、彼女は折りたたんだ紙を取り出した。「食べられるものと、食べられないものとか」

「やっぱり、食べられないものとかあるんだ？」

「食べものはもちろん、何でもよくすりつぶさないとだめ。歯は六本あって、生えかけのも二本ある」

それから、彼女はおむつバッグを開けて僕に中身を見せ、おむつを替える練習をしましょう、と言った。僕はダブルベッドに子どもを寝かせた。

「おむつを替えるとき、カーディガンは脱がせなくていいから」そう言って、彼女がやってみせる。

僕は花模様のワンピースをめくって、タイツを脱がせた。それから、肌着のふたつのスナップボタンを外した。これで、おむつだけになった。娘は満面の笑みを浮かべて、声を出している。やがてそれが音節のようになった。

「パ、パ、パ、パ」

「パパって言ってるわけじゃないよ、子音の練習をしてるだけ」

だしぬけにそう言ったアンナの声は、少しかすれていた。疲れているのだろう。いっぽう、子どもはリラックスしてごきげんだ。

僕はおむつを外した。間違いなく、女の子だ。

「パウダーやクリームは、毎回塗る必要はないから」アンナが言った。僕のすぐ横に立って、心配そうに見ている。肌着を少したくし上げると、娘のぽっこりとしたお腹があらわれた。まあるいお腹のてっぺんには、鈴のようなおへそが突き出している。脚の付け根の僕と同じ場所に、生まれつきのあざがあった。つまり、耳たぶとあざというふたつの特徴を、父方から受け継いだわけだ。僕の母さんに似てえくぼがあることも加えれば、三つになる。僕は思わずかがんで、娘のお腹にふーっと息を吹きかけた。子どもがくくっと笑い声を立てる。僕はもっと前かがみになって、娘のお腹にキスした。いい匂いがする。隣で見ている彼女が、どう思っているのかよくわからなかった。何とも言えない表情を浮かべ、いまにも泣き出しそうに見える。

「子どもの面倒を見たことある？」アンナが訊いた。やっぱりこんなこと頼むんじゃなかった、と後悔し始めているような目つきで。

「いや、ないけど」

それは本当だし、障害のある双子の弟を守る立場にあることは、いま話す気にはなれなかった。

「でも大丈夫だと思うよ」僕は言った。

おむつの交換が終わると、娘は両手を伸ばし、僕を見てにっこりと笑った。僕も笑顔になる。娘は両手を伸ばしたまま、お腹に力を入れた。笑顔が消えてぐずり始めたが、涙は見えない。するとし娘はくるりとうつぶせになって、自分で身体を起こした。

「抱っこしてほしいって」少しほっとしたような声で、母親が通訳した。僕は身をかがめ、ベッドから子どもを抱き上げた。

つぎに、ベビーカーの使い方を教わる。ポジションがふたつあって、ひとつは座位。赤ちゃんが座ったまま、まわりの人や景色を見られる。「フロウラ・ソウルは、まわりの人や物にとても興味があるの」母親が言った。「もうひとつのポジションは、これ」彼女はそう言ってボタンを押すと、ベビーカーの底部がぐっと上がった。「こうすれば、フロウラ・ソウルを寝かせられる」

僕はうなずいた。きわめて単純そうだ。まだうろ覚えだけど、子どもが寝ているあいだに練習すれば、すぐにできるようになるだろう。

「おしゃぶりは三つあるから」彼女が言った。そして、ピンクのおむつバッグを僕の肩にかけて持ち方を教えてから、いろんな機能の説明を始めた。「やわらかい道具袋みたいな感じ。ポケットも仕切りもたくさんついているから、予備のおむつやタイツも入れておけるし、クリームとか、予備のおしゃぶりとか、ティッシュも入れられる」アンナが言った。「あと、ファスナーを全部開いて平たくすれば、おむつの交換台にもなるから」母親になった彼女は、こういうこまごましたことを、この九か月ですべて覚えたのだ。未来の遺伝学者のお手並みに、僕は畏《おそ》れ入ってしまった。女子学生がこんな短期間で、母親に変身してしまうとは。

「長くても四週間だと思う」そう言いながら、彼女は途方に暮れたような表情を浮かべている。

「すべて順調にいけば、三週間半」

「心配しないで」僕は言った。

「ほんとに大丈夫?」彼女が言った。そりゃ、僕にしてみれば心許ない部分はあるけど、もう二回も大丈夫、心配ないよ、と言ったのに。僕は娘を抱き上げて彼女に見せた。ほら、大丈夫でしょ。四週間、この子の面倒を見るのが楽しみだ――そう伝えたかった。娘がきゃっきゃっと笑い声をあげた。小さな手で僕の顔にふれ、頬をぺんぺんとたたく。この子も、自分の役割をちゃんと心得ているらしい。

「この子はとってもやさしいの。いつもそうやって人にふれたがる」アンナが言った。

「パーパ」娘はそう言って、僕の肩に頭をのせた。頬に娘の頭がふれる。

「論文を仕上げるためにやるべきことが山ほどあるし、それから住むところを探して、大学院の願書を取りにいかないといけないの。なにかあったら、いつでも電話して」彼女はそう言って、ふたつの電話番号が書かれたメモを僕に渡した。「留守の場合は、メッセージを残しておいて」そう言って、また泣きそうな顔になる。

そういえば、僕は半日がかりで食事の支度をしていたことを思い出した。

「食事を用意してあるんだ」帰りの電車の時間は訊かずに、僕はもう一度言った。

「ありがとう」ほっとした声で、彼女が言う。

もうだいぶ時間が経っているから、お肉とじゃがいもは温め直す必要がある。あとは、赤ワインソースを作らないと。肉屋に付け合わせのことを訊き忘れてしまったので、じゃがいもとにんじんとキャベツをひとつの鍋で茹でた。僕はバラを生けた花瓶を脇へどかし、テーブルに皿を三枚並べた。二枚は隣り合わせに、もう一枚は向かい側に。ふたりが僕のことをじっと見ている。アンナが子どものために、飲み口がついた蓋付きのカップを持ってきて、二枚並んだ皿のわきに置いた。

「お肉は小さく刻んであげれば、フロウラ・ソウルも食べられる」彼女が言った。

料理をふた口食べた彼女は、すごくおいしいと褒めてくれた。よほどお腹が空いていたにちがいない。

「ほんとにおいしい」

ソースを作ったあとに残ったワインを、ふたりで飲んだ。僕の出発前夜、父さんはデザートまで作ってくれたけど、僕はそこまで手が回らなかった。

「明日の朝の電車で帰ろうと思うんだけど、今晩、泊めてもらえるかな?」視線をそらしながらアンナが言った。「私はソファーでかまわないから」と、あわてて付け足した。ちゃんと予備のベッドがあるのに気づいていたらしい。

僕はふたりにベッドをゆずり、自分用にソファーベッドを伸ばした。アンナは娘をベッドに寝かせ、仔犬の模様のパジャマに着替えさせた。それから娘の頬にクリームを塗り、八本の歯を磨き、濡らしたやわらかいブラシで、おでこの巻き毛を横になでつけた。やがて、彼女は娘を抱き上げ、僕の頬におやすみのキスをさせた。フロウラ・ソウルは自分でおしゃぶりを口にくわえ、母親の肩に頭をのせている——ふたりは寝室へ入っていった。

僕が洗い物をしていると、ほどなくアンナが姿を現した。疲れているので、そろそろ子どもと一緒に休もうと思う、と彼女は言った。

「本当にごちそうさま」彼女は言った。「フロウラ・ソウルのことも、よくしてくれてありがとう。すごく助かる」

やがて、彼女は言った。

「じゃあ、おやすみなさい」

「おやすみ」

隣の部屋に母娘がいると思うと、妙な感じだった。まるで九か月前の産室みたいに、僕たちはまた同じ屋根の下で眠っている。夜中に外出してもかまわないような気もしたが、アンナと子どもをアパートに残していくのは、やっぱり気が引けた。それに真っ暗闇のなか、バラ園をうろついてもしかたがない。トマス神父ならきっと歓迎してくれるし、カシスのリキュールを飲みながら映画を観られるだろう。でもこの時間じゃ、たぶん向こうに着くころにはもう、映画は半分くらい終わってしまっているはずだ。

50

翌朝、僕は早く目が覚めた。夕食に必要なものはきのう買ってきたが、こんどは朝食を買ってこないといけない。庭園に行かないのは、この二か月で初めてだった。なにを買えばいいのかよくわからなかったが、とりあえず、袋入りのコーヒーの粉、紅茶、パン、バター、バナナ、チーズ、オートミールを買った。それから、丸パンも買い足した。ミルクはきのう買ってある。ふたりが気持ちよく目覚め、バラ色の頬をして起き出してきたころには、ポリッジ（オートミールなどを水や牛乳で煮て粥のようにしたもの）ができていた。父さんから作り方を教わったのだ。父さんは昔、ヨセフと僕のために毎朝ポリッジを作ってくれた。

アンナは文字入りの水色のTシャツを着て、眼鏡をかけ、髪をポニーテールに結っている。彼女がそんな姿で現れたのは、ちょっと予想外だった――Tシャツの前面に書かれたふたつの単語は、たぶんフィンランド語じゃないだろうか。彼女が娘を僕に渡した。フロウラ・ソウルの前髪がバレッタで留めてある。

三人そろって、家族みたいに朝食のテーブルを囲んだ。僕が娘に食べさせる。娘はひと口食べ終えるたび、お腹を空かせたひな鳥みたいに口を大きく開ける。それから僕はバナナの皮をむいて、娘に持たせた。娘は両手でバナナを持って、ひとりで上手に食べている。

「いい子だね」僕は言った。

バナナを食べ終えると、娘がベタベタの指で僕の顔を触ってきたので、僕は指にチュッとキスをした。

アンナは昨夜より気分がよさそうだった。少し元気になった感じがする。不安そうな表情は消えたが、心ここにあらずといった感じだ——まるで僕のことなど目に入っていないかのように。

「それ、フィンランド語？」Tシャツの文字のことを訊いてみた。

「うん、生命科学学会」そう言って、彼女は微笑んだ。そして席を立ち、荷造りをしに寝室へ入っていった。

「十一時発の電車だから」彼女は言った。

僕は娘を抱いて座っている。

寝室から出てきたアンナは、娘をぎゅっと抱きしめた。娘はにっこりと笑い、「マーマ」と言った。

アンナは僕たちに、バスで行くから駅まで見送りに来なくていいという。「きっと泣いちゃうから」というのだ。ふだんは優しくて理性的なのに、意外と神経質な面もあるらしい。

「わかった」僕がそう言うと、娘がほっぺたを僕の頬に押しつけ、ひげを剃ったばかりのあごを指で触った。

「三、四週間で戻るから。長くても一か月」アンナが言う。

「前にも言ったとおり、心配しなくていいよ。元気で、気をつけてね」

僕はそう言って、不安な気持ちを悟られないようにした。

彼女は娘にキスした。それから、僕の両頬にも。娘はバイバイ、と手を振っている。ふたりとも泣かなかった。

「あなたのこと、信頼してる」彼女が言った。

「心配しないで」僕は言った。「ちゃんと面倒を見るから」

娘がまたママに手を振った。

玄関のドアを閉めたとたんに、ノックの音がした。僕はフロウラ・ソウルを抱っこしたまま、ドアを開けた。

「忘れてた」アンナが戸口で言った。彼女はスーツケースを開けて、包みを取り出した。

「これ、あなたのお父さんから。渡してほしいって、頼まれてたの。うっかりしちゃって、ごめんなさい」

そう言って、彼女がやわらかな包みを差し出した。クリスマス用のラッピングペーパーで包まれ、くるくると巻いた緑のリボンがついている。パジャマを包んであったのと同じようなラッピングペーパーだ。

僕は娘を彼女に預け、包みを受け取った。彼女は娘の頰にキスをして、ずっと離れ離れだったみたいに、ぎゅっと抱きしめた。スーツケースは玄関の床に置きっぱなしだ。アンナの前でプレゼントを開けるのは避けたかったが、娘がもうわくわくしている。母娘そろって僕を見つめ、包みを開けるのを待ち構えているのだから、しかたがない。包みを開けると、ブルーの地に黄色と白の縞模様の手編みのセーターが入っていた。二、三歳の子ども用で、洗剤の香りがする。添えられた手紙に書いてあったとおり、これは僕のセーターだった。父さんの手紙には、自筆でこう書いてあった。

お祭しのとおり、これは母さんがおまえたち双子の三歳の誕生日祝いに編んでやった、おそろいのセーターだ。これはヨセフが着ていたものかもしれない。おまえはとんだやんちゃな子で、どの服もぼろぼろにしてしまったから。弟のほうは行儀がよくて、服でも本でもおもちゃでも、なにひとつ壊さなかったが。

ありがたいことに、おまえは美しい女性とのあいだに素晴らしい子どもを授かるという、幸運と奇跡に恵まれたのだから、このセーターが役に立ちますように。家族に伝わるこのささやかな贈り物は、亡くなった母さんを喜ばせるだけでなく、世代をつなぐ架け橋となって、子どもと父方の親族との絆を強めてくれるだろう。まあ、実用性よりも象徴的な意味合いのほうが強いかもしれないが。穏やかな南風が吹くそちらの海岸では、暖かいセーターの出番はあまりないかもしれないね。それにあの子はまだ小さいから、そのセーターは大きすぎるだろう。

手紙の最後には、娘がもう少し大きくなって、やさしい女《ひと》が十九年前に、三歳の息子のために編んだセーターを着られるようになったら、地上のおじいちゃんも、天国のおばあちゃんも、限りない幸福と喜びで満たされるだろう、と記されていた。そして包みのなかには、母さんの手書きのレシピノートも入っていた。

私の分はコピーを取っておいたから、原本はおまえにあげよう。

僕は使い古したノートを開いて、ぱらぱらとページをめくった。多くのページが取れかかっている。ほとんどがクッキーのレシピだが、ラスクとホイップクリームを浮かべたココアスープのレシピもあった。

「あなたのお父さん、ときどき様子を見に来てくれて」足をもぞもぞさせながら、彼女が言った。「本当に素敵な方ね。フロウラ・ソウルは、お父さんのこと大好きなの」

なるほど、父さんは僕に言わずに、孫娘とその母親に会いにいっていたわけだ。

「私たちも何度か伺ったんだけど」アンナが言った。「あなたが五歳のときの写真を見せてくれた――長靴姿で、そばかすがあって。あとはクラスの集合写真とか、成績表とか」

どうやら、本当に父さんのことが好きらしい。

「お父さんはあなたのこと何て呼んでるの？　ロッビとか、アッディとか、ダッビとか、ずいぶんたくさん、あだ名があるみたいだけど」

「うん、そうなんだ。ダッビって呼ぶのは、僕の将来について話をしたいとき。僕はこうすべきだ、って父さんが思ってることを語りたいとき」

彼女が笑い、つられて僕も笑った。何だかほっとした。彼女もそうみたいだ。

やがて、僕はもう一度言った。じゃあ、気をつけてね。何にも心配しなくていいから。女性に対して、なにも心配しなくていい、と言ってあげられるのが、男というものだから。

僕は娘をベッドの上に座らせ、アンナが娘のために用意したバッグを開け、中身をクローゼットにしまっていった。

綿の肌着にタイツ、何枚ものTシャツ。ウエストと足首にゴムの入った、やわらかなズボンもいろいろある。ちっちゃな靴下にセーター、帽子。ワンピースは二着。それから、見たこともないほど小さいフード付きのジャンパー。どれも清潔で、きちんとたたんである。おもちゃもいくつかあった。人形やぬいぐるみ、ジグソーパズル、アルファベットの文字が書かれた積み木。娘はうつぶせになって、ベッドの端のほうへじりじりと下がっていく。後ろ向きに這っていく姿は、まるでトカゲか、ジャングルで訓練中の兵士みたいだ。やがて、両足がベッドの端に届いた。娘はそうっと床にすべり下りた。

「すごいね」僕は大きな声で言った。

ベッドのわきに立った娘は、満面の笑みを浮かべ、ふらふらする小さな両脚を踏ん張っている。立つことを覚え始めたばかりなのだ。ぽっちゃりとしたひざの下にも、えくぼができている。

レモンの香りの洗剤で隅々まで拭いたけれど、娘が床の上でハイハイするのはどうかと思った。床は冷たいし、落ちているものを口に入れてしまうかもしれない。

「ほら、だめだよ」僕は言った。「床の上でハイハイしないでね」

僕は娘を抱き上げ、ベッドの上に乗せた。仔犬のような四つん這いの恰好だ。

「ここでハイハイしよう」僕は言った。なるべくはっきりと、せいぜい二語か三語の短い言葉で伝えるように心がける。主語、動詞、目的語。それから、ほとんどささやくような声で、僕は慣れない言葉を口にした。まるで新しい自分の——これからの新しい僕の人生の、核となる言葉のように。

「パパのかわいい子は、ここでハイハイしようね」

娘は同じ遊びを繰り返す――ハイハイで後ろに下がっていき、床の上に降りる。

僕はまた、両手で娘のウエストのあたりを持って抱き上げ、ベッドの上に下ろす。娘はすぐに四つん這いになって、全速力の後ろ向きのハイハイでベッドの端まで下がっていくと、くるっと身体の向きを変えて、床の上に足を下ろす。一回につき三十秒くらいだ。四回目に娘を持ち上げてベッドに下ろすと、さすがに娘もくたびれたのか、ちょっぴり機嫌が悪くなっていた。いいかげん飽きたのだろう。動きを制限されて、自分の好きに動き回れないのも気に入らないらしい。僕もくたびれてしまった。まだ母親が去ってから二十分も経っていないのに、子どもの遊び相手のネタが尽きてしまった。やっぱり九か月だと、まだひとり遊びはできないのかな。そろそろ昼寝をさせたほうがいいんだろうか。この子は午後に三時間も昼寝をすると、彼女が言っていたはずだ。そういえば、おむつは何回くらい替えればいいのか、訊いたっけ？　僕が覚えていないだけ？　ちゃんと教えてくれたっけ？　もうそろそろ、替えたほうがいいのかな？

51

三十分後、またノックの音がした。ひょっとしたら三階のひとかもしれない、と僕は思った。きのうアイロンを借りて、返すのを忘れていたのだ。ところがドアを開けると、またアンナが立っていた。

スーツケースを両手に下げたまま、気まずそうに戸口に立っている。

「私、考えたんだけど」視線を床に落としながら、彼女が言った。「もちろん、あなたに異存がなければの話なんだけど」慎重に前置きをしながら、言葉を続ける。「向こうへ行かなくても、ここでもちゃんと論文を書き上げられるんじゃないかな、って。ふたりがお互いに慣れるにしても、そのほうがフロウラ・ソウルにとってもいいと思うの。つまり、私もここで一緒にいるあいだに、あなたに慣れることができたら。もちろん、あなたが反対じゃなければの話だけど」不安そうな声で、アンナが言った。あの子と離れるのが、つらいのだ。

「もちろん、私はリビングのソファーで寝る」彼女が急いで付け加えた。「あなたたちが寝室を使って」やがて、彼女はおずおずと進み出て、腰をかがめ、積み木で遊んでいる娘を抱き上げた――やっぱり、この子には自分がいなくちゃだめなのだ、とでも言わんばかりに。彼女は娘を抱いたまま、ドアのほうへあとずさりして、僕の返事を待っていた。たしかに、僕はまだ承知したわけじゃない。それに厳密に言えば、彼女はさっきこの子を僕に託したのだ。娘はすべてわかっているような様子で、母親を見つめている――ママの味方だよ、と伝えているみたいに。母娘は戸口に立ってじっと僕を見つめながら、返事を待っている。

「それか、私はどこかのゲストハウスに泊まってもいい」床に視線を落としながら、彼女が言った。喉と首元が、とてもきれいだ。

「いずれにしても昼間は、私はずっと図書館にいるし」

彼女のつらい気持ちが伝わってきて、僕はただ彼女を安心させ、腕をそっとなでてやりたくなった。やがて、僕は言った。

「ここにいたらいいよ」声が少し震えていた。

人生がものすごい勢いで変わっていくことなど考えもしないうちに、言葉が口から飛び出していた。

「本当にありがとう」彼女はそっと言った。「かまわなければ、ぜひ」アンナは明らかにほっとした様子で、うれしさがにじみ出ている。

きのうひと晩、彼女にベッドを譲っただけのはずだった。ところがこんどは、一緒に住んでここで論文を書いてもいい、などと言ってしまった。いったいどうなることやら、ちゃんと考えるべきなんじゃないの？　これはつまり、どういうことなんだろう？　彼女も一緒に暮らしながら、子どもの面倒を見るコツを僕に教えるってこと？　だがいっぽう心の奥では、なぜだかわからないけど、うれしく思っている自分がいた。

「じゃあ、僕とフロウラ・ソウルはそろそろベビーカーで出かけるから、論文に取りかかったら？」僕は言った。「寝室はふたりで使いなよ。僕がソファーで寝る」

彼女はスーツケースを寝室へ持っていった。やがて、分厚い遺伝学の本を抱えて戻ってきた彼女は、テーブルに座った。そして、本をめくって真ん中あたりの章を開くと、さっそく読み始めた。

52

子どものころ、僕はよく耳が痛くなったので、出かける前に、レースのフリルがついたブルーのボンネットを娘にかぶせた。前髪の二房の巻き毛がちゃんと見えるように、そこはしっかり注意しながら。それから、子どもを連れて村をひと回りした。ベビーカーを押している僕は、かなり注目を集めたのは否めない。村の人たちの反応が全然ちがって、子どもと一緒のときのほうが、ずっと温かいのだ。それに、以前は気にも留めていなかったことに、僕は気づいた。このあたりでは、子どもの姿をまったく見かけない。けさ、こうやって小さな子どもを連れているのは、村じゅうで僕だけだ。

通りすがりの人たちが娘をじっと見るので、僕はベビーカーを座位のポジションにして、娘がみんなと視線を合わせられるようにした。目抜き通りの端まで歩いていくあいだに、いろんな人たちが娘をうっとりと見つめ、興味津々の眼差しを向けてくる。ベビーカーを押しながら歩いた十五分間のほうが、僕ひとりだったこの二か月よりも、よっぽど女性たちの注目を集めている。女性たちの精神生活は僕には複雑すぎるようで、予想外の反応が返ってくるのはいつものことだけど。ベビーカーを押しながら目抜き通りを二往復したあと、僕は教会へ行こうと思いついた。娘にそっくりの御子《みこ》イエスの祭壇画を見せようと思ったのだ。

教会のでこぼこした石張りの床面のせいで、ベビーカーがガタガタ揺れる。僕は入口近くの「最後の審判」の絵の下にベビーカーを停め、おしゃぶりをくわえた子どもを抱っこした。もしミサの最中でも、教会に子どもを連れてきたことをとがめる人はいないだろう。ベンチを見渡すと、お年寄りの女性が数名いるだけだった。僕はいきなり祭壇画の前には行かず、しばらく後ろの席に座って、娘を薄暗がりに慣れさせることにした。やがて、僕たちは聖堂の正面にある内陣《チャンセル》のほうへ、ゆっくりと歩いていった。途中の壁に飾られた絵画の数々を、題名を読み上げながら娘に見せる。どの絵もじっくりと観ていった。娘は興味を示し、僕の腕のなかで活発に動いている。赤毛の長い髪をしたマグダラのマリアの絵を観たあと、聖ヨセフの絵の前で、僕は足を止めた。がっくりと肩を落として人生の重荷を背負った、悩み疲れた老人の姿が描かれている。僕は献金箱に小銭を入れ、キャンドルを一本灯した。銘には、聖ヨセフは誠実な夫で、信仰心の篤い努力家だと書いてある。彼は養父だものな、と僕は思った。彼は、自分に与えられた責任を果たしたのだ。聖ヨセフとちがって、僕は養父じゃない。娘の耳たぶは僕にそっくりだし、脚の付け根の同じ場所にあざもある。聖書の言葉で言うなら、「わたしの肉の肉」（「創世記」二章二十三節）だ。だけど、僕は聖ヨセフに何となく共感を覚えた――寝床のなかで、彼はきっと孤独だったにちがいない。

「ヨセフ、わが兄弟よ」僕は戯れにそう言った。それでふと、弟のヨセフに絵葉書を送ってやろうと思っていたのを思い出した。弟は切手を集めているのだ。

「ほら、男の子だよ」玉座について御子を抱いた聖母マリアの絵の前に来たとき、僕は言った。娘は僕の腕のなかでもぞもぞ動くのをやめ、びっくりするほどおとなしく、神妙になった。娘は瞳を大きく見開き、バラ色の頬も、えくぼも、額にかかった二房の金色の巻き毛もそっくりの、生き写しのような御子をじっと見つめている。娘を抱いて、あらためてこの絵の前に立ってみると、信じられないほどよく似ている。以前は御子イエスの耳には目を留めていなかったが、耳の形までそっくりだとは。絵の前でひざまずいていた女性が、立ち上がって、僕の娘と絵を交互に見ながら驚嘆している。なにを考えているか、言わなくてもわかった。

教会を出る前に、僕はプラスチックの聖像を売っている小さな売店の女性に、あの絵のことをたずねてみた。すると、あの絵に関してはわからないことだらけなんです、と女性は答えた。彼女自身も興味があり、またよく人に質問されることもあって、トマス神父を含めていろいろな人に訊いてみたが、たいしたことはわからなかったという。この絵を描いた画家についてさえ、不明な点が多いのだ。

「でもおそらく、無名の女性画家の作品だろうと言われています。隣の県の有名な画家の娘らしいですが、その画家もいまではもう、ほとんど忘れられてしまいました」

売店の女性はそう語りながら、娘にプラスチックの聖像を触らせてくれた。聖像の光輪に、娘が小さな人差し指をすっと挿《さ》し入れた。

53

僕の目下の関心事は、食料品の買い出しだ。母娘のためにディナーを作るのは一度きりのはずだったのに、まったく思いもよらないことになった。はっきりと話し合ったわけでもなく、きゅうに家庭生活が始まってしまい、彼女と子どもが隣の部屋で寝ているのだ。僕にとってはあらかじめ考えて決めたことでもなく、心の準備をするひまもなかった。買い物するにしたって、これからは三人に必要なものを買わないといけない。

アンナはなにが好きなんだろう？　ミックスベリー・ヨーグルトよりラズベリー・ヨーグルトのほうが好きかな？　女のひとは細かいことまで気にするから大変だ。でも、アンナの場合、脂肪分をチェックして僕をにらみつけるようなことは、たぶんないような気がする。きのうの夕食の様子を見ても、アンナは目の前に置かれたものは何でも食べそうだ。料理をぺろりと平らげたうえに、お代わりまでしたのだから。

「これ、全部食べちゃってもいい？」僕が食べ終えたのを見て、彼女はそう言い、鍋に残っていたお肉とソースをきれいに食べてしまった。

どこへでもベビーカーで出かけるのはちょっと面倒だけど、荷物入れのラックや子どもの足元にも荷物を積めるのは、けっこう便利そうだ。食料品をいろいろ買うのは初めてだが、とりあえず果物売り場へ行った。いま、うちは三人だから、何でも三つずつ買う。りんごも、オレンジも、洋梨も、キウイも三個ずつ。それにバナナも三本――フロウラ・ソウルがバナナを指差して、「バ、バ、バ」と言ったから。いちごとラズベリーも買った。それから、じゃがいもを一袋。今晩の夕食のメニューを考えなくちゃいけない――何だかんだ言って、きのうと同じで仔牛肉と茄でたじゃがいもになってしまうかもしれないけど。あとは、料理のしかたすらよくわからない野菜も、何種類か買ってみる。僕が一つひとつ指差したものを、店の人が紙袋に入れていき、数字をさっと紙に書きとめた。野菜も同じように買っていく。トマト、玉ねぎ、ピーマンを三個ずつ。それに、野菜だか果物だかわからない紫色のなにかも三個買った。

肉屋で仔牛肉を買って外に出たら、トマス神父にばったり会った。彼は僕と握手したあと、娘を見て目が釘付けになっていた――まるで新たな事実を発見したかのように。フロウラ・ソウルはとても興奮していて、神父に挨拶したがっているのがわかった。僕はベビーカーから娘を抱き上げ、抱っこしたまま立ち話をして、父親らしいところを見せた。娘がトマス神父ににっこりと笑いかけ、神父が娘の頭をなでた。すると、娘はきゅうに恥ずかしがって、僕の肩に頭をのせた。

「美しくて、賢い子だね」彼が言った。「きみたちのおかげで、この村の平均年齢が下がったんじゃないかな。このあたりは、若い人たちが少ないから」

僕は神父に、庭園にはまだあと二、三日は行けそうにないが、午後に何時間か子守りをしてくれる人を見つけて、必ず戻りますと伝えた。アンナのことは、話が面倒になりそうなので言わなかった。それに、まだアンナにも庭園のことは話していないのだ。

「きみがいないあいだは、ブラザー・マチューが水やりをすることになっている」と神父が言った。

僕はいつのまにか彼に、料理のレシピをなにかご存じですか、とたずねていた。

「あまり手間のかかるものは困るんですが」僕は言った。「ほとんど料理をしたことがないもので」

そして、きのうは仔牛肉の赤ワインソースがけがなかなかうまくできて、今夜もまた仔牛肉を食べる予定だと伝えた。でもさすがに、もう少しレパートリーを増やす必要がある。

僕がそんなことを訊いても、神父はちっとも驚かなかった。少なくとも、驚いた様子は見せなかった。そして、自分は料理はまったくしないけれども、参考になりそうな映画をいくつか紹介できると思う、と言った。

「まず思いつくのは、『コックと泥棒、その妻と愛人』だが、かなり奇抜な映画だし、あまり参考にならないかな。そうすると、『恋人たちの食卓』、『ショコラ』、『バベットの晩餐会』、『赤い薔薇ソースの伝説』、『恋する惑星』。それに『花様年華』あたりだろうか」神父はそう言って、タイトルはうろ覚えで申し訳ないが、と付け加えた。

『ショコラ』という映画は、チョコレート店の映画だ。「基本的なテーマは善と悪の闘いで、教区の神父が悪、チョコレート職人の女性が善の象徴なんだ」通りかかった老婦人に会釈しながら、神父が生き生きとした声で言った。「映画のなかでは計量などしないから、レシピや分量はわからないとしても、料理の参考にはなるだろう。買い物が終わったら、子どもを連れてちょっと見に来たらいいよ」と言う。

買い物はもう済んだし、とくにやるべきこともなかったので、僕たちは神父と一緒にゲストハウスに行くことにした。トマス神父は棚から何本かの映画を取り出し、机の上に並べた。そのうちの一本を手に取ると、ケースからテープを出してビデオデッキに挿入した。食に対する愛をこんなふうに描いた監督はいない、と神父が語る。僕の料理の参考になりそうなシーンが見つかるまで、それから数分かかった。そのあいだ、娘は神父のことを興味深そうにじっと見つめていた。

スクリーンにアジアの人たちの顔が映った。凝った髪型をして、美しいドレスを着た女性たち。神父が選んだのは二分間ほどのシーンで、人びとがヌードルスープの入ったテイクアウトの容器を持って、狭い通路や濡れた小路を行き来していた。

つぎに神父が選んだのは、ある映画の冒頭のシーンで、主人公が鋭いナイフで雌鶏を殺し、ひどく手間のかかる食事を驚くほどの短時間で用意する。この映画で僕が気になったのは、主人公の圧巻のナイフコレクションだ。何百本もの鋭利な刃物が、キッチンの壁一面にずらりと並んでいるのだ。神父はそのビデオを取り出し、三本目のビデオを入れた。少し早送りしてから、ちょっと巻き戻す。やがて、神父は肩越しに振り返り、ためらうような視線を九か月の娘に向けて言った。

「これは、子どもにはふさわしくないな」

54

家に帰る途中、僕は床屋の隣にある子ども服の店に寄ってみようと思い立った。ショーウィンドーを覗くと、娘に似合いそうな花模様のワンピースがあった。古めかしい店構えで、子ども服もちょっぴり時代遅れな感じがする。店主は九十歳近い老婦人で、店に客が入ってきたのを喜んで、すぐにワンピースを二着持ってきてくれた。ひとつはスコティッシュ・ブルーベルの木の実の模様、もうひとつはピンクのバラの花模様だ。僕はフロウラ・ソウルをカウンターの上に立たせ、ワンピースを当ててみた。けれども、まだ寸胴な子どもにデザインが合うのかどうか、どうもぴんとこない。すると店主が、そういえば黄色のワンピースもありますよ、と言って、裏の在庫の棚から取ってきた。白ユリの花模様のワンピースで、きれいなレース編みの襟がついている。その服にぴったりの黄色のタイツもあった。僕は両方とも気に入って、買うことにした。支払いを済ませようとしたら、店主が、その服にお似合いのコートも必要でしょう、お安くしますよ、と言い出した。店主はすぐに透明な袋に入ったコートを持ってきた。とても小さな赤ワイン色のウールのコートで、裏地もポケットも付いており、襟にはステッチが施してある。僕は娘にコートを着せ、カウンターの上に立たせた。まだ小さい娘には丈が少し長すぎるが、色はとても似合っている。その立ち姿ときたら、美術館に飾られた陶器の人形のよう——まるで、小さなおとなだ。すると、そこへ常連のお客さんらしき、ふたりの老婦人が店に入ってきて、たちまち娘をほめそやした。結局、僕は赤ワイン色のコートも黄色のワンピースもタイツも買って、店を出たのだった。

夕方、僕はまた仔牛肉と赤ワインソースの料理を作った。でもきょうは、ふたりのために、肉をスライスではなくひと口大にカットして、仔牛のグーラーシュを作った。付け合わせはきのうと同じ茹でたじゃがいもだけど、今夜はマッシュポテトにした。

夕食後、僕は娘に新しいワンピースとコートを着せて、アンナに見せた。店でやったのと同じように、娘をテーブルの上に立たせると、娘は喜んで手をたたいた。

アンナは笑って一緒に手をたたき、うっとりと娘を見つめたが、またすぐに本を読み始めた。子どもに対する彼女のあっさりとした反応を見ると、僕はちょっと心配になる。アンナが子どもと遊ぶのはほんの一瞬で、ふざけたり、笑い声を上げたり、くすくす笑ったりもするけど、すぐにうわの空になって、興味をなくしてしまうのだ。彼女はフロウラ・ソウルを僕にまかせ、テーブルに戻って本を開く。まさか娘より研究に興味があるのだとは思わないけれど、彼女が朗らかな時間はあまりに短くて、何だか心配になってしまう。

55

普通の日なんてない。なにもかも——父親としての役割に関する限り、本当になにもかも、僕にとっては新しいことばかりだ。夕方、僕は初めて娘をお風呂に入れた。ここはお湯がなかなか出ないし、水圧も弱いので、浴槽にお湯を張るのにすごく時間がかかる。そこで、僕はキッチンの大きめのシンクに娘を入れて、沐浴させることにした。

蛇口からお湯が出るのを面白がって、娘は大はしゃぎだ。シンクのお湯につかった娘は、プラスチックのカップをお湯で満たしては、すぐ空っぽにして遊んでいる。まもなく、僕はびしょ濡れになり、床も水浸しになった。たぶんいちばん簡単なのは、僕が入浴するときに、娘も一緒にお風呂に入れることだろう。ただそうなると困るのは、娘をシャンプーして（前髪の二房の巻き毛もちゃんとすすいで）やったあと、娘を誰かに受け取ってもらわないと、僕は自分の頭も身体も洗えないことだ。シンクでの沐浴を済ませると、僕は娘の小さなやわらかい身体をタオルで包み、やわらかいブラシで髪をとかしてやった。そうだ、あの黄色のワンピースにぴったりのリボンを買ってあげよう。そう思いついた僕は、リボンに当たる言葉を辞書で調べ、メモに書きとめた。

「あした一緒にリボンを買いにいって、髪につけようね」僕は娘に言った。

「ね、ね」娘は大きな声ではっきりと言った。

娘にパジャマを着せる。ボタンは二か所だけで、ひとつはお腹の上、もうひとつは喉の下だ。それから、お風呂上がりでにこにこしている娘を、彼女のところへ連れていった。テーブルで、まだ本にかじりついている。僕は彼女の創造の賜物の——僕たちの創造の賜物の——この愛らしさに、目を瞠《みは》ってほしかったのだ。アンナは娘に気づいて微笑み、片方のえくぼにチュッとした。

「新しいパジャマを着せたの？」彼女が訊いた。

「そう、きょう村のお店で一緒に買ってきたんだ」僕はそう言って娘をテーブルの上に乗せ、緑色のウサギが描かれたピンクのフランネルのパジャマが、ママによく見えるようにした。

「かわいい」彼女はうなずきながら言った。「とってもかわいい」ところが、彼女はアクアマリンの瞳で、フロウラ・ソウルではなく僕を見た。娘は母親に抱っこをせがんで腕を伸ばしたが、すぐに僕の肩に頭をのせてきた。もう眠いのだ。

「ねんね」おりこうさんがはっきりと、繰り返し言った。

修道士たちが運んできてくれたベビーベッドに、子どもを寝かせる。トマス神父はいったいどうやってベッドを見つけてくれたのだろう？　もう部屋のカーテンは閉めてあるのに、この子のまわりは何だかいつも、ぼうっと光っているように見える。きょうみたいな曇りの日でも。そう言っていた人たちはほかにもいて、たとえば三階のおばあさんも、僕がアイロンを返しにいったとき、お宅の赤ちゃんは光に包まれているみたいだわね、と言っていた。

フロウラ・ソウルが寝付くまで、たいして時間はかからない。僕が寝室から出てくると、アンナはもうテーブルで科学書を読みふけっていた。洗い物を済ませ、子どものおもちゃも片付けてある。夜くらいちょっと息抜きに、その辺をひと回りしてきたら、とでも言ってみようか？　彼女のために、村の地図を描いてあげてもいい。おもな道路は目抜き通りと、僕たちのアパートメントの前の通りのふたつだけで、十字に交差している。立ち寄ったらよさそうな場所を、いくつか書き加えてもいいかもしれない。教会とタウンホールと郵便局。それに、郵便局の隣のカフェ。すぐにひと回りできてしまうだろう。でもそんなことを言ったら、フロウラ・ソウルが寝たあと、まるで僕が彼女とふたりきりになるのを避けているように思われるだろうか？　それに、もし彼女が道に迷って、誰かに声をかけられたりしたら？　僕は思い直して、テーブルの向かいの席に座った。なぜだか突然、僕の人生について彼女がまだ知らないことを、打ち明けたくなったのだ。

僕は弟のヨセフとふたりで写っている写真を持ってきて、彼女に見せた。僕らは庭で並んで立っているが、僕はめずらしく弟の手を握っていない。

「親戚じゃないよね?」彼女が訊いた。

そう言われても不思議じゃない。ヨセフは僕より頭ひとつ分背が低くて、外見も僕とはまったくちがうから、ごく自然な反応だ。でも、ヨセフがほかの人たちと異なっている点は、外見じゃない。ぱっと見た感じ、彼はすごくかっこよくて、髪は黒っぽく、瞳は栗色で、海から上がってきたばかりのような、小麦色の肌をしている。ヨセフがしゃべらないことがわかっても、彼に魅力を感じる女性はたくさんいる。弟がどんなにかっこいいか、僕はずっと思い知らされてきたから、自分のことは何となく正反対だと感じていた。

「じつは僕たち、双子も同然なんだ」

彼女が僕の目をまっすぐに見た。瞳の色がいつもとちがって、アクアマリンというよりターコイズブルーに見える。

「双子も同然って、どういう意味?」

「つまり、同じ日に生まれたわけじゃないんだけど、双子にはちがいなくて、お母さんのお腹のなかでは一緒だったんだ。だけど僕が先に生まれて、弟は二時間後、ちょうど日付が変わったあとに生まれたんだよ。そういうわけで、実質的には僕らは双子だから、誕生日も同じ日に、僕が生まれた十一月九日にお祝いするんだ」

「弟がいるなんて、言ってなかったよね。ひとりっ子だと思ってた」

「そうだね、でもいるんだ。母さんが死んで、弟はいまコミュニティホームで暮らしてる。どこが悪いのか、医者にもわからないんだ。診断結果もまちまちで、たぶん脳の神経伝達機能の異常のほかに、自閉症もあるみたい。弟はしゃべらないから、うちの家族ではおとなしいほうでね。弟に障害があるのを知らない人は、まったく気づかないことも多いよ。ずいぶん聞き上手な人もいるもんだと思って、うれしいみたい」僕はにっこり笑って言った。

アンナはうなずいた。僕がヨセフについて話すことがよくわかり、純粋に興味を持っているようだった。診断についてもっと聞かせてほしいと言われ、そうか、まさに彼女の得意分野の遺伝学の話だものな、と僕は思った。彼女は鉛筆もはさまずに、分厚い本を閉じた。ひとやすみという感じではなくて、きょうはもう勉強するのはやめたみたいだ。

「弟はごく普通に振る舞ったり、対応したりできる。人に会ったら握手をするし、身だしなみもきちんとしてるし。ときどき、やけに鮮やかな色の服を着たりするけどね」

僕がいまアンナに見せている写真では、彼は蝶模様のすみれ色のシャツを着て——母さんが買ってやった最後のシャツだ——ミントグリーンのネクタイをしている。

「ヨセフは自分でネクタイを結べないから、父さんか僕が結んであげるんだ。週末にうちに帰ってくると、ヨセフはすぐに服をたたんで、以前使っていたクローゼットにしまう。たった一泊でもね。朝起きて三分後にはもう、ベッドが完璧に整ってる。ベッドカバーにしわひとつなくて、清掃係が三人がかりで片づけたホテルの部屋みたいだよ」

アンナは弟が構築した生活のルールについて、もっと知りたがった。

「弟の生活には、なにをするにも決まったやり方があるんだ」僕は言った。「週末にうちに帰ってきたときも、いつも同じことをしたがる。たとえばポップコーンを作ったり、僕とダンスしたりね。

母さんが死んで、弟が施設に入って、最初の週末にうちに帰ってきたときは、何となくそっけなくて、不安そうだった。弟のことは、いつも母さんがこまめに世話を焼いていたからね。何度も温室に行って、母さんの姿を探してた。でも、つぎに帰ってきたときには、ヨセフはもう以前とはちがうってことを理解していて、新しい環境に慣れようとしているように見えた。彼なりに、新しい生活のシステムを築いたんだ。じつはけっこう、順応力が高いんだよ」

アンナはうなずいた。僕の言っている意味がわかるのだ。僕はワインのボトルを手に取り、ふたつのグラスに注いだ。

「弟がほかの人たちとちがっている大きな点は、いつも気分が安定してるってこと。あいつはいつも機嫌がいい」僕は言った。「玄関の暖かい色の外灯みたいに、心が明るく灯ってるんだ。それから、この世の美しいものに魅力を感じる。とってもいいやつだよ」僕は言った。「嘘がつけないしね」

僕は微笑んだ。彼女も微笑んだ。

「あなたはどうなの？　ときには嘘をつく？」僕をまっすぐに見つめて、彼女が言った。

僕はどぎまぎした。セーターの下で、心臓がドキドキしているのがわかる。

「いや、でも本音を言わないことはあるかな」僕は答えた。

夜もふけて、僕はまたソファーベッドを引っぱり出した。ふとんにもぐりこんだ僕は、壁のすぐ向こうで、ひとり寝には大きすぎるベッドで彼女が寝ていることを、なるべく考えないようにした。それより、明日の食事のメニューを考えることに集中しよう。デザートでも作ってみるかな、と僕は思った。母さんのココアスープのレシピなんか、いいかもしれない。

56

まったく予想外の展開で、母娘との暮らしが始まって三日になるが、子どもをベビーカーに乗せて三人で出かけるのは初めてだった。きょうは、彼女に図書館の場所を教えるという特別な目的がある。アンナがベビーカーのポジションを座位に調節して、娘を座らせ、僕たちは交代でベビーカーを押していった。娘は黄色の花模様のワンピースを着て、髪にリボンをつけている。村の人たちがじろじろ見るので、僕はみんなに言いたくなった――僕たちは夫婦じゃないんです。子どもをベビーカーに乗せて散歩してるからって、一緒に寝てるわけじゃないですから。それにこんなのは、ほんのいっときのことなんです。

図書館はカフェの隣にある。アンナがまた科学書を読みふける前に、僕たちは舗道に出ている三つのテーブルのひとつに腰を下ろした。ベビーカーをはさんで、ふたりで向かい合って座るかたちだ。僕がベビーカーのブレーキをかけ、アンナは娘のボンネットの緩んだひもを結び直した。彼女が娘にいちごをひとつ与えると、娘はたちまちかぶりついた。隣のテーブルには老夫婦がいて、男性が妻と同じものを注文している声が聞こえた。ああやって同じものを注文するのが、円満な夫婦のしるしなのかな？　だったら僕もアンナと――子どもの母親と――同じものを頼んだほうがいいんだろうか？　僕は頭のなかで、注文する表現を何通りか練習した。僕はここに来てもう二か月になるのだから、こっちの方言で彼女の分も注文してあげないと。

「コーヒーをひとつ」カフェのオーナーに微笑みながら、アンナが方言でさらっと言った。

「僕も同じのを」僕はあわてて言った。

娘は興奮して手をたたきながら、僕の言葉をまねしている。

もしカフェのオーナーに訊かれたら、ちゃんと否定しよう。

「こちら、ガールフレンド？」

だが、そんなことは訊かれなかった。

店内に戻る前、オーナーはかがみこんで娘をあやし、頬をやさしくつまんで、頭をなでた。ここの人たちは子どもにやさしくて、素通りしていく人などほとんどいない。それに、男たちの視線がアンナに集まるのにも、気づかずにはいられなかった。アンナが子どもと一緒のときは、子どもよりもアンナに視線が集まることに、僕は気づいた。我ながら、複雑な気分だった――ついさっきまで、夫婦に見られたらどうしよう、なんて思っていたくせに。

図書館の石段に座っている男が、アンナのことをじろじろ見つめている。あまりにも露骨で失礼なくらいだ。やめろと言いたいところだが、僕は娘をベビーカーから抱き上げ、ひざの上に座らせた。娘はそわそわと落ち着かないものの、コーヒーカップには手をふれない。おしゃぶりをくわえさせても、すぐに出してしまう。娘が僕のひざの上で立とうとするので、僕は娘を立たせて身体を支え、まわりが見えるようにしてやった。娘が石段に座っている男に手を振ると、向こうも手を振り返した。それから、僕は娘を隣の空いている席に座らせた。両親のあいだの椅子に座った娘の頭は、やっとテーブルの端に届くくらいだ。親である僕たちは、誇らしげに娘を見つめた。頭のなかで、僕は小さい子どもの父親になりきろうとしていた。子どもの母親が僕に微笑みかけた。石段のあの男にも、この笑顔を見せつけてやりたい。こうやって僕の新しい人生が始まっていく。こうやって現実味が増していく。

57

朝の九時、アンナはもう図書館へ出かけ、娘と僕も起きてから一時間半が経っていた。まだアンナには庭園のことを話していなかったが、そろそろ水やりに行かなければならない。ブラザー・マチューに水やりを任せておくわけにはいかなかった。何と言っても、八十代なのだから。

子どもの面倒を見るのは大変だ。じっと考えごとをしている暇もない。子どもが起きているあいだは、全神経を集中させる必要がある。子どもの世話をする僕の手つきはぎこちなくて、とても母親のようにはいかないけど、娘はそんなことはおかまいなしに、いつものようにマイペースだ。でも僕は父親の役割を果たすために、僕なりに最善を尽くしたいと思っている。やるべきことをちゃんとやって、心を落ち着かせて。アンナが図書館から帰ってくるまで、僕は子どもにやさしく接しようと心がける。

娘はたいてい機嫌がいいけれど、機嫌が悪くなることがまったくないわけじゃない。でもどうやら、娘の機嫌は、僕の気分や周囲のできごとに左右されるわけではないようだ。僕は機嫌のいい子どもだったんだろうか？　父さんは僕よりもヨセフと一緒にいることが多くて、僕は母さんとふたりで過ごすことが多かったのだけど。

それから、娘には思いがけない一面がある。邪魔をされずに、ひとりで過ごしたがるときがあるのだ。そんなとき、娘はいつになく真剣な表情を浮かべ、眉をひそめたりする。ハイハイして寝室に入っていって、ドアを閉めようとしたり、誰にも見つからなそうな隠れ場所を探したりする。僕は娘から目を離さないように注意しつつ、なるべくそっとしておいてやる。娘がまた世界を受け入れる気持ちになって、隠れ場所からハイハイして出てくると、僕は声をかける。

「僕のかわいい隠者《ハーミット》さん」

このおちびさんには、じつに面白いところや興味深いところがたくさんある。たとえば、口笛の吹き方。僕は今朝、娘が口をすぼめる練習をしているのに気づいた。寝室の床にぺたんと座ったまま、鏡を見て唇の形を何度も確かめている。ようやくできるようになると、娘は胸いっぱいに空気を吸い、すぼめた口から吹いてみせた。きれいな音が出たとたん、九か月の娘はびっくり仰天した。僕が微笑みかけると、娘はすっかり得意になって、また口をすぼめて口笛を吹いた。

「おりこうさんだね。びっくりするほどおりこうさんだ」僕は言った。

「パパが歌うから、フロウラ・ソウルも一緒に口笛を吹いてみる？」

娘は大喜びで、僕もすっかり有頂天のお父さんになった。はやくアンナが図書館から帰ってきて、この親としての誇らしい気持ちを分かち合えたらいいのに。母さんにも、孫娘を見てもらいたかった。父親になった僕の姿も、見てほしかった。母さんはアンナのことを好きになっただろうか？

僕は娘を床から抱き上げ、花柄のワンピースとブルーのカーディガンを着せた。それから帽子をかぶせ、娘を鏡の前に立たせて、自分の姿を見せた。どうやら、おしゃれをするのが楽しいらしい。

「ベビーカーに乗って、パパのバラの花を見にいこうか？　フロウラ・ソウルとパパとふたりでお庭に行って、修道士さんたちに会って、それからロサ・カンディダを見ようか？」

僕は娘の口におしゃぶりをくわえさせ、ベビーカーを押して外に出た。ブランケットをかけてやると、娘はすぐに寝てしまった。

バラ園へと続く石段の前で、僕はベビーカーから娘を抱き上げ、ブランケットと枕を持って、丘を登っていった。やがて庭園に着くと、僕は草の上にブランケットを広げて娘を寝かせ、すぐそばの花壇で作業をした。娘は一時間、ぐっすり眠った。そのあいだ別の花壇へ移るために、娘を抱えて二回移動し、つねに目の届くところに寝かせておいた。

やがて、突然目を覚ました娘が、身体を起こした。何だかきょとんとしている。まわりを見回して、僕の姿を見つけると、娘は満面の笑みを浮かべた。そしてブランケットから抜け出すと、輝かしい緑のなかへと進み出した。

「パパのかわいい子は、おむつを替えようか？」僕は園芸用の手袋をとりながら言った。

おむつを替えたあと、僕たちはベンチに座った。プラスチックの蓋付きカップに入れた、洋ナシのジュースを娘に飲ませた。

「お花の香り、かいでみる？」

満開の丈の短いバラが、ちょうど娘の背丈と同じくらいで、娘も興味津々の様子だ。娘はすぐ右側の、赤みがかったピンクのバラのつぼみに、人差し指でそっとふれた。そしてお芝居のようなしぐさで首を曲げ、花の香りを吸い込むと、あっと驚いて息を呑《の》んだ。僕は思わず笑い声をあげた。すると、図書室にいたはずのブラザー・ヤコブとブラザー・マチューが、いつのまにか庭園に出てきていた。いつから僕たちの様子を見ていたのか知らないけれど、ふたりともにっこりと笑顔を浮かべている。ふたりがほかの修道士たちを呼び集め、とうとう十一人が集まった。来ていないのはブラザー・ザカリアだけだ。みんなはフロウラ・ソウルに、さっきみたいにお花の香りをかいでごらん、とせがんだ。注目を浴びた娘は得意になって、すぐにもう一度やってみせた。修道士たちはみんな大うけして笑っている。僕は子どもを連れてきたことに、少しやきもきしていた。何と言っても、庭園は修道院の一部だから、長居をするつもりはなかったのだ。

ブラザー・ミカエルがどこかへ行ったかと思うと、すぐにボールを持って戻ってきた。サッカーボールくらいの大きさだが、ピンク色でイルカらしき絵が描いてある。子どもを囲んでボール遊びをするにはどんな方法がいいか、みんなで話し合った結果、芝生の上で、子どもに向かってゆっくりとボールを転がすことになった。娘はすっかりはしゃいで笑いながら、手をたたいている。ゲームのルールも、たちまち理解してしまった。娘はうれしそうに、ブラザー・ポールのはげ頭をなでなでしている。家に帰る前、僕はバラの花を何本も摘んで持ち帰った。娘をおんぶして石段を降りながら、そうだ、こんど忘れずに、ブラザー・ガブリエルに野菜スープのレシピを訊かなくちゃ、と思いついた。

花瓶にバラの花を生けて、テーブルの真ん中に置いたとたん、こんなにたくさんのバラの花を持って帰ってきたのは、ちょっと軽はずみだったような気もしてきた——このバラは娘からママへ、ということにしておかないと。

夜、子どもを寝かしつけてから、僕はアンナに庭園のことを詳しく話した。何世紀もの歴史を持つ庭園でありながら、手入れを怠った結果、絶滅寸前になってしまったいくつかの希少な品種のバラを、僕が保護しようとしていることも話した。

「あなたのお父さん、庭園の仕事のことはなにも言ってなかった」

「多くの品種が、絶滅の危機にあるんだ」僕は言った。「そうなったら、植物相《そう》の減少にもつながってしまう」遺伝子の専門家なら、よく理解できる観点だ。

「そうだよね」彼女は言った。「じゃあ、昼間は交代であの子の面倒を見ればいいんじゃないかな。午後は私がフロウラ・ソウルと一緒にいれば、あなたは庭園へ行ける。そのかわり、夜、あの子を寝かしつけたあとに、私はまたちょっと勉強する。あなたさえよければ、そうしない？」

58

家事と娘の育児について、僕たちのあいだでは、とりあえず取り決めができ上がっていた。最初の日に僕が夕食を作ったのがきっかけで、二日目以降も当然のように、料理は僕がやることになっていた。この新しい家庭生活において、家事の分担は最初から決まっていたようなものだったのだ。遺伝学の専門家も、料理に関しては僕よりも知識がなさそうだった。それでも買い物は担当してくれて、よく図書館の帰りに、ベーカリーでいろんなケーキやタルトを買ってくる。僕はこの短期間にレシピを増やせるはずもなく、三日連続で仔牛肉を焼き、赤ワインソースを作った。それでも、二日目のグーラーシュとは変化をつけるため、三日目はお肉を細切りにして、新玉ねぎと炒めてみた。付け合わせには、じゃがいも、にんじん、グリーンピース、ほうれん草を茹でたのだが、赤ワインソースとの相性はまあまあだった。ふたりとも、文句ひとつ言わずに食べてくれる。娘はつぶしたにんじんとほうれん草、それに細かく切ったお肉をもりもり食べた。アンナは三日連続で夕食をぺろりと平らげ、お代わりもした。それでも、アンナはすごく痩せている。Tシャツからあばら骨が浮いてみえるし、ジーンズを穿《は》いてもヒップまわりはぶかぶかだ。ここにいるあいだに、彼女をもうちょっと太らせよう、と僕は決心した。もう少しふっくらとしたお母さんになってもらいたい。そのためにはまず、レシピをもっと増やさないと。翌日、僕は誰かに会うたびにレシピをたずねた。肉屋の店主には、もっとほかの種類の肉も試したらどうかと言われたが、まだちょっと早い気がした。すると店主は、同じ仔牛肉でもクリームソースにしたらいいよ、と言って作り方を教えてくれた。

「肉を焼いたあとのフライパンに、赤ワインのかわりにクリームを加えれば、濃厚なライトブラウンソースができる。クリームのあとに赤ワインも加えれば、さらっとしたブラウンソースができる。お好みしだいだね」

それから書店に行き、料理本を二冊めくってみた。どちらもこの村の方言で書かれており、片方にはイカのレシピしか載っていないようだった。それに、どちらの本も古そうだ。パーティー料理がずらりと並んだテーブルのそばに立っている人たちの服装も、けばけばしい料理の色彩も、何だか時代を感じさせる。

最後にレストランに立ち寄って、シェフの女性に料理を一、二品教えてほしいと頼んだ。どこへ行くにも子どもを連れていくのは、そのほうがちゃんと教えてもらえそうな気がするからだ。シェフいわく、にんにくの使い方を覚えると、料理がうまくなるらしい。彼女は壁につりさげたにんにくをひとつ取り、房に分けて、僕に皮を剝く練習をさせた。

「まず皮を剝いて、縦にスライスしてから潰すの」

シェフは僕に何度か同じことをやらせ、明らかに覚えが速いね、と言った。僕がまな板の上でにんにくを切っているあいだ、シェフは娘を抱っこしていてくれた。つぎに、イカの処理の仕方を教えてくれた。下処理をしたら、イカをひと口大に切って、フライパンで油を熱し、イカを入れてさっと炒める。彼女は同じことを二回言って、僕にも繰り返させた。それで、どんな料理ができるの、と訊かれたので、僕は仔牛肉の料理や、じゃがいもや、ソースの話をした。

「じゃがいものかわりにお米を茹でてもいい」彼女は言った。「分量はお米一カップに対して、水一カップ。鍋にお米と水を入れて火にかけて、煮立ったら弱火にして、蓋をしたまま十分煮る」シェフはそれも二回言った。いろいろ教えてくれてありがとう、と言おうとしたら、シェフが厨房の奥へ姿を消し、ボウルを持ってきて、僕に手渡した。

「プラムパイ」彼女は言った。「デザートに食べて。何なら、料理の持ち帰りもできるからね」

それからシェフが、娘をもう一度抱っこしたいと言うので、娘を渡した。フロウラ・ソウルはふっくらとした短い指でシェフの頰を触った。そして、まるで神父が子どもを祝福するように、手のひらを彼女の額にそっと当てた。

帰り道、僕は肉屋に寄ってまた仔牛肉を買った。店主が肉を切り分けると、僕は後ろにある肉挽《ひ》き機を指差した。今夜はミートボールを作りたいので、肉を挽いてほしいと頼んだのだ。バルコニーのハーブを少し摘んで、クリームソースに加えようと決めていた。ミートボールには、よく合うはずだ。

電話ボックスのわきを通りかかって、そういえば、二週間も父さんと話していないことに気づいた。僕はフロウラ・ソウルをベビーカーから抱き上げ、抱っこしたまま電話をかけた。母娘が一緒にいるあいだは、きっと父さんも僕の将来のことをたずねたりはしないはずだ。いまの僕は、子どもの父親としての役割を担っている。そしてその子は、ある女性の子どもでもある。いまの僕の人生における役割を説明しようと思ったら、たぶんそれがいちばん近い気がする。

「おじいちゃんに電話しようか?」

「じい、じ」

父さんは僕の声を聞いて喜び、すぐにふたりのことをたずねた。とくに、アンナの論文がうまくいっているかどうか知りたがった。どうやら父さんは、彼女の研究分野をよく知っているらしい。僕の知らぬ間に彼女に会って話したときに、いろいろ聞いたり、自分で調べたりもしたのだろう。

「遺伝学の倫理について興味深い論文があるよ、と彼女に話したんだがね」電気技師の父さんは言った。

せっかく久しぶりの電話なので、僕は母さんがよく作ってくれたミートボールの作り方を知らないか、父さんにたずねた。すると父さんは、レシピは知らないが、たしか母さんはひき肉に卵とラスクを混ぜてたんじゃないかな、と答えた。そして、きのうはボッガの家に招かれてコーヒーをごちそうになったよ、と言った。

「ビスケットの種類が、それはまあ豊富でね。何だか懐かしい気分だったよ。コイン型のクッキーに半月型のクッキー、ユダヤ風ケーキ、何でもござれだ」

父さんと話していると、いろんな感情が湧きおこってくる。父さんが言うことには、必ず何らかの隠された意味があるはずだから。父さんが本当に言いたいことは、表面には現れなくて、もっとずっと奥のほうに隠れているような気がするから。

買い物袋と娘を両腕に抱えてアパートメントに帰ってきたら、三階のおばあさんが階段の踊り場に立っていた。

僕が娘と一緒に出かけたり、帰ってきたりするたびに、おばあさんがなにか用事でもあるかのように姿を見せるのは、決して偶然じゃないはずだ。僕が娘を連れていないときは、おばあさんはさっさと部屋に戻っていくのだから。僕は最初、おばあさんが大家さんのかわりに、僕にメッセージを送っているんじゃないかと思った――アパートには二人で住むと言っていたのに、三人で住んでいるじゃないの、と。ところが、おばあさんは僕たちの姿を見ると、待ちかねていたように、ほっとした表情を浮かべた。僕の娘に、挨拶したかったらしい。もう名前も覚えていて、「フロウラ・ソウル」と声をかけながら、階段を三段降りてやってきた。おばあさんが娘にふれ、そっとなでると、娘もおばあさんにふれた。やがておばあさんは、またアイロンがご入用じゃないかしら、と僕に訊いた。それとも、泡だて器とか？　娘がおばあさんを見て、にっこり笑った。

「お嬢ちゃんがここに住むようになってから、湿疹《しっしん》がよくなってきたの。手の湿疹はほとんど消えたし、脚の湿疹もだいぶよくなったのよ」おばあさんは踊り場に立ち、スカートを少したくし上げながら言った。

59

朝、僕はなるべく先に起きて、ふたりが起きてくる前に、リビングのソファーベッドを片付けておく。僕たちは時間帯を区切って、子どもの世話をすることになった。アンナが図書館に行っている午後二時までは、僕が子どもの面倒を見る。そのあと、僕が庭園に行っているあいだは、アンナが子どもと一緒に過ごす。だから基本的に、僕たちの一日は午前、午後、夜の三つに分かれている。

フロウラ・ソウルはベビーベッドのなかで、座って絵本を読んでいる。こういうときは付ききりで面倒を見る必要がないから、僕も少しは考えごとができる。数日前に修道院の図書室で見つけた庭園の設計図をじっくりと見て、これから数日間でやるべきことを整理し、リストを作成する。原図に従えば、庭園は左右対称に設計されており、それが自然のやわらかな線によってぼかされる。ボタニカルアートの真髄《しんずい》は、光と影の織りなす綾にあるのだ。バラの花壇は、池を中心として八角形を描いている。そしてハーブガーデンには、香味野菜や薬用ハーブがたくさん植えられていたようだ。原図を見ると、薬用ハーブやスパイスを保存するための、さまざまな瓶や桶が置かれていたこともわかる。

ときおりフロウラ・ソウルに目をやると、あの子もふと絵本から目を上げて、僕を見ることがある。聖書の寓話を子ども向けにした絵本で、どのページにも絵が描かれ、文字はほんの少ししかない。娘はよくひとりで、この絵本を眺めている。親指と人差し指でページをはさんで、一ページずつそうっとめくっていき、いつも同じ絵のところでぴたりと止まる。王様が剣を振りかざしながら子どもを腕に抱き、ふたりの女性が、その子は自分の子だと言い争っている場面だ。うちの娘には、ちょっと暴力的すぎるような気もするのだけど。でもこの本をプレゼントされたときは、うれしかった。僕が草木を植えているところへ、ブラザー・マチューが本を抱えてやってきたときには、びっくりしたものだ。

時間がこま切れに過ぎていく。おむつを替えて、着替えさせて、おしゃべりをする。積み木でタワーを作ったり、簡単なパズルで遊んだり、一緒に歌ったり。離乳食を与え、顔を拭いたら、お出かけ用にまた着替えさせて、食料品の買い物がてら散歩に出かける。ときにはカフェに立ち寄り、ひょっとしたらアンナが通りかかるのではないかと思って、ふたりでじっと通りを見つめる。それから、僕たちは毎日教会へ行って、御子イエスの絵を眺める。いつもどおり、すぐにあの絵の前には行かずに、ゆっくりと近づいていく。まずはひと回りしてほかの絵を眺め、聖ヨセフのためにキャンドルを灯す。娘は興奮して、僕の腕のなかでうれしそうに身体を弾ませる。楽しみでしかたがないのだ。娘はこっちに来てから体重が増えたようで、最近は腕にずしりと重みを感じる。アンナも少しは体重が増えただろうか？

御子イエスを抱いて玉座に着いた聖母マリアの絵の前に来ると、いつも同じことが起こる。娘がぴたりと動くのをやめて、真剣な面持ちになり、目を大きく見開いて、絵のなかの御子をじっと見つめるのだ。

僕はあまり厳しい父親ではなく、子どもを叱ることができないのだが、フロウラ・ソウルが危ない目に遭わないように、ときには小言を言わねばならないこともある。この子はあまりに無邪気で、誰彼かまわず愛情を示しすぎるのだ。道端で生き物を見かけると、すぐに触ったりなでたりしたがる。そういう恐れ知らずなところや、やさしすぎるところが、僕にとっては悩みの種だ。

「ほら、だめだよ」教会の前で、痩せ細ったみすぼらしい野良猫が寄ってきたとき、僕は低い声できっぱりと言った。

「あ〜あ〜あ〜」娘はやさしい声で呼びかけながら、猫のほうへ両腕を伸ばし、身体をもぞもぞさせる。猫に近づきたくて、地面に下ろしてほしいのだ。娘は知らない人にハグをするのと同じように、猫にも抱きつこうとする。ありとあらゆる生き物に対して、やさしさと信頼を示さずにいられない。ほかの面では、九か月にしてはかなり早熟な子どもなのに——母国語ではかなりたくさんの言葉を覚えたし、ラテン語の単語もいくつかは知っている。「こんにちは」「さようなら」のような挨拶は、ここの方言も覚えたくらいだ。それなのに、見知らぬ人や、みすぼらしい野良猫にまで、何の警戒心も持たずに近寄っていこうとするから、やきもきしてしまう。

大きな緑色の眼をした野良猫が、僕の脚に身体をなすりつけてきた。

「触っちゃだめ」

そして、いつもの決まり文句が出る。

「ほら、野良猫は引っかくから注意しなさいって言ったでしょ？　四回も注意したのに言うことを聞かない子は、ベビーカーに座ってなさい」

こと野良の生き物に関しては、娘の無邪気さを父親が心配したって無理もないはずだ。僕は娘をさっと抱き上げ、低い声で言った。

「汚い猫なんだから、だめだよ」

娘の笑顔が消えていた。陶器のような青白い顔をして、大きな瞳で静かに僕を見つめている。怖がってはいないようだが、戸惑っているみたいだ。僕はたちまち罪悪感を覚えた。

猫も脅えたような眼で、僕を見ている。

「じゃあ、猫ちゃんにやさしくしてあげようか」僕は漠然とした不安を感じながらもそう言って、子どもと一緒にみすぼらしい猫のそばにしゃがみこんだ。

「猫ちゃんに、なにか食べ物をあげようか」僕は買い物袋に手を伸ばし、猫にあげてもよさそうな物を探した。

「さあ、いいかい」やがて、僕は娘に言った。「善と悪の区別を教えてあげよう」

僕は娘を抱いて教会のなかへ入っていった。薄暗がりのなかで娘を高椅子に座らせ、上のほうに飾ってある絵が見えるようにした。娘の表情は見えないが、きっと真剣な眼差しで彫刻に見入っているにちがいない。どの柱のてっぺんにも、善と悪の最後の闘争を描いた彫刻が施されている——天使と悪魔、罪あるものと無垢なるものの闘いだ。角やひづめ、光輪、歪んだ顔、穏やかな表情などが、まざまざと石に刻まれている。

「この世の悪と人間だよ、わかるかい？」

娘は小さな両手で僕の髪の毛を握った。やがて娘は僕の額を触り、両手で一瞬、僕の目を覆った。それから僕の耳をつかんだかと思うと、こんどは頬を片方ずつそっとなでた。

家に着き、娘を階段の下に座らせてベビーカーをたたんでいたら、視線に気づいた。階段の踊り場で、三階のおばあさんと同じ年くらいの女性が、ふたりで僕たちを待ち構えていたのだ。その女性は喘息《ぜんそく》持ちで、うちの娘のおかげで湿疹が治ったという話をおばあさんから聞いて、ぜひとも娘に会いたかったのだという。僕は内心、穏やかではなかった。知らない人たちがやたらとうちの娘に興味を示すことや、最近、僕が娘を連れて外出するたびに、ジャムの瓶や、スパイシーなドライソーセージをくれようとする人たちがいることは、アンナにはむしろ知ってほしくない。

「これ、猫にでもあげるの？」

家に帰ると、買い物袋から三つの缶詰を取り出して、子どもの母親が言った。

60

女性の振る舞いや言動の裏にある感情を理解しようとして考えてみた結果、僕はつぎの結論に達した。つまり、アンナの日々の感情は、僕が知っている男の感情よりもずっと複雑で、変化に富んでいるらしいということだ。ときおり彼女が不安そうに見えるとき、僕がいちばん戸惑ってしまうのは、彼女がすごく遠くに感じられること。まるで実際はそこにいないかのように――いくつもの問題を抱えているかのように。テーブルの向こうの彼女とは、ほんの四十センチくらいしか離れていない。カップルだったら、座ったままキスできる距離だ。でも彼女は、まるで僕の存在に気づいていないように見える。

彼女は思いやりがあってやさしく、僕を見て微笑むこともある。それに毎晩、僕の料理をほめてくれる。僕が話しかければ、いったん本を置いてくれるし、娘と僕が家に帰ってくれば、うれしそうな顔をする。でもまたすぐに、本に没頭してしまうのだ。

それでも、僕が娘と遊んでいると、彼女が僕のことをじっと見つめていることもある。でも、僕が彼女を見つめるのと同じくらい、彼女がしょっちゅう僕のことを見つめているかどうかは、わからないけど。ひょっとしたら彼女は、娘と一緒にいる僕の姿を遺伝学の視点から見つめているのかもしれない。僕がパンを切っていたら、やっぱりそうかと思うようなことを、彼女が言った。

「左利きだっけ？」アクアマリンの瞳で、興味深そうに僕を見つめている。

狭いアパートメントで、かりそめの同棲をしている僕たちは、すれちがうときは身をよじるようにするのだけど、たまにふれ合ってしまう。僕は一度か二度、わざと彼女にふれたこともある。相変わらず、僕はしょっちゅう身体のことを考えてしまうが、庭園で働いているときなど、アンナが近くにいないときだけにしようと気をつけている。僕が頭のなかで考えていることを、見抜かれてしまいそうな気がするから。女性のなかには、他人の考えていることが映像のように見えてしまう人がいるという。本人さえ自覚していないことが、頭の上にもくもくと漂っているのが見えるらしいが、アンナにも、ひょっとしたらそういう能力があるのかもしれない。母さんもそうで、僕の考えていることが手に取るようにわかったものだ。僕はアンナと友だちとして付き合おうと思っているけど、彼女が女であり、僕たちには子どもができたという事実が、物事を複雑にしているのは間違いない。彼女と部屋でふたりきりになると、僕はきゅうに普通の会話ができなくなってしまう。彼女がお風呂上がりで、濡れた髪をピンでまとめているときなんかは、とくにそうだ。彼女と娘が寝室に引き上げ、ひとりでソファーベッドにもぐりこんだ僕は、ようやく身体のことを考えられるようになる。生きている実感が湧いてくるのは、そんなときだ。ひょっとしたら、アンナと僕のあいだになにかが起こる可能性だって、頭をよぎらないわけじゃない——ただこうやって、新しい生活を送るだけじゃなくて。疼《うず》くような欲望にもだえる僕を救い出してくれるのは、キッチンの開いた窓だ。横たわった僕の目線のまっすぐ先——暗闇のはるか先には、修道院の巨大な壁がそびえ立っている。その向こうでまどろむブドウ園の傍らに、僕のバラの花壇がある。明日は水やりをしなければ。黄色の月の浮かぶ夜空の下、あの健気なバラがひっそりと暗闇に佇《たたず》んでいることを知っているのは、この僕だけなのだ。

61

娘が驚くほどの速さで成長していく。毎朝、アンナが図書館で遺伝子の新しい文献を読みふけっているあいだ、娘と僕がふたりで過ごすどんな一瞬も、大きな進歩や、輝かしい勝利に彩られている。アンナが家に帰ってくると、娘はその日新たにできるようになったことを、ママの前で披露する。つぎはどんなことができるようになるのか、毎朝、楽しみで仕方がない――驚くべき魔法のような瞬間を娘と一緒に分かち合って、彼女が図書館にいるあいだに重大なことが起こったのだと確信する。そして僕が目撃した素晴らしい奇跡が、彼女の前でまた繰り返される。

靴下を穿いた娘が、両手でダブルベッドにつかまりながら立っている。僕はベッドの反対側のほうで、娘のセーターを探していた。すると、娘が集中した真剣な表情を浮かべながら、ベッドにつかまっていた指を緩め、そうっと片手を離したかと思うと、やがてもう片方の手も離した。こわごわとしているようで、妙な安定感がある。それからしばらく、娘は何にもつかまらず、お腹を突き出して、ベッドの前の床に立っていた。やがて大胆に、自信を持って、未知の世界へ踏み出した娘は、三歩も歩いた。両腕を伸ばして、バランスを取っている娘のひざには、えくぼができている。

アンナが帰ってきた。僕は積み木で遊んでいた娘をさっと抱き上げ、作りかけのバベルの塔から引き離して、リビングの真ん中に娘を立たせた。広場の中央で見事な芸を披露する、旅回りの芸人のように。最初、僕は娘の両手をにぎっていたが、指を一本ずつ、ゆっくりと緩めていった。娘はものすごく真剣な表情で、リビングの真ん中で足を踏みしめていたが、やがて奇跡が起こった。娘は片方の足に体重をかけて、もう片方の足を床から離し、すばやく一歩を踏み出した。さらにもう片方の足も前に出し、どんどん自信をつけた娘は、小さなロボットのようにお尻を揺らしながら、四歩も歩いてみせた。母親はひざまずいて娘を抱き上げ、ぎゅっと抱きしめた。娘を抱きしめている彼女の姿を見て、僕は幸せな気分だった。この素晴らしいできごとを目撃して、彼女がどんな驚きの言葉を口にするか、僕は静かに待っていた。長くはかからなかった。

「すごいね、歩けるようになったなんて。あなたはこの子に、いろんなことを教えてくれた。歌もたくさん歌えるようになって、口笛も吹けるようになって、二十ピースのパズルもできるようになって、こんどは歩けるようになって」

彼女はまだ娘を抱きしめている。僕はアンナの喜びに胸を打たれたが、彼女は激しい感情に揺さぶられ、動揺しているように見える。

「あまりに多くのことが、いっぺんに起こりすぎて。子どもを産んだと思ったら、つぎの日には歩いてる。気づいたらもう家を出ていって、たまに思いついたように電話をかけてくるだけ。口出しなんて何にもできなくなる」彼女の目に涙が浮かんでいる。

「そんな、大丈夫だよ」僕は言った。「この子が家を出ていくなんて、まだだいぶ先のことじゃないか。僕がこの子をエスコートして教会の通路を歩くのだって、まだまだ先の話だよ」

「ごめんなさい」アンナは言った。「フロウラ・ソウルがこんなに素晴らしい子だからこそ、母親としてすごく責任を感じるの」娘を僕に渡して、彼女は涙をぬぐった。

「フロウラ・ソウルが生まれる前は、こんなに心配性じゃなかったのに。いまは心配ばかりしてる。あなたがお肉を買いにいったり、神父さんのところへ映画を観にいったりするだけで、帰ってこなかったらどうしよう、なんて思ってしまって」

僕はきゅうに彼女を抱きたい衝動に駆られ、どうにかなりそうだった。急いで子どもにジャンパーを着せ、フードをかぶせる。もう庭園に行く時間だったが、僕はわけも言わずに子どもを連れて飛び出した。外の空気を吸って、頭を冷やしたかったのだ。だけど、僕たちが結ばれたあの夜は、たったの一年半前のことだ。そんなにためらうほどのことではないはずなのに。

62

ときには、アンナと子どもと僕のみんなでテーブルに向かって、それぞれ好きなことに集中する。僕は子どもの面倒を見ながら自分の興味のあることをしようと思い、大判の園芸書を引っぱり出した。二千五百種類もの植物が掲載された本だ。アンナの向かい側に、子どもと並んで座って、一緒に本を眺めていく。

とりあえず、植物の病気と害虫に関する章、それに芝生と低木に関する章は飛ばし、庭園における池や小川の造営に関する章で手を止めた。娘も興味があるようだ。僕たちがじっくり見るのはイラストで、文字だけのページは飛ばしていく。写真のひとつに、娘がぽっちゃりした指を三本立てた。そういえば、池はもうすぐ完成する予定だが、修道士たちは池を見たら何て言うだろう。

子どもの母親はテーブルの向こうに、腕を伸ばせば届くところに座っているが、遺伝学の本を夢中で読みふけっている――遺伝的特性は世代間でどのように伝わるかについての本らしい。まるで、僕たちがそばにいることにさえ、気づいていないみたいだ。僕たちは小川の章を読み終え、観葉植物の章にやってきた。

「このあたりでは、世界でもっとも美しい植物が育つんだよ」僕は娘に言った。「僕らの国では、南向きのリビングルームの窓辺でしか育たないけどね。このあたりでは、大空の下でも育つんだ」僕はそう言い換えて、同じことをちがう言葉で表現してみた。これは、九か月の娘の語学力を発達させるための、僕なりの工夫なのだ。現実はさまざまな方法で表現できることを、この子に理解させるために。

「世界でもっとも美しい植物って言ったのは、おもにバラのことだよ」僕は娘に言った。

アンナが本から視線を上げ、謎解きでもしているような表情で、一瞬、僕を見つめた。フロウラ・ソウルと僕は、本を読みながらメモを書き込んでいく。僕はいちばん重要なポイントに十字のマークを書き込み、鉛筆を置いた。すると、娘も鉛筆を手に取って、同じページにきれいな十字を描いた。資料を読んでいたアンナが視線を上げた。なにか興味を引かれたらしい。

「間違いなく、この子はあなたと同じで左利きね」

アンナはそう言って、娘を指差した。父親の僕と同じように、左手に鉛筆を握っている。アンナは娘と僕に対し、にわかに興味が湧いたらしい。ちょうどいま僕が開いている本のページが、「バラの交配および自然界における交配」のところだから、植物遺伝学や植物のバイオテクノロジーの話でもしてみようか？　植物のＤＮＡに関しては、互いの興味ある分野が重なる部分だ。だが思い直して、彼女のことに話を向けた。

「きみのほうは？　さっきからなにを夢中で読んでるの？」

娘も視線を上げた。ふたりでテーブルの向こうのアンナを、興味深く見つめる。すると彼女は、たいして興味がないと言わんばかりに、本の内容をいとも簡潔に言い表した。というより、たったのひと言でまとめた。

「デオキシリボ核酸（ＤＮＡのこと）」そう言って、彼女は僕たちに向かって微笑んだ。

「デオ」僕の腕のなかで立ち上がりながら、娘がはっきりと言った。

「うん、あとで教会に行こうね」僕は娘に言った。

「え、どういうこと？」怪訝《けげん》そうな顔で僕たちを見つめながら、アンナが訊いた。

「ラテン語で、神って意味」僕は答えた。「うちの娘がしゃべれるのは、母国語だけじゃないよ」僕はおどけた調子で付け足した。「まだ九か月半なのに、二か国語もしゃべれるんだ」

ふたりで笑った。僕はほっとした。

「この子にラテン語を教えてるの？」

僕はアンナに、いつもこの子とふたりで教会へ行って、この子にそっくりな御子イエスの古い絵画を眺めていることを話した。

「ほかに子どもと一緒にできることなんて、このあたりじゃとくに何にもないからね」

娘も話に入りたがる。教会で覚えたことをママに見せたいらしく、御子イエスのまねをして三本の指を立てた。五分袖の水色のブラウスから覗いた両ひじに、えくぼができている。つぎに、娘は十字を切ってみせた。僕は思わず横目でアンナを見た——彼女がどう思うか気になった。教会に行ったら、たまたまトマス神父のミサの最中だったことが何度かあって、娘は最近、神父のまねをして十字を切るようになったのだ。

「この子、なにしてるのかな？」アンナが言った。

「身体を使って、自分を表現してるんだよ」僕は言った。「見るものすべて、何でもまねするんだ」

アンナが笑うと、僕はほっとする。最近は、以前のような不安そうな表情をあまり見せなくなった気がする。娘も笑った。三人で、家族みんなで笑った。

「さすがだね《グッド・ボーイ》」アンナが言った。

女のひとって、やっぱりちょっとわからない気がする。何となく、そんなことを言うのは母さんだけだと思っていた。

63

ガスコンロを使うたびに、僕の料理の腕はめきめき上達しているが、いまだに手際はよくない。それでも、この短期間に七品も作れるようになった。肉はスライスかこま切れにして、焼いたり炒めたり。ソースは二種類。付け合わせには、じゃがいもやその他いろいろな野菜、あるいはお米を茹でる。ミートボールも作れるようになったし、最近は野菜を茹でるだけじゃなく、炒められるようになった。子ども用にいろんな種類のポリッジも作れるし、このあいだはシナモン風味のライスプディングにも挑戦したが、わりとおいしかった。やっぱり、僕が一生懸命作った料理をアンナがほめてくれると、すごくやりがいを感じる。

とはいえ、手の込んだ料理はまったく作らない。たとえば丸鶏を使ったものとか。そういえば、母さんはあまり鶏肉が好きじゃなかった。あとは、庭園で仕事に熱中しすぎて帰りが遅くなったときは、レストランの料理をテイクアウトしたことも何度かある。シェフが作った料理を食べているアンナを、僕はじっと見つめる。僕の料理を食べたときほど、ほめ言葉が聞こえてこないと、やっぱりうれしくなってしまう。

あるとき、僕は魚料理に挑戦しようと思い立った。午前中に娘を連れてマーケットへ行き、僕の国でよく見かけるような魚を探した。コダラに似ていれば何でもいい。やけに小さい魚を見かけるが、あれはたぶん海水魚じゃなくて淡水魚だろう。それに、なぜだか切り身を売っていない。頭も尾も骨も内臓もついた、丸ごとの魚しか売っていないのだ。僕は漁船に乗っていたくせに、じつは魚をちゃんとさばいたことがなくて、パン粉をつけてフライパンで焼けばいいだけの、切り身にできない。しかたなく、母さんが作ってくれたような魚料理を作るのは、あきらめることにした。この村では材料がそろわないから。パン粉でさえ、あちこちの店を探したのにどこにも置いていなかった。

「あなたはどんな子どもだったの?」

突然、そんなことを訊かれてびっくりした。アンナにはいつも驚かされる。ちょうど夕食を終えたところで（結局、小魚を丸ごと揚げた）、母娘がテーブル越しに僕を見つめ、返事を待っている。フロウラ・ソウルと僕との親子関係を考えて、そんなことが気になったのかもしれないが、アンナは純粋に興味を持っているように見えた。どうだろう、こんなことを言っても大丈夫だろうか――赤毛だから、僕はいつも太陽を避けてた。日なたよりも、薄暗いじゃがいもの貯蔵庫や日陰の花壇のほうが好きだった、とか。子どものころの僕はそばかすだらけで、顔なんて、そばかすの集合体みたいなものだった。父さんが昔のアルバムを彼女に見せたはずだから、そう聞いても、べつに驚かないかもしれないけど。

「僕は背が低いほうで、十四歳のときはクラスでいちばんチビでさ」僕は言った。「だけど、ひと夏でぐんと背が伸びて、十六歳のときには、みんなよりも頭ひとつ背が高くなってた」

「じゃあ、ひと夏でおとなの男性になったんだ」

「男性っていうのは、ちょっと言い過ぎ。背ばかり伸びたティーンエイジャーってとこかな。きみはどうだった？　いつおとなの女性になったの？　そんなこと、男が女のひとに訊くようなことじゃないか」

「いくつかの夏が過ぎるうちに、少しずつ、さりげなく、誰にも気づかれずに。私は幸運なほうだったの」

やがて彼女が僕に、昔から植物に興味を持っていたの？　とたずねた。

「うん、子どものころからずっとね。最初は植物に興味があるっていうより、母さんと庭にいるのが好きだったんだ。植物自体に興味を持ったのは、もう少しあとかな。最初は温室の南側の花壇に小さなスペースをもらって、にんじんとラディッシュの種をまいたんだ。それぞれ、ちゃんとラベルも挿《さ》してね。僕は七歳で、ガラス越しに、母さんがハサミでバラの茎を切っている姿が見えた。母さんは、輸入物の種や球根をあれこれ試していた。僕の菜園でぐんぐん育ったのは、雑草ばかりだったけど。それから、子どものころからよく本を読んでたよ。夏は庭に寝転がって、冬は温室で、ツリーハウスで遊ぶ子どもたちのことを書いた、外国の本を読んでた。学生のころは、いつも温室で試験勉強をしてた。空気が潤っていて暖かいし、明るいから。外は雪が降って、霜が降りて、真っ暗になっても、僕は本を抱えて、Tシャツ姿で温室へ走っていった。鉛筆を口にくわえて、ひざまで積もった雪をかきわけて」

「園芸が好きで、からかわれたりしなかった？」

アンナにどの程度話すべきだろう。僕は考えてしまった。どんな思い出を掘り起こそうか？昔のことなんて、なにもかも話せばいいってものじゃない。

「ひとつだけ、嫌なできごとがあったかな。十歳のころ、たぶん赤毛のせいだと思うけど。何日もしつこく僕にからんできたやつらに、砂利道でぶんなぐられて、叩きのめされたんだ。口のなかは血の味がして、奥歯に砂がはさまったけど、べつにどうってことなかった。その晩、やつらのうちのひとりが、親に謝れと言われて電話をかけてきたんだ。でもそいつ、じゃあね、も言わずに電話を切ったけどね。あまりに短い電話だったから、母さんは間違い電話だと思ってた」

「だけど」僕は言った。「僕が誰よりもサッカーがうまいとわかって、立場が変わったんだ。それからはやつらも、もう僕に手出ししてこなくなった。僕だって、同じ年ごろの男子たちと変わらなかったんだよ。ただ、一日じゅうサッカーをやりたいほど好きじゃなかっただけで」

ふたりとも、興味深そうに僕の話を聞いていた。僕が話しているあいだ、アンナはじっと僕を見つめていた——僕の話が心の琴線にふれ、共感してくれたかのように。

64

　アンナの帰りが遅く、図書館からまだ戻ってこない。村で誰かに会って、一緒にカフェにでも行ったのだろうか。そんな考えが頭をよぎった。帰りが遅くなっているのは、ひょっとして、図書館の石段に座っていたあの男のせいとか？　そうかと思うと、道端で男に声をかけられている彼女の姿が、まざまざと目に浮かんでくる――アンナのことをじろじろ見ていた連中のひとりが、適当なことを言って近づいていくのだ。彼女はやさしくて、お人よしで、おっとりしているから、一緒にカフェに行ってしまうかもしれない。早く帰らないといけないから、ちょっとだけ、なんて言ったつもりが、話し上手な男のペースに乗せられ、遺伝学も忘れ、時間も忘れて、楽しそうに笑っているんだろうか。

　だから五分後、ちょっぴり雨に濡れた彼女が、ベーカリーのお菓子の箱を抱えて玄関に現れたとき、僕はあまりのうれしさに笑みを隠せなかった。まるで行方不明になっていた彼女が見つかったみたいに、狂喜している自分に衝撃を受けた。僕はおみやげのお菓子を受け取りながら、素敵なセーターだね、なんて口走っていた。もちろん、朝食のときに着ていたのと同じグリーンのセーターなのに。僕は決まりが悪くて、顔がさっと赤くなったのがわかった。すると、彼女まで顔が赤くなった。僕はあせって話題を変えようとして、ちょっと階下《した》のランドリールームに洗濯に行ってくる、と言った。作業着を洗わないといけないから、ついでにきみの服も洗濯するよ。

「どっちみち、フロウラ・ソウルの洗濯物があるからさ」さりげない調子で言いつくろいながら、僕はもう後悔していた。

彼女は驚いたような、ほっとしたような顔をしている。

「そうなの？　白いものも色柄ものも一緒で大丈夫？」

「うん、いいよ。二回に分けて洗濯する」

何でこんなことになっちゃったんだろう。子どもの服なんか、洗面台で洗えるじゃないか。

「下着もいいのかな？　それともジーンズとTシャツだけにする？」寝室から、彼女が言った。

「下着もいいよ。僕の服と一緒に洗ってもいい？」

こうなったらもう、やるしかない。

最初はふたりの服を洗濯機に入れ、僕の分は後回しにする。説明書きを読んで、洗濯機の使い方を理解するまでにえらく時間がかかった。ようやくすべての洗濯が終わると、僕は濡れた洗濯物を抱えて階段を上り、部屋のバルコニーの洗濯ロープに干していった。白いTシャツ姿で、口に洗濯ばさみをくわえた僕から、ほんの数メートル離れたところに、通りの向こうの部屋で暮らしている、年金暮らしのおじいさんの姿が見える。いつもベストを着て、家のまわりをぶらぶらしている人だ。僕はまず娘のレギンスを干し、それから母親のショーツを干す。そうやって少しずつ、僕たちの私生活を洗濯ロープの上で披露していく——昔むかし、婚礼の晩に血のついたシーツをバルコニーで干したように。僕がかりそめの家庭生活を世間に披露していく様子を、隣のおじいさんが熱心に眺めている。しかし、なにごとも早とちりは勘弁してもらいたい。僕の子どもを産んだ女性が、論文を書き上げるあいだ、僕のアパートに住んでいるだけだ。僕はただ手助けになれればと思って、料理を作っているだけなのだから。

65

村では週に一度フードマーケットが開かれ、この地域のあらゆる農家がさまざまな生産品を持ってくる。ときには雌鶏《めんどり》などの家禽《かきん》類が持ち込まれることもあって、僕は娘に見せてやろうと思い立った。マーケットは活気にあふれ、人びとの声が飛び交い、冷たい血の匂いが漂っていた。

「チュン、チュン」頭上にぶら下がっている血まみれの鶏を指差して、子どもが言った。

羽根をむしられた鶏たちを見上げていると、突然、昨夜見た夢の断片がよみがえってきた。夢のなかで、僕は野鳥を撃っていた。僕の性格からして、狩猟者《ハンター》にはほど遠いのに。僕には動物を殺せないんじゃないかと思う。若いのは絶対に殺せない。でも、立派に成長した雄《オス》で、自分の家族を食べさせるためだったら——いかにも父親らしい口ぶりだけど——躊躇《ちゅうちょ》せずに殺し、獲物の眼をまっすぐに見据えるかもしれない。その夢は男性の本質に関係がありそうね——母さんならきっと、謎めいた口調でそう言うだろう。母さんはいまも僕のそばにいて、こんなふうに夢の話をしたりする。

マーケットのなかを歩いていくと、野ウサギやウサギがぶら下がっている売り場があった。いろんな動物がずらりと並ぶなか、ベビーカーを押して進んでいく。頭をだらりと下げた野ウサギたちがよく見えるよう、娘はベビーカーの背もたれにぐいと寄りかかっている。このマーケットは背の高い客のことは考慮していないらしく、僕は背中を曲げて、毛の生えたウサギの耳の下をくぐっていかないといけない。

ぼうっと歩いていたら、いきなり突拍子もない考えが頭に浮かんできた――まるで猫がきゅうに足元でごろんと横になって、お腹をなでてくれ、とピンクの肉球のついた四本の足を宙に投げ出したように。突然、結婚した自分の姿がまざまざと目に浮かんだのだ。それも、教会で結婚式を挙げているところが。ひとりの女性と生涯添い遂げることが、価値のある大切な目標に思えてきた。とくになにをするためでもなく、ただ同じ部屋で一緒に過ごすために。僕は喜んで子どもをお風呂に入れ、おむつを替え、ママが研究所から帰ってくるころには、子どもをパジャマに着替えさせる。娘のバラ色の頬にアーモンドオイルを塗ってあげれば、娘にキスしたとき、妻はアーモンドオイルのほのかな香りをかげるだろう。そしていつか、ふたりのうちどちらかが、柩《ひつぎ》のあとを歩くことになる。あの事故現場で目撃した夫婦のように、ふたり同時に逝《い》くのでもない限りは。雨が降って、フロントガラスが曇ってしまい、僕がエアコンの風量を最大にしようとした瞬間、トラックが高速道路に突っ込んでくる――。

ふと気がつくと、売店の男性が僕になにか話しかけていた。

「大きいのがいいかい、それとも小さいの？」店員が言った。「野ウサギの父ちゃんか、野ウサギの母ちゃんか」店員は先端にフックのついた棒を持っていて、客が選んだ野ウサギを引っかけて取る。店員がフックから野ウサギを外すところを、フロウラ・ソウルが目を皿のようにして見ている。

「あーあ」野ウサギが動いていないのがわかると、娘が言った。

結婚の妄想が膨らんで我を忘れてしまったせいで、僕はなんと野ウサギを買おうとしていたのだ。僕の料理の腕前では、とてもじゃないが、こんな難しいものは手に負えないはずなのに。

だが店員は、こんなのは朝飯前だと断言する。

「二歳の子が目隠しをしたって作れるよ」僕が方言を正しく理解できていれば、そう言ったはずだ。それとも、地元の人にしかわからない、隠された意味でもあるんだろうか？

下処理は済ませておくから、あとはバターとマスタードを塗ってオーブンで焼くだけだ、と店員が言う。

「簡単だよ」ナイフを研ぎながらそう言う彼の口調には、やけに説得力がある。

「焼き時間はどれくらい？」

「一時間から二時間。家に着く時間にもよるけど」野ウサギの皮を剝ぎながら、店員が言った。

夕食の二時間前ごろ、僕はワックスペーパーの包みを開け、皮を剝がれた赤紫色の野ウサギを取り出した。店員から教えてもらったとおり、内側と外側にバターとマスタードをしっかり塗り込む。でもいちばん手間取ったのは、ガスオーブンの使い方を理解することだった。今夜はまったく不慣れなレシピに挑戦するから、付け合わせに凝っている余裕はない。何度も作った仔牛肉の料理のときと同じように、じゃがいもと野菜を茹で、赤ワインソースを作った。

野ウサギの料理をテーブルに並べると、同居人が驚いているのがわかった。

「いい匂い」それからためらうように肉を見て、彼女が言った。「これ、ウサギ？」

「いや、野ウサギだよ」

娘は見るからに興奮して、手をたたいている。

「チュン、チュン」鳥のように手をばたつかせながら、娘が言う。

「うちのかわいい道化師《ハーレクイン》さん」僕はそう言いながら、どうやったらこの野ウサギの肉を食べやすく切り分けられるだろうか、と考えていた。するとアンナが、僕の代わりに手際よく肉を切り分けてくれた。そして、八本しか歯が生えていない娘のために、肉をさらに細かく切ってやった。

野ウサギのマスタード風味は悪くはなかったが、アンナの言葉を借りれば、やけに淡泊な味わいだ。

「でも特別よね」彼女はそう言って、何だかんだと、きょうもお代わりしている。きっと目の前に置かれたものは、何でも食べるんじゃないだろうか。

「このところずっと忙しくて、申し訳なかったなと思ってる」彼女が言った。「私、ここに来てから一度も料理してないものね。料理上手なあなたにはとてもかなわないけど。どこで料理を覚えたの？」

アンナはワンピースを着ている。そういえば、彼女のワンピース姿は初めてだ。娘も黄色の花柄のワンピースによだれかけを着け、いちばんいい靴を履いている。それに、まるでお祝いの席みたいに、ふたりとも髪をヘアクリップで留めている。ひょっとして、きょうはアンナの誕生日なんだろうか、と僕は思った。彼女のこと、本当に何にも知らないんだな。自分の子どもの母親の誕生日すら知らないなんて。

「ううん」彼女が言った。「誕生日は四月、ここに来る直前だった。ごちそうのいい匂いが漂ってきたから、私たちもそれにふさわしく、おしゃれをしなくちゃと思って」

66

これからどういう展開になるのか、頭のなかでいくら考えてもわからない。いつかそうなる可能性については、リビングのソファーベッドにひとりでもぐっているとき、何度も妄想を膨らませてきたけど。いったい自分がどうしちゃったのか、わからない。こういうことは理屈じゃないような気がしてくる。

僕が娘を寝かしつけてキッチンに戻ると、洗い物を済ませたアンナは、おもちゃを片付けていた。めずらしく、本を広げていない。ワンピースを着て、髪をヘアクリップで留めた彼女は、なにか打ち明けたいことでもあるのか、いつもとちがう視線で僕を見つめている気がする。それで僕はセーターを脱ぎ、シャツのボタンをはずし、ベルトをゆるめた――寝る前か、病院の診察前みたいに。こんなことをするつもりじゃなかったのに、どうしていきなりキッチンの真ん中で服を脱ごうと思ったのか、自分でもよくわからない。突然、服を脱ぎ始めた僕を見て、彼女の気持ちも昂《たかぶ》ったような感じはした。妄想では、彼女をぐいぐいリードして最後までいくのに、いざ服を脱ぎ始めた瞬間から、やばいと思った。かといって途中でやめるわけにもいかず、恥ずかしいけどやるしかない作業みたいに続けていたら、いつのまにか素っ裸で立っている僕のまわりには、服の山ができていた——まるで巣入りしたクワタガモか、羽毛の抜け落ちたダチョウみたいに。その瞬間、僕はアンナがペンを握っているのに気づいた。遅すぎるけど、そのときになってようやく、僕はある可能性に気づいたのだ。もしかしたら彼女は、遺伝学の本に出てきたラテン語のことで、僕になにか訊こうとしていたんじゃないだろうか——ラテン語で論文を書いている学生が、同級生にちょっと質問するような感じで。だって、本に書き込みをするのでもない限り——たとえばの話、目の前の男とセックスしたいと思っている女性が——ペンなんか握っているだろうか？　そう思うとまさに、彼女はゲノムのことでなにか訊こうとしたのに、僕の行動を見て、呆気にとられてしまったように見える。やがて気を取り直した彼女は、ラテン語の達人たる僕にたずねるだろう。「これってどういう意味？」そう言って本に顔を近づけ、難解なラテン語のフレーズを読み上げるのだ。

ともかく、素っ裸のまま突っ立っているわけにはいかないから、僕は服を拾って食卓の椅子にどさっと置いた。逃げ場がなくて気まずいのはたしかだけど、滑稽とは思わなかった。こんなとき、僕が気難しく考えすぎないのは幸いだった。僕の身体は僕であって、僕じゃないような感覚に救われたのだ。それにしても、男であることはとんでもなく恥ずかしい。彼女がいまどう思っているのかを知るためなら、最近見つけた六つ葉のクローバーも含めて、僕の植物標本をぜんぶ差し出したってかまわない。

彼女は僕に歩み寄ってわからない単語を指さしたりせず、にっこりと笑った。女心はわからない。こんなに美しい笑顔があるだろうか。やがて彼女は、こらえきれないようにくすっと笑った。僕はほっとした。僕も笑った。笑われても平気な自分でよかった。身体のせいでしくじったのだから、言葉で埋め合わせをしなければならない。頭のなかで砂時計の砂がさらさらと落ちていくあいだに、僕は必死に救いの言葉を探す。僕はアンナのことが好きでたまらない、彼女を失いたくない。こんなことで、彼女が出ていってしまうなんていやだ。たったひとことで、すべてうまくいく。たったひとことで、すべてを失う。身体がかっと熱くなる。寒気がする。どんなことを言えば、彼女の頭からこの裸事件を帳消しにして、逆転できる？　もう一度、最初から考えて答えを見つけるんだ。だけど僕は、渦巻く激流に足を取られてしまって、もう土手も見えない。二十二年の人生で、僕はなにひとつ学んでこなかったのだ。

僕の頭で思いつく最善の策は、やっぱり身体を動かすことしかないのか。僕はかがんで下着を手に取る。まずパンツを穿《は》き、Tシャツを着る。ジーンズをぐいと引っ張り上げて、とりあえずボタンは外したままで。僕はシンクの前に行ってやかんを手に取り、蛇口をひねった。

「お茶でも淹れるよ」やかんに水を注ぎながら、そう言った。自分の声がかすかに震えているのがわかる。せめてこのまま友だちでいたいなら、どうにか埋め合わせをしないといけない。

さっきのはたんなる気まぐれ、とんでもない悪ふざけだと、彼女に思ってもらえるように。僕はふと腕時計を見て、人生を六分前に巻き戻せたらいいのに、と思わずにいられない。女のひとはどれくらい時間が経ったら、こういうことを忘れるんだろう。

「寝れば忘れる。あとは時間が必要」母さんならそう言いそうだ。

もしアンナが突然、荷造りを始めて、出ていく、論文はほかの場所で書く、と言ったら、僕はためらわずに言おう。

「お願いだから、行かないで」

ひょっとしたら、植物がこの状況を変えてくれるかもしれない。そんな考えが、ふと頭に浮かんだ。たとえば、バルコニーで咲いているユリの花をありったけ、彼女に捧げたら？

僕はティーバッグを探す。

「ティーバッグがどこにあるか、知らない？」僕の声は普通に戻っていた。やかんを火にかける。僕は背を向けたまま、テーブルのそばに立っているはずの彼女に、声をかけたつもりだった。ところがきゅうに、彼女が僕にぴたりと身体を寄せた。振り向いた僕は、ガスの炎の熱を背中に感じる。彼女はそっと僕の肩から腕をなで、ひじをさわった。そして、僕を抱きしめた。

「さっきはごめんね、笑ったりして」彼女が言う。「あなたのことを笑ったんじゃないの。ただ、すごくうれしかったから」

僕は急いでやかんをおろし、ガスの火を消して、彼女のあとから寝室へ行く。ジーンズのフアスナーは開けっ放しで、ボタンも外れてる、さっきより素早く脱げるし、もうためらうこともない。ベルベットのカーテンがちゃんと閉まっているかどうかもわからない——カーテンの隙間から覗く夜空では、ピンクの不思議な雲のヴェールが地平線を覆い、縞模様を描いている。

67

終わったあとも、まだ終わった気がしなかった。彼女の身体と僕の身体の境い目がなく、呼吸がひとつになったまま数分が過ぎた。それからの十分、僕は誰かの存在をこれほど近しく感じたことはなかった。女性をこんなにも近しく感じられるなんて、彼女が僕のなかに、僕が彼女のなかにいるなんて、信じられないくらいだ。僕は彼女が好きでたまらなくて、ふたりのあいだに子どもがいることは重要じゃなかった。彼女はこれまでとはちがう、新しい存在なのだ。温室は、歳月の彼方に消え去った。暴徒の襲撃を受けて、粉々に壊されていたって驚かない。本当にそうなのかもしれない――だって父さんに、山のように収穫したトマトはちゃんと人に分けてるの、と訊いたとき、父さんは答えを濁《にご》したじゃないか。

僕はアンナの身体じゅうにふれる。彼女が本当にここにいるんだ、と実感したくて。やがて僕は寝室を出て、キッチンで水を一杯くんだ。空は奇妙に燃え、流れる雲間から月が覗いている。向かいの部屋のおじいさんは眠れなかったのか、窓辺に立ってこちらを見ている。ベッドに戻って、アンナの背中をなでると、彼女は目を覚ますことなくあおむけになった。すごく痩せている。僕は彼女のウエストを何度もそうっとなでた。お腹がぺたんこで、ほんの数センチしか厚みがない。僕は仄暗いなか、手をさまよわせた。彼女の太ももがべったりと濡れている。起こさないように気をつけながら、僕はいろんなところにふれていく。シーツがぐちゃぐちゃになって床に落ちているけど、放っておくか。そう思ったとき、薄闇の向こうから太陽のようなふたつの瞳が、僕をじっと見つめているのに気づいた。フロウラ・ソウルが、ベビーベッドのなかで立っている。僕がここで寝ているのを見て、きょとんとしているようだ。

「さあ、ねんねしなさい。まだ夜だよ」おしゃべりはしない、というメッセージだ。おむつの交換も、いまは無理。そんなことを言っても、あまり説得力はないかもしれないけれど。もう朝の七時で、窓から薄陽が差し込んでいる。でも僕は、もう少しアンナとまどろんでいたかった。子どもにも邪魔してほしくない。僕は半分目を閉じて、いまはおしゃべりも遊びもなし、ということを娘にわからせようとした。僕が相手をしてくれないとわかって、娘が怒っているかどうかも、ここからだとよく見えない。やがて重力にはさからえず、娘はベッドにぺたんと座った。そしておとなしく、頭を枕にのせた。パジャマの背中のスナップボタンが三つ水平に並び、かけぶとんが足元でぐちゃぐちゃに丸まっているのが見える。僕はそっと歩いていき、ふとんをかけ直してやりながら、ちらっと娘に目をやった。娘は壁のほうを向いて、ウサギのぬいぐるみを抱きしめていた。よく見ると、下唇が震えている。泣くのをこらえているのだ。「あとで、ジグソーパズルをしようね」僕は言った。「おやすみ」おしゃべりはこれでおしまい、とわからせるために。僕はまたベッドにもぐりこみ、僕の隣で寝ている女性の身体に腕を巻き付けた。

十分後、娘がまたベビーベッドのなかで立ち上がり、薄闇のなかで僕を見ていた。

「パーパーパーパー」すごい勢いで言う。

僕は身体を起こした。

「じゃあ、一緒にポリッジを作ろうか」

僕は起き上がってズボンを穿き、ベビーベッドの上にかがみこんだ。娘は口にくわえていたウサギの耳を離し、にっこりと笑って僕を見た。娘を抱き上げる僕の手は震え、これまで感じたことのないような感情に満たされた。

「ママは寝かせておいてあげようね」

「マーマ、ねんね」

ポリッジを作りながら、僕はふたりの新たな関係について思いを馳《は》せ、アンナが起きてきたらどう振る舞おうかと考えていた。こうして親密な仲になったあと、僕はどうすればいいんだろう？　女性と寝て、そのあとも一緒に過ごすのは、これが初めてなのだ。僕はいつも、相手が起きて朝食を作ったりする前に、姿を消していたから。べつに、さよならを言わなかったわけじゃないけど。でも、僕には行くところがない。ここは僕が借りている、僕のアパートだ。アンナだって、行くところなんかない。僕たちはいま、同じ屋根の下で暮らしているんだから。

僕はキッチンの窓を大きく開け放った。遠くのバラ園には濃い霧がかかり、あたりはしんと静まり返っている。向かいの部屋の窓辺に、おじいさんの姿はもうなかった。睡眠薬でも飲んだかな、と僕は思った。

68

卵と牛乳はあるから、あとは三階のおばあさんのところへ行って、小麦粉を二カップ分、借りてこよう。おばあさんはもうだいぶ前から起きているらしく、さっきから物音が聞こえる。母さんのレシピで、アンナにパンケーキを作ってあげたい。トマス神父と観たある映画に、人びとが食卓を囲んで、カシスとシロップのパンケーキを食べている場面があった。あの組み合わせなら、きっとうまくいくような気がする。

僕は裸の上半身にTシャツを着て、パジャマ姿のフロウラ・ソウルを腕に抱いて階段を上り、三階のドアをノックした。おばあさんは僕たちを見て喜び、さあどうぞ、なかに入って、と言ってくれたが、いまはちょっと時間がなくて、と僕は答えた。すると、おばあさんは立ち話を始めた。例の友人の喘息が、お宅のお子さんに会って以来、具合がずっとよくなって、喘息とともに患っているうつ病もよくなってきた。それで来週は、隣町の従姉が三時間も電車に揺られて、こちらへやってくる。これまでも大変な苦労をしてきた人なのに、こんどはがんが見つかってしまった。それで、ぜひ従姉をお宅のお子さんに会わせてやりたいのだけど、かまわないかしら、という話だった。僕がどうしたものかと戸口でためらっていると、おばあさんが言った。

「翌日の電車で、すぐに帰る予定ですから」

僕の女王がバラ色の頬で姿を現したとき、僕は四枚目のパンケーキをひっくり返していた。彼女は本を持っていて、ページがわからなくならないように、指を挟んである。彼女はなにごともなかったかのように僕に微笑みかけ、テーブルでパズルをしていた娘にキスした。そして、座って本を読み始めた。僕たちはまた、プラトニックなきょうだいに戻ってしまった。思いがけず、天使のような金色の巻き毛の子どもをもうけた、ふたりの他人に。

「これ、信じられないほどおいしい」シロップをたっぷりかけたパンケーキを食べながら、アンナが言った。僕のせいで、彼女のあごに引っかき傷ができている。テーブルに隔てられた僕は、どれくらい彼女に近づいてもいいのかわからない。僕が彼女を見つめているのを――新たな目で見つめているのを、彼女が気づいているかどうかさえわからない。どうして以前、彼女のことを地味な子だなんて思ったのか、自分でもわけがわからない。一年半前の自分が、まるで他人のような、不可解な謎のように感じる。

「なに？」彼女が微笑んで言った。恥ずかしがっているみたいだ。

「何でもない」僕は言った。

血のつながっていない誰かをこれほど近しく感じられる奇跡について、僕は思いを巡らせていた。やがて、彼女が訊いた。

「最近、手術を受けたの？　十九か月前は、傷痕なんかなかったから」

娘が親たちの顔をひとりずつ、じっと見ている。家のなかで新たな展開があったことに、この子も気づいたのだろうか？　僕たちを結びつけているものが、子どもだけじゃなくなったことに。

「うん、二か月前に盲腸を取ってね。もう以前の身体じゃないんだ」

僕が必死に落ち着こうとしている様子を、子どもがじっと見ている。僕は突然、狂おしい想いに揺さぶられた。どうしていいかわからない。僕は立ち上がって、セーターを探した。アンナにこんな状態の僕を見られたくない――彼女のことを想うあまり、どうにかなってしまいそうな僕の姿を。彼女も立ち上がった。

「図書館に行ってくるね」そう言って、彼女は子どもにキスした。そして一瞬、ためらうように僕を見た。僕もためらいながら、彼女を見た。彼女が先に思い切って、僕にキスをした。

もう居ても立ってもいられなくなった僕は、子どもを着替えさせ、抱っこしたまま階段を下り、ベビーカーを取りにいった。もしアンナにいまの気持ちを訊かれたら、何て言おう？　正直に、本当のことを言おうか？　よくわからないから、いろいろ考えているんだって。なにかが起こったとき、男はすぐに自分の感情を表現できるとは限らないんだ。

朝のこの時間には、まだあまり人影がないけれど、カフェの外にはテーブルが三つ出ていた。こんどはどんなことが起こるのか、想像もつかない。これからは、一日の時間の過ごし方が変わっていくんだろうか？　あんな夜を過ごしたあと、昼間の時間はどんなふうに過ぎていくんだろう？　朝、昼、夕方、夜——それぞれが新たな意味をもつのだろうか？　僕たちは付き合っているのかな？　それとも、付き合ってない？　僕は彼女のボーイフレンド？　それとも僕たちはカップルじゃない？　これって恋愛関係なの？　それとも性的な関係？　カップルだとしたら、僕は二十二歳で一家の父親ってことになるのか？　それとも、彼女にとって僕は友だちだけど、性的な関係があるだけ？　だったら、なにがどうちがうっていうんだろう？

69

とりあえず、僕は電話ボックスに飛び込んで、父さんに電話することにした。娘はベビーカーに座らせたまま、僕の姿が見えるようにして、電話ボックスのドアが閉まらないよう、足をはさんでおく。父さんは僕の声を聞いて喜び、最近はおまえから何日も電話がなくても、こちらはゆったりと構えているよ。以前のようには心配していない、と言った。

「ずいぶんご無沙汰しちゃって、ごめん」僕は言った。

「そりゃあ、以前ほど親父さんのことが必要じゃなくなったのは、ようくわかるさ」そう言って、父さんは話題を変えた。ニュースがあるらしい。

「じつはコミュニティホームで、ヨセフにガールフレンドができたんだ」父さんは言った。「いい娘《こ》だよ。同じホームで暮らしているんだが、来週末、彼女を連れて帰ってくるんだって。ご両親も一緒なんだよ。それで考えていたんだけど、料理はなにを作ればいいかね？　こういうのは得意じゃないんだ。料理はいつも、母さんがやってくれたからね」

「フィッシュボールはどう？　ホイップクリームを浮かべたココアスープをデザートにして。僕の出発前夜に作ってくれたのと、同じような料理でいいんじゃない？」

「それもいいかもな。フィッシュボールに加えるじゃがいも粉は、大さじ二杯だっけ？」

「たしかそうだと思うけど」

「おまえ、ラヴェルはどう思う？」

「何でそんなこと訊くの？」

「最近よく聴いてるんだ」

「いまどきの流行りかどうかは、ちょっと」

「お金は足りてるかい、ロッピ。おまえのところは人数が増えたからね」

「大丈夫、心配ないよ」

教会では、ちょうどミサが行われていた。僕はトマス神父に挨拶しようと思いつき、ミサが終わって彼が外に出てくるのを待った。彼は僕に会えたのを喜んで、カフェでエスプレッソとアマレットでも飲もう、と誘ってくれた。僕たちは一緒に広場を歩いていき、カフェに入った。遠慮なくコーヒーをごちそうになることにしたが、リキュールは遠慮した。僕は子どもをベビーカーから降ろして、ビスケットを持たせ、まわりの人たちに会釈をしている神父の向かい側に座った。神父が僕としゃべりながら、子どもに目をやる。ふと気がつけば、彼は弟のヨセフと同じように、エスプレッソに砂糖を三つも入れていた。そして、カップの底に溶け残った砂糖をスプーンですくって舐《な》めている。いつのまにか、僕はトマス神父に悩みごとを打ち明けていた。たまたま子どもができちゃった相手の女性を、どうやら本気で好きになってしまったみたいで、と。

「彼女に拒絶されるんじゃないか、押しのけられるんじゃないかって思うと、すごく怖かったんです。だけどそうじゃないとわかったら、なぜかよけいに怖くなってしまって」

神父がエスプレッソを飲み終えるあいだに、僕は言った。まるで、揺れる小舟に片足を踏み入れながら、もう片方の足を埠頭《ふとう》で踏ん張っているような気分——左右の足がどんどん逆方向に引っぱられ、股が裂けそうだ。僕はこれまでの経緯を彼に説明する必要があると思った。友だちの友だちみたいな女性と、ほんの一瞬、不注意なまねをしただけで、子どもができてしまったわけで。こうしてふやけたビスケットを手に持っている小さな子どもは、まったくの偶然で生まれてきたのに、こうしてちゃんとひとりの人間として存在している。

「まあ、いろいろありますよね」テーブルのまわりをうろうろしていた二羽のハトにビスケットのくずをやりながら、僕は言った。

「偶然には意味があるものだ」エスプレッソのお代わりを注文して、神父が言った。

見ていると、彼はまた砂糖を三つ取ってカップに入れた。

「きみたちの場合は、普通とは少し順番がちがったわけだ」神父は言った。「まず子どもができて、それから互いのことを知り合った」エスプレッソを少しずつ飲みながら、神父が言う。

「恋愛関係って、どのくらい続くんでしょうか？　性的な関係は？　あるいは、そのふたつが組み合わさっている場合は？　そういう関係が一生、いつまでも続くものなんでしょうか？」

「もちろん、そういうこともあるだろう」トマス神父が言った。「男女の関係には、さまざまな側面があるからね。ふたりのあいだのことは、他人にはわからない」

母さんの声が聞こえるような気がした。いかにも、母さんが言いそうなことだ。

「自分以外の人のこととなると――とくに女性の気持ちっていうのは、よくわからなくて」

「そうだね、そういう場合もある」トマス神父はアマレットをもう一杯頼みながら言った。「だが見たところ、納得がいくまでよく考えるために、やっておいたほうがいいと私が思うことは、きみはすべてやり終えたように思えるがね」

ビスケットを食べ終えた娘の顔には、くずがいっぱいついている。拭くものがないかと、僕がポケットやベビーカーのなかを探していると、神父がさっと僕の手にハンカチを握らせた。

「清潔だから」神父は言った。「必要なこともあるかと思って、教区の子どもたちのために持ち歩いているんだ」神父はそう言って、娘に笑いかけた。きっと、僕にお薦めの映画を考えているにちがいない。娘はハトに興味を持ったようだ。

「ある映画が思い浮かんでね」やがて神父が言った。「古い映画で、たしか主演はイヴ・モンタンとロミー・シュナイダー。少し前に観たんだが、たぶんきみの参考になるんじゃないかな。

きみも言っていたとおり」神父はそれから、僕自身は言った覚えがないことを言った。「危険なのは最初の夜ではなくて、二回目の夜。未知の魔法が消え去っても、思いもよらない魔法が起こる——たしか、そう言ったのはロミーだ。よかったら今晩、その映画を観に来るといい。子守りが見つかればね」

僕は子どもにフードをかぶせ、神父と握手してコーヒーのお礼を言った。そして、夜の外出はちょっと難しいと伝えた。一日じゅう、僕の頭に浮かんできた最大の問題は、今夜もふたりで同じベッドに寝るのか、それともあれは一度きりで、ゆうべの特別な状況で起きた、例外だったのか、ということだ。ひょっとしたら彼女は、僕に恥をかかせないようにと思ったのかもしれない。僕はこれまで、女性と二晩続けて寝たことは一度もなかった。そんなことをしたら、真剣に付き合うことになってしまうから。だけど正確に言えば、昨夜は僕たちにとって二回目の夜ってことになる。いつからどう数えるかは、意見が分かれるところだけれど。実際に数えて二回目とするべきか、今夜を二回目と数えるべきか。

70

図書館に行っていたアンナが、買い物袋をふたつ抱えて帰ってきた。玄関の鏡をちらっと見て、手ぐしで髪を整えている。部屋に入ってきた彼女は、買い物袋をテーブルに置いた。

「食材を買ってきたの」

僕は買い物袋の中身をテーブルの上に出すのを手伝った。アンナの身体に両腕を回したかったけれど、タイミングが悪い気がした。彼女が買ってきたのは、一羽丸ごとのカモだった。下処理はしてあるようだが、形状からして、いったいどうやって料理するのか僕には想像もつかない。彼女がこれから自分で調理するという。

「気分転換にね」彼女は言った。「フロウラ・ソウルと私があなたと一緒に暮らし始めて三週間のお祝いに、腕をふるってごちそうを作ろうと思って」

「料理できるの？」僕は訊いた。驚いた。僕はてっきりこの女性《ひと》は——僕の子どものお母さんは——料理ができないのだと思っていた。「だって、きみは遺伝学者だし」

アンナは笑った。

「悪かったなと思ってる」彼女は言った。「これまであなたのために一度も料理をしなかったものね。ずっと任せきりでごめんなさい」

僕は娘を抱っこして、アンナが慣れた手つきで丸ごとのカモを扱うのを見ていた。彼女は手際よく、デーツやりんご、ナッツ、セロリを刻んで、カモの腹のなかにぎゅうぎゅうに詰めていった。まるで、レストランの厨房で長年働いていた経験でもあるかのように、すべてがほんの数分で済んでしまった。そんなアンナの思いがけない一面を知って、僕はうれしいのか、がっかりしたのか、自分でもよくわからなかった。いまだに手際は悪いけれど、僕は料理をするのが楽しくなってきたところだから。

「うちの父は大の料理好きで、新しいレシピを生み出すために、何時間もキッチンにこもっているような人でね」彼女は言った。「マス釣りができないときは、ライチョウ狩りに行くし、ライチョウ狩りができないときは、ガチョウやトナカイを撃ちにいく。あるとき、父がタシギとオオハクチョウを持ち帰ってきたの。間違って撃ってしまったんだって。あの日、父はキッチンのドアを締め切って、一日がかりで調理してた。大きなハクチョウで、どうにかぎりぎりオーブンに入ったみたい。でも私は、料理にはすぐに興味がなくなっちゃったの。どうせ、父がいつもキッチンを占領してたし。ただ、作り方を一度見ておけば、たいして難しくないから」

　彼女はそう言って、詰め物をしたカモから水分が漏れても大丈夫なように、水切り板の上に載せて、詰め口を縫っていった。彼女が副菜のにんじんのムースとさつまいものローストを作っているあいだ、僕は自分の子どもの母親のことを、文字どおり、なにひとつ知らないのだと思い知った。うちの子のおじいさんに狩猟の趣味があることさえ、知らなかったのだ。

「なに？」彼女がそう言って、微笑んだ。

「何でもない」

「いいから、なに？」彼女がもう一度言った。「どうして見つめるの？」

「ライチョウ狩りをするハンターの娘は、どんな人物だろうと思ってさ」

「深層心理ってこと？」アクアマリンの瞳で見つめながら、彼女が言う。

　オーブンでカモを焼いているあいだ、僕は少し離れた駐車場へ行って、残りのワインボトルが入っている箱を取り出した。すると、帰りにトマス神父にばったり会ったので、ワインを二本差し上げた。

「修道院のワインと飲みくらべてみてください」僕は言った。トマス神父は、きみが短い休みから復帰して、修道士たちもとても喜んでいるし、以前よりも庭園に興味を示すようになったと言ってくれた。

「みんな最近はよく外に出て過ごすようになってね」神父は言った。「新鮮な空気を吸うのはいいことだと、気づいたようだ。ブラザー・ポールがこの二十年で初めて、花壇に水をまこうとして、足元を濡らしてしまったんだが、母なる自然とふたたびふれ合えて、感謝していたよ。それからみんな、きみがバラにつけてくれたラベルをとても気に入っている。バラ園の古来の小径をたどりながら、それぞれの品種名を記したラベルを読めば、ラテン語の勉強にもなるからね」

部屋に戻ると、アンナはすでに副菜をテーブルに並べ、オーブンからカモを取り出しているところだった。自分の椅子に座ったフロウラ・ソウルは、よだれかけを着け、手にスプーンをにぎって待ち構えている。料理はたしかにとてもおいしかったのだが、ふたりともあまり食欲がなかった。僕はもう、ソファーベッドで寝たくなかった——隣の部屋に、ふたりで寝られる大きなベッドがあるのだから。そろそろフロウラ・ソウルをお風呂に入れて寝かしつけようと思い、席を立とうとしたら、彼女が言った。

「私がやるから」

キッチンの窓から外の暗闇を眺めると、丘の上の修道院に灯りのついた窓がいくつも見える。明日は芝生を刈って、倉庫からガーデンベンチを出して、オイルを塗ろう。それから、新しい菜園にサラダ用のいろんな種類の野菜の種をまいて、スパイスの菜園の作業の続きもしよう。

洗い物と片付けを済ませた僕は、すぐに寝室へ向かい、ベッドにもぐりこんだ。そして、アンナがかけていたふとんを、そっとめくった。

朝、フロウラ・ソウルが目を覚まし、ベビーベッドのなかで立ち上がるまで、僕たちはほとんど眠らなかった。僕がいま、世界をふたつに分けて考えるようになったのは、否定しようもない——僕たちふたりと、それ以外の人たちだ。僕たちと娘はひとつのように感じることもあれば、娘はほかの人たちの世界に属するように感じることもある。

71

自分たちの関係についてふれたことはお互いに一度もないものの、僕は子どものいるカップルという実感が初めて湧いてきた。愛し合うことさえできるなら、誰かと暮らすのはちっとも面倒なことじゃない。僕の立場は依然としてはっきりしないが、それでも僕は幸せで胸が躍っていた。もちろん、そんなことは誰にも言わなかったけれど。

アンナは相変わらず本に没頭し、物思いにふけっている。目の前にいるのに、なぜか遠くに感じてしまう。ベッドにいるときだけは、彼女を遠くに感じたりしないのに。たまに、僕のことなんか目に入っていないんじゃないか、と思うことさえある――ふたりとも、ベッドに入るまでは。すると、すべてが一変する。シーツの下では、僕たちは恋人同士になる。けれどもベッドから出て、昼間のあいだの僕たちは、まるできょうだいみたい。このあいだも村の人に、きょうだいですか、と訊かれたくらいだ。僕たちは手をつないで歩いたりしないし、昼間はキスもしない。子どもを連れて散歩しているときも、交代で夕食を作って、向かい合って食べるときも、きょうだいみたいな感じだ。僕は、以前より大胆な料理に挑戦するようになった。アンナを驚かせたい一心で、とうとう肉屋のお薦めを買ったりもした——シカのフィレ肉を。

ところが、夜の魔力がしだいに昼間にも影響を及ぼすようになってきた。朝起きるなり夜を心待ちにして、昼間もそのことばかり考えてしまう。昼間のうちは何だか照れくさくて、僕たちは以前よりもしゃべらなくなった——ふたりとも、夜に待ち受けていることを考えてしまうから。僕は昼食後にはもう夜のことを考え始めてしまい、ベッドに行くのが待ちきれない思いで、午後の長い時間を過ごすこともある。

いま僕たちが話すのは、子どもに関係のあることだけだ。あとは僕が料理をしたとき、アンナがほめてくれるくらい。僕自身は、夜はあまり食欲がないけれど、アンナは相変わらずよく食べる。ふたりとも、そのあとのことには一切ふれないが、子どもをお風呂に入れて後片付けをするのが、やたらと速い。

娘はとてもいい子で、あっというまに寝付いてくれる。おしゃぶりをくわえ、大好きなウサギのぬいぐるみを枕の横のクッションに寝かせると、数秒後にはもう、うとうとしている。この子は一日じゅう、あらゆる点で完璧なのだ。僕が帰宅したとき、フロウラ・ソウルがぐっすり眠っていたりすると、アンナは本をぱたんと閉じて立ち上がる。まだ夜の八時だろうが、そんなことはおかまいなしに、僕たちは本も服も放り捨て、無言で寝室へ行く。ふたりを邪魔するものはなにもない――テレビもなく、戦争や殺し合いのニュースも届かず、訪ねてくる人もいない。だから僕たちは、いつも急いで娘に夕飯を食べさせ、さっさと寝かしつけようとするのだけど、娘はいたってごきげんだ。ときにはもう待ちきれなくて、後片付けもせず、翌朝までテーブルに食器が置きっぱなしのこともある。ベッドは別世界であり、外部の法とは無縁の場所だ。僕たちはますます口数が少なくなった――すべてを言葉で表現できなくたって、ちっともかまわない。横たわった僕の耳に、ふと神父の声が聞こえてきて、天井のハトの翼の上に白い字幕となって浮かび上がった。

この場合の切望というのは、肉欲とおおいに関係がある。

72

娘はお昼寝をしている。僕は、テーブルで本を読んでいる恋人の前に立った。彼女はすぐ本を置いた。

庭園に行ってくるね、と言うつもりだったはずが、自分でも驚いたことに、まったくちがうことを言っていた。

「ちょっと話せないかな。僕たちのことで」

「僕たちのことって、どういう意味？」

「ふたりの関係の状態について、話し合いたいと思って」

彼女は驚いた顔をした。

「状態って？」

彼女は目をそらしながら、低い声で言った。まだペンを持っている。ということは、いまやりかけのことを、やめる気はないということだ——ちょっと手を止めて、ひとつかふたつ、訊かれたことに答えるだけ。夜だったら、僕が子どもを寝かしつけたとたんに、彼女はペンを置く。でも、いまはそうじゃない。彼女はいま、ふたりの関係について話し合えるような気分じゃないのだ。間が悪かった。僕があせったせいで、ちゃんとタイミングを見計らうことができなかった。僕自身、言うべきことなんてほとんどないのに。

「僕たちは、寝てるよね」

自分で言っていることと、思っていることのあいだに、膨大な隔たりを感じる。

「そうだけど？」

僕は黙ってしまった。

「私のこと、本気で好きにならないでほしいの」彼女がついに口を開いた。「期待に応えられるかどうか、わからないから」

そんなの、もう遅すぎるよ——僕は心のなかでつぶやいた。

「気持ちがいつまでも続くかどうかなんて、あてにならないし」彼女が言った。

気持ちがいつまでも続くかどうかって、どういう意味で言ってるんだろう？　僕だって正直に言えば、一生こんなふうでいられるのかな、って考えることはある。このままずっと毎晩、ふたりでベッドに飛び込むのを楽しみに暮らしていけるんだろうか？　五十五年後には、僕もいまの父さんと同じ、七十七歳になる。五十五年ということは、約一万八千二百五十夜を彼女とともに過ごすということだ。もちろん、溶岩原で事故に遭ったりしなければの話だけど。そうすれば、歓びに満ち、心待ちにすべき夜が、一万八千二百五十回も待っているということなのか？　僕は時計をちらっと見て、この気まずい状況をどうにかしようと思った。自分のためにも、ふたりのためにも。

「それはともかく、ベッドに行かない？」ほかに手立てのない問題に決着をつけるように、僕は言った。午後二時で、娘はあと一時間くらいはお昼寝をしているはずだ。

ちゃんと話し合おうと思っても、こうやってうやむやになってしまう――つまり、ベッドで。本当はなにひとつ解決していないのに。でもどういうわけか、そのあとは、話し合う必要なんてまったくないように感じてしまう。身体がふれ合ったあとは、気がかりな問題は影をひそめ、早朝のミサのあと、丘にかかっている赤紫色の靄《もや》のように、悩みごともうやむやになってしまう。

その後、寝室の戸口に立ったアンナに声をかけられ、僕は目を上げた。彼女がシャッターを押し、フラッシュを顔に浴びるまで、僕はカメラに気づかなかった。僕はまだ、ふとんにくるまっていたから。彼女がフィルムを巻き上げる。

これまで外出しても、フロウラ・ソウルの写真さえろくに撮らなかったのに。

「あなたの写真が欲しかったの、思い出に」

「出ていくの？」まるでカメラではなく、銃を向けられているように感じた。発砲の直前、僕は死の影をこの目でとらえる。僕は思わず口走りそうになる。「いいとも、撃てよ」

「いいえ」彼女が言った。「さ、撮れた」

動揺を隠したくて、ベッドから出た僕は、あわててズボンを穿いた。アンナに――僕の恋人に背を向けないよう、それだけは注意しながら。

73

誰かに相談したかったけれど、僕は女性とのことを他人に気安く話すような男じゃない。誰かが自分に心を開いて打ち明けてくれた個人的な話は、他人に話してはいけないはずだ。アンナと僕のあいだのことも、彼女と僕だけの問題だ。けれども、ゲストハウスの七号室を訪ねていき、神の愛の専門家に相談したからといって、彼女の信頼を裏切ることにはならないだろう。これまで彼とさまざまな問題について話し合ってきたことが、僕の背中を押してくれた。今回のようなことだって、ほんの十日ほど前に話したばかりだ。

僕が神父と話しているあいだ、ストライプの靴下を穿いた娘は、僕のひざの上でもぞもぞと動いていた。今回はあらたまった相談ごとがあって訪ねてきたので、神父と僕たちは机をはさんで向かい合っている。酒を勧められたが、子どもと一緒のときに飲むのはよろしくないと思って、遠慮した。ふと見ると、机の真ん中に、ブルーのニットのドレスを着た陶器の人形が置いてある。僕は単刀直入に言った。

「女性が自分のことを愛しているかどうか、男はどうしたらわかるんですか？」

「恋愛に関しては、なにごとも確信を持つのは難しい」人形をすっと娘のほうへやりながら、神父が言った。

「買い物に行ったあなたが戻ってこないんじゃないかと心配になる、なんてそのひとが言った場合は？」

「その場合は、本当は彼女のほうが出ていって、ひとりになりたいのかもしれない」

僕に向かって話しながら、神父は娘が人形と遊んでいる様子を眺めている。

「じゃあ、女性がぼんやりと物思いにふけって、遠くにいるように感じる場合は、相手の男をあまり好きじゃないってことでしょうか？」

「そうかもしれないし、あるいはものすごく好きなのかもしれない」

「でも、自分のことを本気で好きにならないで、なんて言った場合は？」

「それは、彼女がその男を愛しているってことだ。きみの参考になりそうな、同じような問題を扱った古いイタリア映画を思い出したよ。その監督は、会話が感情の裏付けになるとは、これっぽっちも思っていないんだ」

「でも、そのひとがまだ真剣な関係にはなれないと言ったら？」

娘が僕に人形をよこした。人形の服を脱がせてほしいらしい。

「それは、彼女のほうは真剣な関係になりたくても、きみもそう思っているかわからなくて、振られるのが怖いんだろう」

「じゃあ、もし彼女が、出ていってひとりになりたいと言ったら?」

「一緒に来てほしいという意味かもしれない」

神父は立ち上がって、棚でなにかを探している。

「詩にも謳《うた》われているように、賢明な愛というのはあるようだが」神父が部屋の向こうから、背を向けたまま言った。「賢明な情熱なんてものは存在しない。だが分別のある生き方をしているだけでは、情熱を失ってしまうと言うじゃないか」

神父が言ったのは聖書のことじゃないな、と僕にはわかった。

娘がこんどは、人形に服を着せてくれという。腕を袖に通すのに、やたらと時間がかかった。

「これだ」ついに神父がそう言い、手にビデオテープを持ってやってきた。「アントニオーニ(ミケランジェロ・アントニオーニはイタリアの映画監督)の映画を観れば、女心をおおいに学べるというものだ。ビデオデッキはもう買ったかね?」

74

アンナが何だかそわそわと落ち着かない様子だ。でも、表面上はふだんとなにも変わらない。彼女はいつもどおりに振る舞っているのに、僕は突然、もう時間がないと感じる。

「なに?」彼女が言った。「さっきから私のことじっと見て、すごく不安そうな顔をして。フロウラ・ソウルみたいに、私のことを責めるような目つきで見てる」

「出ていくの?」できるだけさりげなく訊こうとしたが、声が震えてしまう。

「ええ」彼女が言った。

正直言って、僕は自分の勘には根拠がないと思い始めていたところだった。だが、人生には驚きがつきものだ。いいことがあると思っていると、悪いことが起こる。悪いことが起こると思っていると、いいことが起こる。つまらない西部劇の映画に出てきたセリフだけど——神父と名画を観るようになる前に、たまたま観た映画だ。

「いつ？」

「あさって。ここでできることはすべてやったから。結論に達したの」

何の結論か、僕はあえて訊かなかった――論文のことなのか、それとも僕たちの関係のことなのか。僕は映画に出てきたセリフを思い浮かべ、彼女にこう言いたかった――もう一度ふたりでやり直そうと思ってくれたら、きっとなにもかも変わるよ。しかし、すべてが粉々に砕け散っていくのを感じながら、僕は黙っている。

「ごめんなさい」彼女はささやくように言った。「あなたはとても素敵なひとよ、アルンリョウトゥル――やさしくて、思いやりがあって。これは私自身の問題なの。すごく混乱していて」

僕は身体がふわっと浮いたようになって、めまいがしたかと思うと、鼻血がどっと出た。キッチンのシンクへ向かう僕の後ろには、赤いヴェールのような血が垂れている。僕は鼻をつまんで頭をのけぞらせ、血を呑《の》み込んで、シンクの端につかまっていた。生贄《いけにえ》の儀式で殺される獲物みたいに、血がどくどくと流れてくる。

アンナが濡らした布で血を拭うのを手伝ってくれた。心配そうな顔をしている。

「大丈夫？」彼女が訊いた。

僕はテーブルに座り、頭をのけぞらせた。アンナは僕の前に立っている。見たことのないような色合いの、フューシャピンクのセーターを着ている。

「本当に大丈夫？」彼女がもう一度言った。

ふたりとも黙っていたが、やがて、うつむきながら彼女が言った。

「母親になる前に、やるべきことがたくさんあると思う」

僕は鼻に当てていた布を外した。血が止まったみたいだ。きみはもう母親だろ、なんて言ってもしかたがない。

「すぐに子どもを持つなんて、私にはまだ無理」まるで子どものいないカップルが、将来のことを話し合っているような口ぶりだ。彼女は一瞬、黙ってから言った。

「あなたのことが信じられないほど好き。だけど私、ひとりになりたいの——あと何年か——自分を見つけて、博士号を取るまで。いますぐ家庭を築くには、まだ若すぎると思う」二歳年上の遺伝学者が言った。

僕は布を握りしめた。血で赤く染まっている。シャツにも点々と赤いしみがついている。

「あなたとフロウラ・ソウルはとても仲がいい。私よりもずっと」彼女が言った。「すぐに親しくなって、いつも楽しそうにしてる。もうふたりだけの世界ができていて、私にも入り込めない気がする。だって、ふたりとも左利きだし」付け足すように、彼女が言った。

「まだほんの子どもじゃないか」

「あなたたちは、いつも気が合うじゃない」

「どういうこと?」

「ふたりともラテン語を話すし。私だけ除《の》け者みたい」

「あの子がラテン語を話すなんて、ちょっと言い過ぎだよ。単語を少し知ってるだけだもの。ほんの五個か十個か」僕は言った。「七個くらいかな」少し考えて、僕は言った。「ミサのときに聞きかじって覚えたんだよ。子どもって、そういうものでしょ」

「十か月で？」

「もちろん、ほかの子どものことは知らないけど」

「あなたは父親の役割を楽しんでいるけど、私はあなたとちがって、母親の役割をそれほど楽しめないの」

「それはたぶん、きみの気を引きたかったからだよ。いいところを見せようとして」

「子どもにラテン語を教えることで？」

「子どもの面倒をよく見ることでさ。それに、きみのことも」僕は静かに言った。

「あなたは立派なひとね、アルンリョウトゥル」彼女が言った。「善良で、聡明で」

そして、僕のことがとても好きだと言った。

「この四十日間、本当に素晴らしかった」彼女は言った。「でもあなたに、私のことをずっと待っていてほしいなんて、言えないもの」両手に顔をうずめながら、彼女が言った。「私が自分探しをしているあいだ、ずっと」

「まあ、そうだけど」そう言いながら、僕は心のなかで思っていた——待っていてほしい、って言ってみたらいいのに。

75

最後の夜は長く、やけにゆっくりと過ぎていった。蒼い夜で、僕はアンナを起こさないように注意しながら、ベッドのなかでそっと身動きした。彼女は深い寝息を立てている。まんじりともできない僕は呼吸のペースを緩め、彼女の呼吸に合わせようとしてみた。僕は彼女に寄り添っている。でもどんなにぴたりと身体を寄せ合っても、僕たちは大海に隔てられている——ひとつになっていないから。あの最期の電話で母さんを失ったように、彼女を失ってしまいそうな気がする。黒い砂が指のあいだから流れ落ちていくように——いや、打ち寄せる波が指のあいだからこぼれていくように。僕は呆然と座ったまま、しょっぱい指を舐める。

僕はちっとも眠れず、こうなったら落ち着いて、彼女を引きとめる方法を考えようと思った。フロウラ・ソウルのことも、失うわけにはいかない。どうにかして、とにかく何でもいいから、アンナを引きとめる方法を考えないと。テレビのクイズ番組みたいに、いきなり正解を思いついて、土壇場の大逆転で幸運をつかみ取るかもしれない。
ほら、がんばれ、しっかりしろ！　と自分に言い聞かせる。僕は怒り狂ったキョクアジサシ（北極と南極を一年で行き来する渡り鳥）の大群に囲まれ、四方八方から襲撃されて、身を守る術すらないような気分だった。出ていこうとする彼女を、身体を張って、無理やり止めるわけにいかないのだから、彼女が出ていきたくなくなるような、最高の環境を作れないものだろうか？

　彼女は九時の電車に乗るはずなのに、七時になってもまだ僕の腕のなかにいる。僕はシーツの下で彼女の身体をやさしくなで、昇りくる太陽の脅威から目を背けようとする。カーテンの隙間から、肉屋で見た猪《しし》肉と同じ、赤みがかった紫色の朝焼けが覗いている。やがて、アンナがぱっと目を覚ました。僕はついに、ひと晩じゅう眠れなかった。彼女はぼうっとして、頭が回らないみたいだ。娘はまだすやすやと眠っている。

「すごく変な夢を見たの」彼女が言った。「夢のなかで、あなたは真新しいブルーの長靴を履いて、フロウラ・ソウルを抱っこしてる。あの子もおそろいのブルーの長靴を履いてるの——もちろん、サイズはうんと小さいけど。ふたりはバラ園にいる。ゆうべの夢は色がなくて、バラでさえ無色なのに、なぜかブルーの長靴だけ色がついてるの。それからいつのまにか、私は狭い路地に立ってた。ふたりが長い階段を上っていくのが見えて、やがてドアの向こうに姿を消してしまうの。私がドアをノックしたら、フロウラ・ソウルを抱っこしたあなたが出てきて、お茶に招いてくれた」

すると、思いがけない言葉が僕の口を突いて出た――僕は彼女のほうを見ずに言った。

「もしかしたら、そのうちもうひとり、子どもができるのかも」

「そうね」彼女が言った。「そうかも」

ふたりともベッドから出た。僕は鏡の前に立ち、アンナに腕を回してそっと引き寄せた。鏡のなかにふたりの姿が映っている――金縁の立派な額に収まった家族写真のように、ともに四十日間暮らした記念のように。僕は青白くて痩せているが、彼女も青白い。後ろには、ちょうど起きたばかりの娘が、ベビーベッドのなかで立っているのが見える。にっこりと笑っている娘の頬はバラ色で、ひじにえくぼができている。これで家族全員が、フレームに収まったわけだ。

「フロウラ・ソウルのこと、あなたに任せるから」突然、彼女がぼそっと言った。新しい脚本を初めて読んだかのように。そう言って、落ち着きどころを探しているかのように。鏡のなかで、彼女は僕の目をまっすぐに見つめた。

僕は黙っている。

「ふたりがとっても仲よしで、あなたが本当によく子どもの面倒を見てくれることがわかったから、あなたになら、何の心配もなくあの子を任せられると思ったの。もちろん、私はこれからもずっとあの子のママよ。でもある日突然ふらりとやってきて、あの子を連れ去ったりしないから、安心して。私もできる限り、子育てを手伝うから。あの子のためなら何だってする」

そう言って、アンナは口をつぐんだ。

「ごめんなさい」やがて、彼女が言った。そして僕にキスした。「半年間、ひとりにさせて」

最後にそう言った。

76

僕たちは黙って向き合いながら、まるで遠足の小学生みたいに、チーズをのせたパンを食べ、一個のりんごを三人で分け合った。僕が朝食の後片付けをするあいだに、アンナは衣類や本や手荷物をまとめた。

アンナは支度が済むと、廊下で僕をきつく抱きしめた。部屋を震わせ、耳鳴りのように響いている僕の鼓動が、彼女にも聞こえるんじゃないかと思った。それから、アンナは娘を抱きしめた。僕たちに、駅まで見送りに来てほしくないという。僕はいつも、ちゃんとさよならを言えない。母さんにも、別れの言葉を言えなかった。

残された僕はしばらく娘とふたりで座っていたが、やがて、娘を着替えさせた。そして、ふたりでテーブルに座って園芸書をめくり、娘のお気に入りの章を開いた。庭園の池と小川の章だ。

「ママ」娘が言った。

「うん、ママはあとで帰ってくるよ」

小川の写真を眺めていると、ドアをノックする音がした。

僕は玄関へすっ飛んでいき、鏡を見て髪をかき上げた。ドアを開けると、三階のおばあさんが立っていた。おばあさんは、湯気が立ちのぼる大皿を黙って僕に差し出した。美しい黄色に炊きあがったライスには、焼きトマトとオニオンリングが載っていて、貝やカニ爪などの魚介類がふんだんに入っている。

「すぐ戻りますからね」おばあさんはそう言って、階段を上っていった。

僕はドアの隙間に足をはさんで立っていた。気がつけば、フロウラ・ソウルが僕のあとを追って玄関に来ていた。誰が来たのか知りたかったのだ。ニットのレギンスを穿いた小さな脚で僕の横に立ち、ドアにつかまっている。

「いい子だね」両手に熱々の大皿を持って戸口に立ったまま、僕は言った。

三階のおばあさんはすぐに戻り、デザートにどうぞ、とチェリーケーキを持ってきてくれた。おばあさんは娘を見て顔を輝かせ、さっと家のなかに入ってテーブルの上にケーキを置き、娘に挨拶した。フロウラ・ソウルも、お客さんが来たのがうれしいみたいだ。考えてみれば、うちには誰も来たことがなかったから。娘はドアから手を離し、ひとりでとことこと歩いていったかと思うと、テーブルの上のボウルからデーツをひとつ取った。そして、歩いて戻ってきて、おばあさんにデーツをあげた。

「あの方が行ってしまったから、差し入れをしたいと思って」おばあさんは言った。「ママがいなくなっても、子どもはちゃんと食べないとね」

僕はおばあさんに、ここの方言で、料理と温かい気遣いへのお礼を伝えた。ちょうど最近、礼儀作法に関する章を読んでいたのだ。だけど、おばあさんが長居をしたら困るな、と少し気がかりでもあった。これから子どもと一緒に外に出て、父さんに電話をかけようと思っていたから。

おばあさんがお茶を飲んで帰っていくと、僕は娘にダブルボタンとポケットのついたウールのコートを着せ、外用の靴を履かせた。

「ソウリルおじいちゃんに電話しようか」

「じい、じ」

アンナが出ていったことは言わなかったが、なぜか父さんも、きょうに限って彼女のことを訊かない。天気の話もしなければ、いつものように道路の話や植物の話もしない。何だか緊張しているみたいだ。

「これからする話を、おまえがどう思うかわからないんだけれども」

「いい出会いでもあった？」

「おまえ、霊能者にでもなったのかい？　べつに、きのう会ったばかりとかじゃないんだよ、これには長い話があってね。彼女は、母さんと私の昔からの友人なんだ」

「父さんてば、僕が電話するたびにボッガの話をしてたじゃないか。彼女の家の電気配線を修理して、窓の修理もしてあげて、お礼にラムスープやグレーズドハムをごちそうになってたよね」

「ボッガがね、引っ越してきてほしいと言うんだよ。彼女はいま、あの家でひとり暮らしで」

やがて、父さんはためらいがちに言った。

「本当なら、この家でずっと暮らしたかった。でも母さんがいないと、なにをどうしたものやらわからなくてね」

しばらく黙ったあと、父さんが言った。

「フロウラちゃんは元気かい？」

「うん、もう歩き始めたよ」

「そうか、それでバラ園はどうだい？」

「世界でもっとも美しいバラ園の姿を取り戻しつつある」

「それはよかったね、ロッビ」

つぎの話に移る前、父さんはまたしばらく黙っていた。

「このところ、いろいろ考えていたんだが、勉強のことでは、私はおまえにずいぶんと余計なプレッシャーを与えてしまったね。おまえが幸せなら、父さんもそれで幸せなんだ。ヨセフもガールフレンドができて、幸せに暮らしているしな。だからもう父さんは、息子たちのことを心配しなくていいわけだ」

「うん、僕たちのことは、なにも心配しなくていいよ」

「おまえには、まだ母さんの遺産があるからね。もし世界を旅して、あちこちの庭園を訪ねたいのなら」

そのあと、娘が電話口で「じい、じ」と言い、僕も「じゃあね」と言って電話を切った。僕は神父に会いにいくことにした。僕の状況がまた変わって、当初の予定どおり、子どもとふたり暮らしになったことを伝えるために。トマス神父はゲストハウスにいた。僕は、アンナが出ていったことを話した。

「そうだね、感情を理解することは必ずしも簡単ではない」神父はそう言って、僕の肩をたたいた。それから、娘の頭をなでた。

「状況が悪くなったあとは、またよくなるものだ」机をはさんで向かい合っている僕たちに、神父が言った。彼はペン立ての位置をずらして、子どもの顔がよく見えるようにし、ブルーのニットのワンピースを着た陶器の人形を娘のほうへよこした。

「なにかが終わったときには、必ず見過ごしていたものがあるはずだ。クリスマスの準備と同じようなものだよ」棚にずらりと並んだ映画のコレクションを見ながら、彼が言った。

「ご想像のとおり、先行きがわからない恋愛の行方を描いた映画は山のようにあるから、全部見つけるにはえらく時間がかかりそうだ」

娘はくたびれて、僕の肩に頭をもたれている。僕はおしゃぶりを娘の口に入れた。そのときふと、机の上に小さな素焼きの植木鉢が置いてあるのに気づいた。土のなかから緑色の小さな芽が出て、鉢の縁からちょこんと覗いている。品種はあえて訊かなかった。

「でも少し時間をくれれば、そうだな、午後にでもまた寄ってくれれば、きみにお薦めの映画をいくつか見繕っておこう。今回は女性監督に注目してみるかな――皮肉は付き物だがね」

それから神父は話題を変え、修道院のみんなが、庭園がじつに素晴らしくなったと言っていると教えてくれた。神父は〝奇跡〟とまでは言わなかったが、庭園の変わりようは誰もの想像をはるかに超えて、圧巻だと言った。ブラザー・ザカリアたちが古い文献のなかから見つけた資料によれば、庭園はそこに描かれた姿をふたたび取り戻したことになる――その美しさは、神の母の美しさにも匹敵すると言われた姿を。

「池を囲んだ八つのバラの茂みが、庭園の美しさを完璧なものにしているね」机の上の書類をいじりながら、神父が言った。

「そうなんです」僕は答えた。娘は僕の肩にもたれて眠っている。僕は娘の頬をそっとなでた。

「あれほどの絶景が窓の外に広がっていては、修道士たちはもう図書室にこもりきりでいるなんて、考えただけでもぞっとするらしい」彼は椅子の背にもたれ、子どもの寝顔をじっと見つめながら言った。

「これまで人びとが少しずつ寄付をしてくれたものだから、修道院には少しばかり蓄えがあってね。もちろん、かつての財力とはくらべようもないが」神父は僕を見て、微笑みながら言った。「これまで、教会の基金はおもに古い文献の修復のために使われてきたのだが、みんなで相談した結果、集まったお金の一部を使って、きみに賃金を支払い、庭園の維持費も捻出しようということになった。それに、あの庭園をたった十三人の男たちで独り占めせずに、これからは、もっと多くの人びとに楽しんでもらいたいと考えているんだ。観光客にも公開するつもりだよ」

僕が眠ったままの子どもを抱いて立ち上がると、神父は小さな緑の芽が出ている植木鉢をあごで示した。

「きみのあのバラじゃないぞ。種の袋の表示を読みちがえていなければ、ユリが咲くはずだ」トマス神父が外の通りまで見送ってくれた。神父もたぶん、僕がまた午後に訪ねてくるとは思っていないだろう。なにしろ、寝た子を抱えているのだから。さようなら、と手を振りながら、突然、彼が言った。

「そういえば、きみが庭園に持ってきた、あのバラの名前は何と言ったっけ？」

「八弁のバラ」

「そうだ、八弁のバラだ。こんど教会へ行ったら、祭壇の上のステンドグラスに描かれたバラの花を見てみるといい。花芯のまわりに、八枚の花びらが並んでいるんだ」

77

早朝、目が覚めた。外はまだ暗い。僕は夜中に起き上がり、ベビーベッドから娘を抱き上げて、自分のベッドに寝かせた。いま、目を覚ました娘は僕の隣に座って、あたりをきょろきょろと見回している。母親の匂いがまだかすかにふとんに残っている。

「チュン、チュン」天井の片翼のハトを指して、娘が言う。

僕が娘のほうを向くと、娘は満面の笑みを浮かべた。

「おじいちゃんに会いに、帰ろうか」

「じい、じ」

「フロウラ・ソウルは苔《こけ》の上でお散歩したいかな？」

「パパがクロウベリーを摘んであげようか？」

「フロウラ・ソウルもタソックの上に座ってみる？」

パジャマ姿の娘を抱っこしてキッチンへ行き、やかんに水を入れ、火にかけた。それから鍋にオートミールと水を入れて火にかけ、煮立つのを待っているあいだに、娘によだれかけを着けた。

朝食のあとはさっさと着替えを済ませ、娘をベビーカーに乗せて外に出た。あたりはまだ完全に明るくなっておらず、修道院には風変わりな赤紫色の靄がかかっている。

教会のなかに入って、審判の日の絵画の下にベビーカーを停めた。僕は娘を抱き上げ肩車をして、聖堂の後方の薄暗がりから、陽の射すほうへ向かって進んでいく。ゆっくりと時間をかけ、途中で何度も歩みを止めながら。僕は聖ヨセフのために何枚かのコインを瓶に入れ、キャンドルを一本灯した。僕は片手に火のついたキャンドルを持ち、もう片方の手で娘の足首をしっかりとつかみ、ロウが垂れないように注意しながら歩いていく。僕たちはゆっくりと、祭壇の奥のほうへ――昇りゆく太陽の琥珀《こはく》色の光に照らされた、内陣《チャンセル》のほうへ歩いていく。やわらかな光が集まって光の束となり、真っ白な綿のように煌めく陽光がステンドグラスから降り注いでいる。娘は僕の肩の上に乗ったまま、身じろぎひとつしない。僕は手をかざして、光のほうを見る――目も眩むようなまばゆい陽射しを。やがて、僕は見た。祭壇の上のステンドグラスに輝く、赤紫色の八弁のバラを。一条の光が花冠《かかん》を貫き、娘の頬に光の綾を映し出していた。

本文中の『旧約聖書』『新約聖書』の引用は、日本聖書協会による新共同訳を用いた。

訳者あとがき

本書はアイスランドの作家、オイズル・アーヴァ・オウラヴスドッティルの小説 ***Afleggjarinn*** を英語版（***The Greenhouse***）から翻訳した全訳である。アイスランド語の原著（二〇〇七年刊行）は数々の文学賞を受賞し、北欧理事会文学賞にもノミネートされた。二十四か国で翻訳され、フランスでは四十万部のベストセラーとなるなど、国内外で高い評価を獲得している。著者の生い立ちや経歴、著作、受賞歴、また本作品の書かれたアイスランドの社会的背景等については、在レイキャヴィークの新進気鋭のアイスランド文学研究者、朱位昌併《あかくらしょうへい》氏の解説に詳しい。オイズル氏（多くのアイスランド人の名前に姓はなく、ファーストネームに父称〔まれに母称〕を付ける。すなわち、父親〔あるいは母親〕の名前の属格に、娘を表す「ドッティル」か息子を表す「ソン」を付けるのが一般的であるため、ここでは著者のファーストネームを用いる）の著作は三十三か国で翻訳されており、日本語に翻訳されたのは今回が初めてとなる。

物語は北の最果《さいは》ての島国から始まる。主人公のアルンリョウトゥル（愛称ロッビ）は二十二歳。

一年半ほど前に母を亡くし、高齢の父とのふたり暮らしだ。自閉症の双子の弟ヨセフは、施設で暮らしている。高校を優秀な成績で卒業したロッビだったが、その後の進路を決められず、悶々とした日々を送っていた。父からはたびたび大学への進学を勧められるが、ロッビは漠然と園芸を仕事にしたいと思いつつ、具体的な目標を見つけられずにいた。ラテン語と園芸にだけは自信があるが、それをどうやって将来に生かせばいいかわからない。最愛の母を亡くした悲しみを胸に秘め、とうとう行き詰った彼は、漁船でアルバイトをしてお金を貯め、母が遺した希少な「八弁のバラ」をもって、ヨーロッパのどこかと思《おぼ》しき、修道院の名高いバラ園を目指して旅に出る。ところが、旅はのっけから波乱に満ちていた。機内で腹痛に襲われ、着陸後には手術入院。それから二千キロもの道中、深い森をさまよいながら、ようやく崖の上にそびえ立つ修道院にたどり着いたと思ったら、庭園はかつての栄光を失い、荒れ果てていた。庭園を甦らせる仕事に着手した矢先、思いがけない連絡が舞い込む。かつて一夜をともにし、彼の子どもを産んだ女性が、しばらくのあいだ子どもを預かってほしいというのだ——。

このロードムービーのような物語には、国名も地名も出てこない。いつの時代かもはっきりとせず、インターネットは存在しない。携帯電話は一度だけ登場する（亡き母が死の直前に使い始めた）ものの、主人公をはじめとする登場人物たちは、誰も使っていない。家族や友人との連絡手段、思いを伝える術《すべ》は、直接の会話、電話、手紙、贈り物、そして料理だ。この物語には、オイズル氏のほかの小説と同じく、料理や食事のシーンがよく登場する。寒冷地らしい素朴な食卓で、ラムや仔牛やコダラなど地元の食材を自分たちで料理して食べる。

また、色彩や光の描写がじつに絵画的で、映像がまざまざと浮かんでくるのも、特徴のひとつだろう。美術史の専門家であり、カトリック教徒でもある著者の深い造詣がうかがえる。光と闇のコントラストも重要な意味をもっており、ロッビとアンナの一夜の交わりによって生まれた娘、フロウラ・ソウルは、御子イエスにそっくりの、まわりを光で照らすような子どもだ。詳しくは解説に譲るが、婚姻にこだわらずに子どもを産んで育てることや、年齢に縛られない生き方がポジティブに描かれている。著者自身、パートナーについて明らかにはしていないが、結婚はしておらず、娘がふたり、孫娘がひとりいる。

物語の語り手はロッビで、二十二歳の彼の頭のなかは、死、身体（＝セックス）、植物の三つのことでいっぱいだ。ひょろっとした赤毛の青年で、かっこいい弟にくらべて、容姿では引け目を感じている。これまで六人の女性と寝たことがあるが、ステディな関係になったことは一度もない。だが彼の姿から感じられるのは、ずるさや冷淡さではなく、自信のなさと恐れだ。そんな頼りないロッビが、おかしな妄想を膨らませては肩透かしを食らったり、壁にぶつかったりしながらも、やがて成長していく様子が、ユーモアをまじえた飄々《ひょうひょう》とした文体で描かれている。初めての外国での旅路も、女性との関係も、けっしてロッビの思うようにはいかないが、そんななかで、彼のもつ優しさやつよさが引き出されていくところに、著者の厳しさと温かさ、そして真摯《しんし》な眼差しを感じる。

さて、アイスランドになじみのない読者も多いと思われるので、ここでアイスランドに関する基本的な情報をご紹介したい。アイスランド共和国は北欧五か国（フィンランド、スウェーデン、ノルウェー、アイスランド、デンマーク）のひとつで、北欧五か国の人口は合計約二七三〇万人。そのうちアイスランドの人口は約三六・四万人で、五か国中五位だ。面積は約十万三〇〇〇平方キロメートルで、五か国中四位、北海道よりやや大きい。北極圏に近いアイスランドは「火と氷の国」とも呼ばれ、世界有数の火山国でもある。過酷な自然環境にありながら、豊富な水力と地熱を発電に利用し、「再生可能エネルギー大国」としても知られる。公用語はアイスランド語で、人びとは義務教育において英語を第一外国語、デンマーク語を第二外国語として学ぶ。首都レイキャヴィークの近郊へ足を延ばせば、氷河や滝や間欠泉など、雄大な自然に触れることができる。アイスランドにも四季はあるが、冬が一年の半分近く（十一月から三月）を占め、冬の日照時間は最短で四時間ほどしかない。逆に、夏の六月から七月は白夜となる。八月下旬から四月半ばまでは、運が良ければ旅行者でも、夜空を彩る幻想的なオーロラを眺めることができる。

北欧五か国はいずれも福祉国家で、世界幸福度ランキングの上位を占め、ワークライフバランスの良さでも知られる。さらにアイスランドは、ジェンダーギャップ指数において十一年連続世界一位（二〇二〇年、日本は一五三か国中一二一位）、世界平和度指数ランキングにおいて十三年連続世界一位に輝いている（二〇二〇年、日本は一六三か国中九位）。また民主主義指数においても、アイスランドは世界一位のノルウェーに次ぐ二位（二〇二〇年、日本は一六七か国中二一位）となっている。このようにジェンダー平等、民主主義において、アイスランドは長年にわたり世界をリードしてきた。

じつは、アイスランドの民主議会は、世界で最も長い歴史を誇る。九世紀、ノルウェーの圧政を逃れてアイスランドにやってきた人びと（ヴァイキング）は、王による統治ではなく、民主的な合議による自治を目指し、九三〇年、民主議会「アルシング」を設立した。十三世紀半ば以降はノルウェーの属国となり、その後数世紀にわたってデンマークに支配されたが、属国となったあともアルシングは続行された。やがて、一九〇四年に自治権を獲得し、一九四四年、ついに共和国として独立した。

ただし、アイスランドがジェンダー平等において世界のトップへと躍進したのは、過去半世紀ほどのことだ。一九七五年十月二十四日、アイスランドの女性たちは、職場における男女格差や、性別による役割分担に抗議の声を上げ、「女性の休日」と呼ばれるストライキを決行。仕事も家事も育児も放棄し、国会議事堂前広場を埋め尽くした。全国の九割の女性たちが参加したこのストライキは、社会に多大な影響を及ぼし、その五年後の一九八〇年、世界初の民選の女性国家元首として、ヴィグディス・フィンボガドッティルが大統領に就任する。さらに二〇〇九年には、ヨハナ・シグルザルドッティルがアイスランド初の女性首相として就任し、同性愛者であることを公言した世界初の国家元首となった。二〇一〇年には、クオータ法（五十一名以上が常勤し、四名以上の役員がいる企業では、男女それぞれの役員の割合が四十パーセントを下回ってはならない）が制定され、同性婚が合法化された。性的マイノリティの人びととの権利や平等の推進、障害者の自立支援にも力を入れている。

このようにアイスランドの人びとは、明確な理念のもとに民主主義やジェンダー平等を推進しながら、すべての人にとって生きやすい、成熟した社会を目指し続けている。これについても、朱位昌併氏による示唆に富んだ解説をご参照されたい。こうした背景を踏まえて『花の子ども』を読み返してみると、アンナやロッビの生きる社会や、ふたりがつくろうとしている家族は、日本のものとはかなり異なることに気づかずにはいられない。

首都レイキャヴィークがユネスコの「文学都市」に認定され、世界で最も本に親しむ国とも呼ばれるアイスランドでは、読書が非常に盛んであり、近年の日本の作家では、村上春樹、小川洋子、東野圭吾、川上弘美、多和田葉子などの作品がアイスランド語に翻訳されている。近年のアイスランド文学で、すでに日本で紹介されている作品としては、アーナルデュル・インドリダソン著『湿地』（東京創元社）、ラグナル・ヨナソン著『喪われた少女』（小学館）、イルサ・シグルザルドッティル著『魔女遊戯』（集英社）や、オラフ・オラフソン著の短篇集『ヴァレンタインズ』（白水社）などがある。オイズル氏の著作はいずれも、身近な人の死や喪失体験、戦争などが、主人公の人生に暗い影を落とすことはあっても、孤独や苦悩の道のりの果てにひと筋の光を見出し、希望が芽生えるところや、素朴な温もりやユーモアを感じさせるところが、大きな特徴と言えるだろう。

最後に、お世話になった方々にお礼を申し上げたい。まず、オイズル氏の作品を紹介してくださった早川書房（当時）の堀川夢さん、担当編集者としてきめ細かいアドバイスやご指摘、温かい激励をいただいた、早川書房の窪木竜也さんに、心より感謝申し上げたい。また編集の月永理絵さん、校正の栗原由美さんにも、ひとかたならぬご尽力を賜り、アメリカのカルヴァン・チャンさんには訳出上の疑問に答えていただいた。みなさまに厚くお礼申し上げたい。また解説の朱位昌併さんには、アイスランド人名のカタカナ表記をご教示いただいただけでなく、ご厚意により、日本語訳と原著を照らし合わせ、数々の貴重なアドバイスをくださったことに深謝申し上げたい。距離や重量の単位換算や料理名などについても、朱位さんのご協力により、英語版と原著を比較したうえで原著の表現に合わせたことをお断りしておく。

アイスランドから届けられたこの物語が、バラの挿し穂のように、日本の人びとの心に根を下ろし、花を咲かせることを、訳者として願ってやまない。

二〇二一年三月

枝道——解説

アイスランド文学研究
朱位昌併《あかくらしょうへい》

ロッピ、ダッピ、アッピ、と父ソウリルから状況によって呼び分けられる二十二歳の青年アルンリョウトゥルが主人公の『花の子ども』（原題：*Afleggjarinn*）は、それ自体が多面性をもつ作品だ。キリスト教文化を念頭において、七や八といった数字、赤や青などの色、屋外や温室における光の描写に注目することによって、もしくは、作中で言及される映画や戯曲、くり返し関連性が仄《ほの》めかされるダンテの『神曲』との繋がりに着目することによって、それぞれ異なる像が浮かび上がる。神崎朗子氏の翻訳の前に解説など不要かもしれないが、著者オイズル・アーヴァ・オウラヴスドッティルの紹介と、本作の理解を深める一助として現代アイスランド社会について説明したい。

一九五八年四月二十九日、アイスランドの首都レイキャヴィークに、五人兄弟の第四子として、オイズルは生まれた。彼女の記憶は、本作のフロウラ・ソウルと同じ生後九か月頃のとき、光を目にしたことから始まっている。近所の温水貯蔵施設の最上部に取り付けられたサーチライトから放たれた、黄、赤、緑と色を変える光を、誰かの腕のなかでじっと見ていた。それは美についての記憶であり、その光は別世界へ伸びる道だった、と彼女は述懐する。

四歳の頃には文字を読み始め、アイスランド古典である『ラクスダイラ・サガ』などの物語に親しみ、十四歳になると以前から抱いていた海外への憧れを一層強くしたオイズルは、やがて言語に強い興味をもち、高校生の時分には、英語、ドイツ語、フランス語、デンマーク語、イタリア語を学び、さらにマイナー言語にも関心を示す。そんな彼女がはじめて海外へ行くのは、高等学校教育を修了してからのことだ。芸術学を学ぶためにボローニャへ渡ったが、それからすぐにパリに移ることを決心した。しかし、望み通りの勉強をするためには学士号を取得している必要があったため、一度帰国し、国立アイスランド大学に通うことになる。歴史学と文学の学士号を取得するとすぐにパリへ旅立ち、一九八二年からの約八年間、パンテオン・ソルボンヌ大学で主に美術史を学んだ。

パリで暮らしていた頃、絵画はもちろん、世界中でつくられた映画や舞台芸術、文学作品に触れたことで、アイスランドがモノクロの閉じられた世界だったことを知ったという。時代ごとに違えども、母国にはひとつのメインストリームがあるばかりで、あとは、それと反対の立場をとるものしかなかった。けれども創作では何もかもが可能だと学んだ、と当時を振り返る。

書きかけの博士論文と幼い我が子を抱えてアイスランドに戻ってからは、大学で美術史や芸術理論を教え、美術館ではキュレーターを務めるなど、美術に関係する仕事をした。そして、一九九八年、小説 *Upphækkuð jörð*（『せりあがった地』）の出版をもって、オイズルは作家活動を始めた。

今では現代アイスランド文学を代表する作家のひとりとされるが、オイズルの作品が海外でも読まれるようになったのは、三作目の小説『花の子ども』からである。本作は、まず国内でアイスランド女性文学賞とDV文化賞を、のちにフランス語翻訳版で、書店員が選ぶパージュ文学賞とケベック書店員賞の翻訳部門を受賞した。さらに北欧理事会文学賞にもノミネートしたことで、オイズルは、一躍アイスランドの有名作家となった。これまで、小説のほかにも、詩や戯曲、歌詞や翻訳など、様々なテクストを世に出しているが、小説家としての活躍が際立っている。二〇一六年に出版された五作目の小説 *Ör*（『痕』）では、アイスランド書店員文学賞と、国内で最も権威のあるアイスランド文学賞だけでなく、一度は逃した北欧理事会文学賞も受賞した。つづいて、六作目の小説 ***Ungfrú Ísland***（『ミス・アイスランド』）では、二度目のアイスランド書店員文学賞にくわえ、そのフランス語翻訳版がメディシス賞外国小説部門を受賞した。

さて、オイズルの作品にはいくつか頻出するモチーフがある。そのうち『花の子ども』にもあるのは、多言語話者、身体の傷跡、狩猟、死、少数であること、などだが、なかでも見逃せないのが〈男らしさ〉である。〈男らしさ〉は、大抵、その一語で雑にまとめられているものが細分化されたうえで描かれる。細分化された要素のひとつひとつは、実社会でも見られるように表されることもあれば、異様に強調されることもある。ただ、〈男らしさ〉が男性のみに属するものとして描かれることはなく、男女でジェンダー・ロールが逆転させられることも珍しくない。『花の子ども』がアイスランド女性文学賞を受賞した際には、「アイスランド文学において、新たな男性像が描きあげられた」と評され、ロッビと〈男らしさ〉の一様でない結びつきが注目された。

たしかに、ロッビは、アイスランドで典型的とされる〈男らしさ〉を体現する人物ではないが、実のところ無縁でもない。女性のことを考えるとき真っ先に肉体関係を思い浮かべがちな一面をもっていながら、「男ならできて当たり前と思われている」日曜大工や機械いじりにはまったく興味をもてず、暖房器具の簡単な操作さえおぼつかない。「女性に対して、なにも心配しなくていい、と言ってあげられるのが、男というものだから」と考えてそのように振る舞うことや、自身で思い描く「父親としての役割」をまっとうしようとし、それができたときには「すっかり有頂天」になることもある。彼は、本人の意思とは無関係に周囲から期待される〈男らしさ〉を忌避するだけのキャラクターではなく、内面化された規範と自身の在り方の不一致に悩みながら生きる人間だ。オイズルが描いたのは、男性であって、人の姿をした〈男らしさ〉ではない。もちろんこのことは、「母親になる前に、やるべきことがたくさんあると思う」と言うアンナにも当てはまる。

本作の書評では、自身の〈男らしさ〉に危惧《きぐ》を抱くロッビが娘と一緒に過ごす様子は「温かで美しく描かれており、ほんの些細《ささい》なことが物語に深みを与えるだけでなく、そこから読者は語り手の新たな一面を知ることもできる」と好意的に述べられている。とくに興味深いのは、〈男らしさ〉を中心的なテーマとした、ひとりの人間の在り方について問う作品だととらえる書評はあっても、家族の在り方について問う作品ととらえるものがないことだ。その理由は、すでに多様なアイスランドにおける家族の在り方にあるかもしれない。

ロッビは、異国でのドライブ中に同乗者から「子どもがいたら、普通は結婚してるでしょ」と言われ、「僕の国ではそうでもない」と返答するが、実際アイスランドにおいて、子どもと結婚はあまり強く結びつけられていない。欧州連合統計局（Eurostat）によれば、アイスランドは出生数における婚外子の割合が世界で最も多く、二〇一八年では七割強が婚外子だった。家族政策を研究する社会学者のグズニ・ビョルク・エイダルによれば、アイスランド人の多くは、（一）出会い、（二）妊娠、（三）同棲、（四）結婚、という段階を踏んでいくが、結婚しないまま生活を続けるカップルも珍しくない。ロッビの母国が現代アイスランドであるならば、事実婚のまま子育てすることも、彼の父ソウリルのように高齢者が新しいパートナーを見つけて同棲することも、決して驚くようなことではない。ここで、現代アイスランド社会での子育てと結婚について、すこし説明しよう。

とりわけ二十世紀後半から子どもと親の権利拡充に努めてきたアイスランドでは、共働きが一般的で、家事や育児の分担は当然だ。また、性別に関係なく、子どもができたことを理由にそれまでの仕事をやめるよう強いられることはない。二〇二一年現在、育児手当は、平均月収の八割（上限支給額は六十万アイスランド・クローナ）を補償し、事実婚であろうと、どちらの親も六か月ずつ取得できる。学生であっても類似の手当を受けられるほか、子どもが八歳になるまでのあいだに一度、無給の育児休暇を連続で四か月まで申請する権利がそれぞれの親に保証されているなど、子どもと親の権利を守るための様々な育児手当が設けられている。しかし、まだ不十分であり、使い勝手が悪いとも批判されている。

こうした制度のためか、事実婚と法律婚では配偶者への相続などの面で大きな違いはあるものの、子どもが生まれることを理由に婚姻を結ぶアイスランド人は決して多くない。また、国民の六割強がルター派のアイスランド国教会に属していながらも、あまり信心深くないためか、結婚してから早々に離婚することや、離婚成立後にすぐさま別の人と再婚や同棲することが非難されることもなければ、ひとり親に対する世間の強い風当たりもない。親の再婚によって義理の兄弟姉妹ができることや、両親の離婚後に、子どもが普段一緒に暮らしていない方の親のもとで定期的に過ごすことも、とくに珍しくない。

実は、ロッビの生まれ育った社会が現代アイスランド社会を、さらにいえば、オイズルが『花の子ども』を執筆していた二〇〇六年から二〇〇七年前半のアイスランドを反映しているならば、本作は、当時のアイスランド社会に異議を唱える作品とみなすこともできる。

アイスランドは、今でこそ、世界経済フォーラム（WEF）からジェンダー・ギャップが世界最小だと評されているが、それは、二〇〇八年に起こった未曾有《みぞう》の経済危機のあとに、社会民主同盟とグリーンレフトによる連立政権が誕生し、首相のヨウハンナ・シーグルザルドッティルを筆頭として大臣の半数が女性になり、ジェンダー・ギャップを小さくするための様々な施策が行われた結果である。それまでのアイスランドは、長年の男女同権運動のおかげで格差は小さくなっていたが、まだまだ男性中心の社会だった。男女間の賃金格差が今より大きかっただけでなく、女性が男性と同じ立場に就《つ》くためには、男性よりも長い時間働くか、より際立った成果を出さねばならず、男性のような振る舞いしか許容されない業界も根強く残っていた。一般的に女性の立場は、男性に比べて極端に弱かったのだ。そのような状況のアイスランドでは、とくに少数の男性によって、銀行をはじめとする様々な分野の国有企業の民営化や、大企業のための規制緩和といった新自由主義に基づく政策が推し進められ、二〇〇〇年頃から経済危機にいたるまでのあいだには、国内外で大規模な企業買収や投機が繰り返されていた。

二〇〇六年一月、当時アイスランド大統領であったオウラヴル・ラグナル・グリムソンは、グローバリゼーションと情報技術革命によってアイスランドのような小国が世界中に「侵出」して自国に富をもたらすことが可能になったことを言祝《ことほ》ぎ、実際に海外で荒稼ぎする自国民を中世のヴァイキングになぞらえて称賛した。

オイズルが『花の子ども』を書き始めたのは、まさにこの頃だ。「素晴らしい将来など待っていない」と父から言われた園芸の道に進み、溶岩だらけの国にしか存在しない「八弁のバラ」を世界屈指のバラ園に挿《さ》し木しにいくことは、現代のヴァイキングたちが海外から富を集めて蓄えようと躍起になることとは正反対の物語である。本作で問題にされている〈男らしさ〉は、日常での振る舞いに留まるものではない。

ちなみに、ロッビが持ち出す「八弁のバラ」はアイスランド語で「áttablaðarós」と書く。この語で想起されるのは、実際のバラでなく、刺繍や編物で使われる紋様だ。おそらく、元々は他のキリスト教国で頻繁に使われていたシンボルの変種である。ノルウェーやデンマークにも同様の紋様があるので、アイスランド独自のものではないが、記録がある限りでは、すくなくとも十八世紀から受け継がれており、今なお、ウールの手袋やセーターの柄として親しまれているバラだ。

ところで、『花の子ども』の原題に使われている「afleggjari」という語にはふたつの意味がある。ひとつは「挿し穂」で、もうひとつは「特定の場所につづく脇道」である。日本にも挿されたアイスランドからの挿し穂がよく育ち、やがてその枝の先がどこかに繋がる道となることを、心より願っている。

ICELANDIC LITERATURE CENTER

本書は、アイスランド文学センターの助成金を受けて翻訳されました。

訳者略歴　翻訳家　上智大学文学部英文学科卒業　訳書『存在しない女たち』キャロライン・クリアド＝ペレス，『食事のせいで、死なないために』マイケル・グレガー／ジーン・ストーン，『フランス人は10着しか服を持たない』ジェニファー・L・スコット他多数

花《はな》の子《こ》ども

2021年4月20日　初版印刷
2021年4月25日　初版発行

著者　オイズル・アーヴァ・オウラヴスドッティル

訳者　神崎朗子《かんざきあきこ》

発行者　早川　浩

発行所　株式会社早川書房
東京都千代田区神田多町2－2
電話　03－3252－3111
振替　00160－3－47799
https://www.hayakawa-online.co.jp

印刷所　三松堂株式会社

製本所　株式会社フォーネット社

Printed and bound in Japan

ISBN978-4-15-210014-6 C0097

乱丁・落丁本は小社制作部宛お送り下さい。
送料小社負担にてお取りかえいたします。

本書のコピー、スキャン、デジタル化等の無断複製は
著作権法上の例外を除き禁じられています。

早川書房の文芸書

リラとわたし
ナポリの物語1

L'amica geniale

エレナ・フェッランテ
飯田亮介訳
46判並製

長年の友人、リラが姿を消した。小学校で出会った、リラとわたし。反抗的で横暴で痩せっぽちで、でもずば抜けた頭脳をもつ聡明なリラ。わたしはその才能をうらやみつつも彼女に憧れ、友人となるが――。ナポリの下町を舞台に、猛々しく奔放なリラと本好きのエレナの複雑な絆を描いた友情の物語。四十三カ国で刊行決定、世界でシリーズ累計五百五十万部突破の話題作、待望の邦訳！

早川書房の単行本

私の名前はルーシー・バートン

My Name is Lucy Barton

エリザベス・ストラウト

小川高義訳

46判上製

ルーシー・バートンの入院は、予想外に長引いていた。幼い娘たちや、夫に会えないのがつらかった。そんなとき、思いがけず母が田舎から出てきて、彼女を見舞う。疎遠だった母と会話を交わした五日間。それはルーシーにとって、忘れがたい思い出となる。ピュリッツァー賞受賞作『オリーヴ・キタリッジの生活』の著者が描く、ある家族の物語。ニューヨーク・タイムズ・ベストセラー

ビール・ストリートの恋人たち

If Beale Street Could Talk

ジェイムズ・ボールドウィン

川副智子訳

46判上製

〈映画化原作〉あたしはティッシュ、十九歳。彼はファニー、二十二歳。あたしは彼のもので、彼はあたしのもの——。一九七〇年代初めのニューヨーク、ハーレム。黒人の青年ファニーは冤罪で収監されてしまう。彼との子を妊娠中のティッシュは、無実を証明するため奔走する。残酷な人種差別と、若い恋人たちを取り巻く家族愛や隣人愛のきらめきを描いた傑作文芸長篇。解説／本合陽